DER DANKBARE AFFE

MÄRCHEN
AFRIKANISCHER
VÖLKER

DER DANKBARE AFFE

MÄRCHEN AUS KAMERUN

1990
GUSTAV KIEPENHEUER VERLAG
LEIPZIG UND WEIMAR

Herausgeber
der ›Märchen afrikanischer Völker‹:
Rainer Arnold
Herausgeber dieses Bandes,
Bearbeiter und Nachwortautor:
Cornelie Kunze
Übersetzungen aus dem Englischen:
Edith Friedrich

ISBN 3-378-00372-3

MÄRCHEN DER FANG

Sonne, Mond und Sterne

Am Anfang waren Sonne und Mond Mann und Frau. Sie lebten zusammen und hatten viele Kinder. Die Kinder von Sonne und Mond nennt man Sterne. Sonne, Mond und Sterne essen nicht die gleichen Speisen wie wir. Sie ernähren sich von Feuer, und darum glänzen sie.
Am Anfang waren Sonne und Mond also Mann und Frau und lebten zusammen. Da kam eines Tages ein mächtiger Häuptling in ihr Dorf; seinen Namen und sein Land kenne ich nicht. Er brachte viele Kisten voller Waren mit. Seine Schönheit und sein Reichtum waren so groß, daß des Mondes Herz sich ihm zuneigte. Als der Häuptling weiterzog, gab Frau Mond ihm ein Zeichen. An der Wegbiegung wollten sie heimlich zusammentreffen, um gemeinsam zu fliehen.
Herr Sonne merkte aber bald, daß seine Frau, der Mond, nicht mehr an seiner Seite war. »Wo ist sie?« schrie er seinen Kindern zu. Die wußten keine Antwort. »Wo ist sie, frage ich euch?« Sein Gesicht funkelte vor Zorn, daß alle Sterne sich fürchteten. »Aha«, tobte er, »ihr wart es, die eurer Mutter geholfen habt.« Seitdem macht er Jagd auf seine Kinder. Jedesmal, wenn er einen Stern ergreifen kann, verschlingt er ihn, und niemand spricht mehr von diesem Stern. Aber die Sterne sind so weit verstreut und so zahlreich, daß immer noch einige übrigbleiben, sogar viele.
Seit dieser Zeit läuft Herr Sonne jeden Tag dem Abend und den Sternen hinterher. Sobald Frau Mond Herrn Sonne am Himmelsrand aufgehen sieht, beeilt sie sich, in ihrer Hütte zu verschwinden. Hat Herr Sonne das Firmament durchwandert,

wie wir es täglich sehen, eilt er wieder zur anderen Seite. Niemals ermüdet er und rastet nicht einen Tag. Kaum ist er verschwunden, seht ihr Frau Mond aufsteigen, bald hier, bald da, denn sie wechselt oft den Schlupfwinkel, um ihren Mann von der Spur abzubringen. Mitunter überrascht er sie, und dann reißt er ihr mit einem Biß ein Stück aus. Manchmal, wenn Mutter Mond sich inmitten ihrer Kinder zu sehr verspätet hat, trifft er sie noch am Himmel und will sie verschlingen. Bis jetzt gelang ihm das nicht, denn Frau Mond ist sehr flink. Sobald ihr Mann sie erreicht, rettet sie sich rasch, und die Verfolgung beginnt von neuem. Bisweilen entdeckt Herr Sonne den Schlupfwinkel seiner Frau. Er nähert sich leise, leise, und über lange Stunden ist der Mond nicht zu sehen. Doch wenn Frau Mond frei ist, begibt sie sich schnell in die Mitte ihrer Kinder, der Sterne, denn sie liebt sie sehr, und sie verschlingt sie, wie eine gute Mutter, niemals. Von einer Hütte zieht sie zur anderen und besucht die Sterne nacheinander. Ab und zu feiert sie mit ihnen Hochzeit. Dann windet sie sich ein wunderbares Band um den Kopf, das gleiche, das sie am Tag ihrer Hochzeit mit der Sonne trug. Sobald die Sonne auf der anderen Seite der Erde wieder erscheint, flieht Frau Mond mit all ihren Kindern. Nur eines läßt sie zurück, immer den gleichen Stern, damit er im Fall der Gefahr Nachricht bringt. Dieser Stern wacht sorgsam, morgens wie abends.

Die Verfolgung dauert schon lange, lange Zeit. Aber einmal wird der Tag kommen, an dem sie zu Ende geht, denn schließlich ist der Mann Meister der Dinge, und er muß recht behalten. Ohne ihn wären die Dinge schlimm. An diesem Tag wird Herr Sonne seine Frau in der Erde in einer tiefen Grube verschließen, und niemals mehr darf sie heraufsteigen. Ist die Mutter erst gefangen, werden die Kinder rasch gefressen sein. Was dann mit uns, den Menschen, geschieht, weiß niemand, mein Bruder.

Von Nsambe und seinen sieben Söhnen

Nsambe hatte sieben Söhne. Der erste hieß Mode, Mensch, der zweite Küi, Pygmäe, der Name des dritten war Ngi, Gorilla, der des vierten Sohnes Oaa, Schimpanse. Schok, das bedeutet Elefant, war der fünfte, den sechsten nannte man Ekute, Dummling, und der siebente Sohn trug den Namen Ngomwenio.

Eines Nachts verließ Nsambe die Söhne und zog heimlich an einen anderen Platz. Ohne alle Mittel ließ er sie zurück, sie hatten kein Feuer, nichts zu essen und auch nichts anzuziehen. Als sie dessen am anderen Morgen gewahr wurden, sprachen die Söhne bedrückt zueinander: »Was sollen wir tun, ohne Feuer, ohne Essen, ohne irgend etwas?« Da trug Mode, der Mensch, seinem Bruder Oaa, dem Schimpansen, auf: »Folge dem Vater und bring uns so bald wie möglich Nachricht.« Oaa ging fort, aber kaum war er in den Wald gekommen, sagte er zu sich: »Ach, bin ich hungrig«, und als er Kardamomfrüchte sah, aß er sich satt. Dann lief er weiter und weiter, von seinem Vater aber war noch immer keine Spur zu sehen. Müde bog Oaa vom Weg ab, kletterte auf einen Schirmbaum, bereitete sich dort oben ein Lager aus Zweigen und vergaß Vater und Brüder.

Am darauffolgenden Tag, als Oaa nicht wiederkam, sprach Mode zu Ngi, dem Gorilla: »Folge du dem Vater und Oaa. Beeil dich und bring uns Nachricht!« Ngi machte es aber nicht anders als Oaa. Kaum sah er die Kardamomfrüchte, sagte er: »Was, zwei Tage habe ich schon nichts gegessen!« Ratsch, riß er eine Frucht ab und verzehrte sie. Auf seinem Weitermarsch gelangte er an einen Fluß. Als er auch dort seinen Vater nicht sah, kroch er ins Gebüsch und ließ Nsambe und Brüder Nsambe und Brüder sein.

Am nächsten Morgen klagte Mode: »Oaa und Ngi sind fortgegangen und nicht wiedergekommen!« Dann wandte er sich an Schok, den Elefanten, mit der Bitte: »Folge den beiden.« Schok machte sich auf den Weg. Er war aber noch nicht weit über die Stellen hinausgekommen, an denen Oaa und Ngi den

Weg verlassen hatten, als er die roten Früchte der Ölpalme entdeckte. Rasch pflückte er davon und aß. Etwas später gelangte er an eine lichte Stelle, wo viele, viele Weinranken wuchsen. Schok versuchte ein paar Blätter, sie schmeckten ihm herrlich, und so verließ auch er den Weg, der zu Nsambe führte, und schlug sich ebenfalls in die Büsche.
»Ach, Schok kommt auch nicht wieder«, sprach Mode zu Küi, dem Pygmäen, als der Morgen graute. »Hat er den Weg verloren, oder ist er bloß seinen Trieben gefolgt? Ich weiß es nicht. Nun geh du und ruf die Brüder zurück und auch unseren Vater, Nsambe.« Küi nahm den Bogen, holte auch sein Gewehr und brach auf. Im Wald entdeckte er Spuren eines Quastenstachlers. Da baute Küi erst einmal eine Falle. Beim Weitergehen erblickte er ein Rotarmhörnchen. Wupp, schnellte der Pfeil vom Bogen, und das Tier stürzte herab. Küi setzte seinen Weg fort. Da sah er eine rotschwänzige Meerkatze und schoß auch sie. Nun kehrte er mit seiner Beute stolz zu Mode zurück und sagte: »Viele schöne Tiere habe ich erlegt!« Aber Mode erwiderte ärgerlich: »Bist du denn nicht gescheit! Anstatt den Vater zu suchen, folgst du den Tieren, was soll ich denn mit denen. Morgen gehst du noch einmal und kümmerst dich nicht um das Wild, sondern gibst dir Mühe, den Vater zu suchen.«
Am anderen Tag brach Küi auch mit den besten Vorsätzen auf, aber es dauerte nicht lange, da lief ihm eine Antilope über den Weg, die mußte er doch schießen. Und dann gab es so viele Rotarmhörnchen, so viele Meerkatzen und Vögel im Busch, zuletzt sah Küi sogar ein großes Schwein! Er konnte gar nicht anders, alle Tiere, die er sah, erlegte er. Erst spät in der Nacht langte er, unter seiner schweren Beute keuchend, zu Hause an. »Hast du unseren Vater gesehen?« fragte Mode ihn. »Nein«, meinte Küi, »aber ich habe unterwegs eine Menge Tiere geschossen und dir mitgebracht.« – »Du bist wirklich nicht bei Troste«, schimpfte Mode. »Warum bist du denn dem Weg nicht weiter gefolgt? Dich kann man keinen Mann mehr nennen, du heißt zu Recht Küi!«
Als der nächste Tag angebrochen war, erteilte Mode seinem Bruder Ngomwenio den Auftrag: »Folge du heute dem Vater, aber mach es nicht so wie Küi und die anderen, sondern halte

dich an den Weg!« Ngomwenio aber handelte genau wie Küi. Erblickte er ein Rotarmhörnchen, schoß er es, sah er Meerkatzen, nahm er die Verfolgung auf, und die Antilopen jagte er ebenfalls. Mit Beute beladen kam er zu Mode und sprach: »Bruder, so viele Tiere waren im Busch. Ich habe es einfach nicht fertiggebracht, daran vorüberzugehen.« Da beschimpfte Mode auch ihn: »Du dummer Kerl! Bleib von nun an hier! Du bist nicht mehr wert als dein Bruder Küi, darum heißt du ja auch Ngomwenio.« Früher hatten die beiden nämlich andere Namen, ihre Torheit hat ihnen die jetzigen verschafft.
Einen letzten Versuch machte Mode nun mit Ekute. Er sagte zu ihm: »Du bist an der Reihe. Wirst du es aber nicht auch so machen wie die anderen?« Ekute versprach, genau nach Modes Weisungen zu handeln, und brach auf. Bald kam er an ein Flüßchen. Dort badete er erst einmal ausgiebig, legte sich dann in die Sonne und ließ sich trocknen. »Ach, wie schön es hier in der Sonne ist!« rief er aus, denn er verspürte wenig Lust, ins Ungewisse weiterzugehen. Aber schließlich raffte er sich auf, setzte den Weg fort und kam an einen Fruchtbaum. Gleich kletterte er hinauf und aß, aß, bis er nicht mehr konnte. Dann machte er sich Körbe und füllte sie bis an den Rand mit den erfrischenden Früchten, nahm mit, soviel er tragen konnte, sogar in der Hand hielt er noch Zweige mit Früchten. Mit Modes Geduld aber war es vorbei, als sein Bruder Ekute so beladen ankam. Er nahm einen Stock, verprügelte Ekute ganz fürchterlich und sprach dann: »So, morgen gehst du noch einmal.«
Beim zweiten Mal wanderte Ekute ziemlich weit, bis er schließlich eine Plantenpflanzung erreichte. Dort fiel ihm nun nichts Besseres ein, als die reifen Planten abzuschlagen. Zehn große Trauben lagen in einer Reihe vor ihm. Ekute lud sie sich auf den Rücken, kehrte zu Mode zurück und sagte: »Hier hast du das Essen, nach dem du mich geschickt hattest.« – »Nach dem Vater solltest du suchen, nicht nach etwas Eßbarem!« rief Mode entrüstet und setzte hinzu: »Wir haben ja hier kein Feuer, was sollen wir da mit dem Essen anfangen? Den Vater hast du wohl nicht gesehen?« – »Nein«, antwortete Ekute, »aber morgen gehe ich noch einmal, vielleicht finde ich ihn dann.«

Bevor Ekute am nächsten Morgen zum dritten Mal aufbrach, redete Mode ihm noch einmal gut zu: »Bruder«, sprach er, »wir sind nun schon acht Tage in dieser jämmerlichen Lage, heute beginnt der neunte Tag. Du mußt dich beeilen, darfst dich nirgends aufhalten und unterwegs nichts anderes treiben.« Ekute versprach auch alles und marschierte los. Er hatte schon eine beträchtliche Wegstrecke hinter sich, als ihm ein Baum mit noch viel prächtigeren Früchten als der vom vorigen Tag vor Augen kam. »Ja, ihr seid die richtigen!« rief er aus und war schon oben, um zu pflücken. Nachdem er sich satt gegessen hatte, lud er sich noch ein paar Früchte auf den Rücken und ging weiter. Da kam er an einen Fluß, in dem er viele, viele Welse schwimmen sah. Sofort baute er ein Wehr und trieb die Fische in Körbe, die er am Wehr angebracht hatte. Das bereitete ihm großes Vergnügen, und sein Fang war reichlich. Aber er wollte noch mehr haben und immer noch mehr, bis er merkte, daß die Sonne längst gesunken war und die Nacht hereinbrach. »Ach was«, meinte er da, »morgen ist auch noch ein Tag. Was soll ich in der Nacht noch weitergehen. Ich kehre um.« Mode empfing den mit Früchten und Fischen beladenen Ekute mit der Frage: »Bist du geradenwegs dem Vater gefolgt?« Und Ekute antwortete: »Bruder, sieh her, was für herrliche Früchte ich unterwegs gefunden habe. Und dann der Fluß! So eine Menge Fische! Wenn da ein paar Frauen fischen gehen würden, ich glaube, sie könnten zehn Körbe voll nach Hause bringen!« Mode aber sprach: »Wirklich, ich wundere mich nicht mehr, daß dich dein Vater Ekute genannt hat, du bist und bleibst ein Dummling. Dreimal sandte ich dich aus, und dreimal bist du ohne den Vater zurückgekommen. Bleib hier, morgen werde ich selbst gehen.«
Am Morgen stand Mode zeitig auf und befahl seinen Brüdern Küi, Ngomwenio und Ekute: »Ihr bleibt hier und wartet auf mich!« Dann nahm er sein Messer und seinen Speer und eilte raschen Schritts davon. Am ersten Fluß trank er etwas Wasser und ging darauf zügig weiter. Am zweiten fing er in den Fischkörben vier Welse, reihte sie auf einen Strick und setzte seinen Weg fort. Nach einer langen Wanderung an einer Zuckerrohrpflanzung angelangt, schlug er sich ein Stück Rohr ab und aß.

Anschließend kam er an Maisfeldern vorbei und nahm zwei Maiskolben mit. Nicht viel weiter hörte Mode auch schon menschliche Stimmen. Er beschleunigte seinen Schritt und erblickte bald darauf ein großes Dorf. Im Versammlungshaus fand er zu seiner Freude Nsambe, den Vater.
Nsambe rief erstaunt: »Wie kommst du denn hierher!« Da erwiderte Mode: »Meine Brüder habe ich einen nach dem anderen ausgeschickt, dich zu suchen, aber bis hierher ist keiner von ihnen gelangt. Sie waren zu dumm, und Oaa, Ngi und Schok sind überhaupt nicht wiedergekommen.« – »Ich merke, daß du der beste von meinen Söhnen bist«, lobte ihn da sein Vater, »und dazu ein ganzer Mann. Du hast mich gefunden.« Dann nahm er Mode den Mais ab und gab ihn den Leuten aus seinem Dorf, daß sie ihn für den Sohn auf dem Feuer rösteten. »Ach, wie das schmeckt!« sprach Mode nun, »zu Hause haben wir gar nichts, kein Feuer, nichts. Gib uns doch Feuer, Vater.« Nsambe antwortete: »Ich werde dir alles geben und dir erklären, wie du mit den Dingen umgehen sollst.«
Zuerst gab er Mode das Feuer. Danach rief er ihn ins Vorratshaus, nahm zwei Korbteller, füllte den einen mit Ngon, den anderen mit Erdnüssen und lehrte Mode, wie man sie anpflanzt. Anschließend gab er ihm auch die anderen nützlichen Pflanzen, Planten, Bananen, Kassava, Pfeffer und noch viele andere, und er zeigte Mode, wie er damit umgehen mußte. Auch die genießbaren Waldfrüchte nannte er seinem Sohn. Doch damit nicht genug, reichte ihm Nsambe nun die Werkzeuge, unterwies ihn in allen Arten des Handwerks, lehrte ihn die Spiele und den Ringkampf. Vom Schwert sagte Nsambe: »Solch ein Schwert, wie ich es dir gebe, mußt du dir auch schmieden. Beschimpft dich einer, wenn du zu dem Mädchen gehst, das du liebst, dann schlag ihn damit. Und wenn ein anderer dir dein Mädchen stiehlt, um es selbst zu heiraten, darfst du ihn töten, denn du bist im Recht. Das Schwert – Streit und Kampf – wird ewig dauern.«
Aber nicht alle Gaben Nsambes waren für den Menschen angenehm, denn er schenkte auch Dinge, die man lieber nicht schenken sollte, die Laus war von diesen üblen Geschenken Nsambes noch längst nicht das schlimmste! Viele schreckliche

Krankheiten und auch Unfruchtbarkeit für manche Frauen hat Nsambe seinem Sohn ebenfalls mitgegeben.
Zum Schluß sprach Nsambe: »Und nun geh! Ngi, Oaa und Schok darfst du von nun an töten, wenn du ihnen begegnest, denn sie sind nicht mehr deine Brüder. Aber auf Küi, Ekute und Ngomwenio gib acht, denn sie sind zwar keine richtigen Männer – aber es sind Menschen, und du mußt sie als Menschen achten, du darfst sie nicht töten. Aber zu den Meinen rechne ich sie nicht. Du und sie, ihr seid verschiedener Art. Du aber mußt dich vermehren und viele Kinder zeugen, die von gleichem Verstand sind wie du!«

Wie der Regenbogen entstand

Einst sprach die Großmutter von Ekute, dem Sohn von Nsambe, zu ihrem Enkel: »Komm und zeig mir die Stelle, wo deine Mutter zu fischen pflegt.« Sie gingen beide los, und Ekute wies auf eine gute Stelle an einem Bach. Aber die Großmutter sagte: »Nein, hier nicht!« Ekute zeigte ihr nun eine andere Stelle, aber wieder sprach die Großmutter: »Nein, das ist nicht die Stelle, an der ich fischen werde.« So gingen sie noch zu vier weiteren Plätzen, aber nirgends war es der Großmutter recht. Schließlich meinte Ekute: »Andere Stellen zum Fischen gibt es nicht. Jetzt kommt schon der große Fluß.« – »Gut«, antwortete die Großmutter, »gehen wir dorthin.« Ekute beharrte: »Aber die guten Fangplätze sind hier. Alle fischen hier. Im Fluß ist es gefährlich.« Die Großmutter aber erwiderte: »Das will ich mir selbst ansehen. Komm, gehen wir.« Da folgte ihr der Enkel, und als sie an eine Stelle kamen, wo der Fluß ziemlich breit wurde, entschied die Großmutter: »Hier will ich fischen.« Ekute riet wieder ab, aber die Großmutter ließ sich nicht überzeugen.
Sie stieg in den Fluß und versuchte das Wasser mit den Händen wegzuschieben, geriet dabei aber immer weiter hinein, so daß ihr das Wasser bald bis an den Hals reichte. Da rief sie Ekute zu: »Bring mir zwei Pfähle und leg sie ins Wasser, damit ich dar-

auf stehen kann.« Das tat Ekute, und jetzt gelang es der Großmutter, das Wasser wegzutreiben und zu fischen. Siehe da, bald hatte sie zehn Körbe voll mit Fischen.
Der Enkel forderte die Großmutter nun auf: »Komm, wir haben genug. Laß uns nach Hause gehen.« Die Großmutter aber wollte nicht und erwiderte: »Nein, erst will ich den Fluß leerfischen, denn ich will mehr fangen als je ein anderer zuvor.« So fischte sie weiter. Aber da stieg ihr das Wasser auf einmal bis an den Hals, bald bis in Mundhöhe, und schließlich verschwand sie unter Wasser. Im selben Augenblick tauchte eine große Schlange daraus hervor. Als Ekute sie sah, griff er gleich nach seinem Speer, um sie zu töten. Da sprach die Schlange: »Warte, ich habe mit dir zu reden.« Aber Ekute lief ins Dorf und holte seinen Vater und die anderen Leute. Auch der Vater wollte die Schlange sofort mit seinem Speer töten. Doch die Schlange sprach wieder: »Wartet noch, ich habe etwas zu sagen.« Sie befahl den Leuten, einen Korb anzufertigen und sie darin ins Dorf zu tragen. So geschah es. Als man die Schlange dann ins Dorf gebracht hatte und ihr ein Haus zum Schlafen angewiesen wurde, forderte sie: »Nein, ich will im ersten Haus neben dem Versammlungshaus wohnen!« Auch das wurde ihr gestattet. Bald hatte es sich überall herumgesprochen, daß im Dorf eine große Schlange zu besichtigen wäre. Viele, viele Menschen kamen, um sie zu sehen. Von dem Geld, das Ekutes Vater von jedem dafür verlangte, etwa soviel wie zehn Mark, wurde Nsambe sehr reich und konnte sich zwei Frauen kaufen.
Eines Tages waren er und alle seine Leute weggegangen, nur Ekute hatten sie dagelassen. Da erschienen mehrere Besucher aus einem entfernt gelegenen Dorf, um sich die Schlange anzusehen. Weil sie als Bezahlung nur zwei Haumesser mitgebracht hatten, wollte Ekute sie ihnen zuerst nicht zeigen. Doch die Leute schimpften und drohten und ließen sich nicht abweisen. Da nahm Ekute, der ja recht einfältig war, voller Ärger eins der Messer und statt vorsichtig die Tür einen Spalt breit zu öffnen und die Leute hineinblicken zu lassen, schlug er oben die Hauswand ein. Sofort kroch die Schlange heraus, kroch auf den Dorfplatz und rief: »He, jetzt gehe ich auf und davon!« Aber die Fremden und Ekute waren schon weggelaufen. Nun

hob die Schlange ihren Kopf und ihren Leib und schwang sich in die Luft. In diesem Augenblick kam Ekutes Vater zurück und konnte ihr gerade noch das untere Ende abschlagen, der andere Teil schwebte bereits hoch in der Luft. Noch heute steht er als Regenbogen am Himmel. Aus dem Schwanz aber wurde die Riesenschlange, und aus den Eiern krochen alle anderen kleinen Schlangen hervor.

Die Zauberschachteln

Ekute, der Dummling, beschloß eines Tages, den verstorbenen Verwandten seiner Mutter einen Besuch abzustatten. Ekute hatte nämlich nur die Mutter und drei Brüder im Dorf, sonst besaß er gar nichts, auch keine Frau, und seine Brüder hatten ebenfalls nichts. Aus diesem Grund machte er sich also auf, um seine Verwandten der mütterlichen Seite, nämlich die Totengeister, zu besuchen. Bald kam er in einen großen Wald, der war voller Tierfährten. Es dauerte nicht lange, da traf er einen Quastenstachler, der seinem Jagdhund eine Glocke um den Hals gehängt hatte, damit er anderen Quastenstachlern nachspüre – denn die hätten, so erzählte er Ekute, die Kassava seiner Mutter aufgegessen. Erstaunt fragte Ekute: »Wie kommt es, daß du Quastenstachler tötest? Bist du nicht selbst einer?« Da antwortete der: »Ach, daran sind nur die Totengeister schuld. Kehr um und geh nicht zu ihnen!« Aber Ekute lief weiter. Bald darauf traf er einen Vogel, der eine Falle aufstellte, um seine Artgenossen zu fangen. Da fragte Ekute wieder: »Wie kommt es, daß du Vögel töten willst? Bist du nicht selbst ein Vogel?« – »Ach«, sprach der Vogel, »daran sind nur die Totengeister schuld. Kehr um und geh nicht in ihr Land.« Ekute aber setzte seinen Weg fort und traf zwei Schweine, die hoben eine Fallgrube aus, um andere Schweine zu töten. Sie täten es, erklärte das eine Schwein auf Ekutes Frage, weil die anderen Schweine die Kassava ihrer Mutter aufzufressen pflegten. Da fragte Ekute abermals: »Wie kommt es, daß ihr Schweine töten wollt, wo ihr doch selbst zur Familie der Schweine gehört?«

Und die Schweine gaben zur Antwort: »Daran sind die Totengeister schuld. Kehr um und geh ins Land der Menschen zurück!« Ekute aber wollte sich nicht raten lassen, bis das eine Schwein schließlich sagte: »Ach, Ekute, ich dachte, du hättest nun allmählich etwas Verstand bekommen. Aber ich sehe, du bist noch so dumm wie früher. Geh nur deiner Wege, geh, wohin es dir beliebt.«

Dann begegnete Ekute einer Antilope, die ein Netz aufgestellt hatte. Er fragte sie: »Was machst du denn hier mit dem Stellnetz?« – »Wie kannst du nur so dumm fragen, Ekute«, erwiderte die Antilope. »Ich bin hier, um die anderen Antilopen zu fangen.« Ekute konnte sich das alles nicht erklären, aber die Antilope fragte nun ihrerseits: »Wo willst du denn hin?« Ekute sagte, daß er die Verwandten seiner Mutter besuchen wolle. Da sprach das Tier: »Dann geh nur diesen Weg, den ich gekommen bin, immer geradeaus, bis du an eine verlassene Lichtung kommst, dort bist du ganz nahe bei ihrem Dorf.« Ekute ging weiter und kam noch an vielen Tieren vorbei, Elefanten, Schirrantilopen und vielen anderen, die alle auf der Treibjagd waren. So ging er lange Zeit, drei ganze Tage, bis er endlich in ein Dorf kam. Hier traf er einen Mann, der fragte ihn: »Nun, wohin willst du denn?« Ekute antwortete: »Ich will die Ahnen meiner Mutter besuchen. Bin ich hier richtig?« Da erwiderte der Mann: »Jawohl. Geh nur in das nächste Dorf, da wirst du sie alle finden.« So ging denn Ekute weiter und kam auch in ein großes Dorf, das voller Tiere war. Es waren alle da: die Antilope, das Schwein, der Adler, der Hund, der Leopard, der Elefant, o je! Da sagte Ekute: »Bin ich hier nicht im Dorf meines Großvaters?« Das sei er, bestätigten ihm die Tiere.

Nun trat er ins Versammlungshaus und wollte sich hinsetzen, aber da riefen lauter Stimmen um ihn her: »Au, au, wie kommst du dazu, dich auf uns zu setzen?« Er setzte sich auf einen anderen Platz, aber da sagte eine Stimme: »Ach, Ekute, paß doch auf meine Füße auf, warum mußt du dich unbedingt hierher setzen?« Ekute aber sah niemanden, weil man die Verstorbenen ja nicht sehen kann. Da sagte er zu den Unsichtbaren: »Ich wollte eigentlich meinen Großvater und die Verwandten besuchen. Wenn ich nicht willkommen bin, werde ich eben wieder zurückgehen. Sobald ich mich irgendwo hinsetze, heißt es: ›Hier nicht!‹ Ich sehe aber niemanden, was soll ich da machen?« Nun kam sein Großvater. Der nahm ein Blatt, formte daraus einen Trichter und träufelte Medizin in Ekutes Ohren. Ekute fiel sofort tot um, und nun sah er alle Leute. Waren das aber viele! Auch das große Dorf, in dem er sich befand, sah er nun erst richtig. Die Häuser waren ordentlich gedeckt, vorher hatte er nämlich nur Dachsparren gesehen.

Nun sprach Ekute: »Ach, mein Großvater, ich habe nichts – kein Huhn, kein Schaf, einfach nichts, dabei drei Brüder, die auch nichts haben, und meine alte Mutter. Ich wollte dich bitten, ob du mir nicht ein Huhn oder ein Schaf oder sonst irgendwas als Brautgeld geben könntest, denn eine Frau habe ich auch nicht.«

Da lachte der Großvater und sagte: »Das macht nichts. Das kommt schon alles noch. Laß uns erst einmal ordentlich essen.« Er fing ein großes Schwein, schlachtete es und aß es mit seinem Enkel. Am nächsten Tag schlachteten sie ein Schaf, und so ließen sie es sich gut gehen.

Nach einiger Zeit sagte der Großvater zu Ekute: »Komm nun, wir wollen in den Wald gehen. Ich will dir etwas zeigen, das dich zu einem großen Häuptling machen wird, so daß alle über dich staunen werden.« Sie gingen tief in den Wald, bis sie an eine große Copaifera kamen. Dort sagte der Großvater: »Reinige den Boden um diesen Baum ordentlich, bis dort hinten.« Er ging dann selbst bis dahin und fragte: »Siehst du mich?« Ekute sagte: »Nein«. Da sagte der Großvater, daß er den Platz noch gründlicher säubern solle, und Ekute tat, wie ihm befohlen. »Nun mußt du kleine Häuser bauen, vierzig auf dieser Seite, vierzig auf jener Seite!« Auch das tat Ekute. Dann klopfte der Großvater an die Copaifera, und sofort schrumpfte der Baum zusammen und wurde so klein, daß sie Feuerholz von seinen Ästen abschlagen konnten. Damit entfachten sie nun ein großes Feuer, auf dem sie das Zaubermittel kochten. Der Großvater ging an einen kleinen Fluß und brachte zwei Rindenschachteln mit, die von selbst laufen konnten. Wenn er ihnen zurief: »Kommt, kommt!«, kamen sie von selbst.

Nun sprach der Großvater: »Lieber Ekute, hier hast du alles, was ich dir geben kann. Nimm diese Schachteln. Es sind Zauberschachteln. Verbirg sie gut, aber nicht in deinem Dorf, vergrabe sie im Bett des Baches, der in der Nähe deines Dorfes fließt. Kein anderer darf sie finden, sonst ist alles aus. Wenn du nun zurückgekehrt bist, brauchst du nur einen Wunsch zu äußern, und er wird in Erfüllung gehen. Die Schachteln werden dir helfen.« Darauf erwiderte Ekute: »Ach Großvater, ich kann das alles gar nicht glauben.« Aber der Großvater entgegnete: »Doch, doch, geh nur. Dein Dorf wird wachsen und immer größer werden. Achtzig Hütten wirst du bauen, denn du wirst achtzig Frauen heiraten, so wie du hier achtzig Häuser gebaut hast. Und nun ruf die Schachteln.« Das tat Ekute auch. Er rief: »Kommt, kommt!« Da kamen sie schon, und Ekute freute sich und sagte: »Ja, nun sehe ich, daß alles seine Richtigkeit hat.«

Nachdem der Großvater abermals an den Baum geklopft hatte, damit er wieder seine ursprüngliche Größe annahm, kehrten die beiden ins Dorf zurück. Dort sagte der Großvater zum Schein vor den Leuten, daß er nicht viel zu vergeben hätte. Ekute solle nun wieder nach Hause gehen, aber er wolle ihn bis zum nächsten Dorf begleiten. Dies geschah auch und unterwegs erinnerte der Großvater Ekute noch einmal daran, die Schachteln ja niemanden sehen zu lassen, sondern unter dem bezeichneten Bach gut einzugraben. Darauf träufelte er ihm wieder die Medizin in die Ohren, und Ekute war wieder lebendig und wanderte mit seinen Schachteln durch den Wald seinem Dorf entgegen. Als er an den Bach kam, den sein Großvater ihm benannt hatte, grub er ihm ein anderes Bett, hob in dem alten ein Loch aus und legte die Schachteln hinein. Dann warf er Erde darauf und leitete den Bach zurück in sein altes Bett. Hierauf kehrte er in sein Dorf zurück. Dort waren natürlich alle erstaunt, und sein Bruder sagte: »Ekute, wir dachten, du wärst längst tot. Du bist ja so lange weggeblieben. Was hast du nur gemacht?«

Ekute gab zur Antwort: »Ich bin im Wald herumgeirrt und war nahe daran, zu verhungern. Aber getroffen habe ich niemanden.« – »Ach, Ekute«, klagte der Bruder, »du treibst dich im Wald herum, und wir wären hier unterdessen beinahe verhun-

gert.« Nun ging Ekute dorthin, wo seine drei Häuser standen, da war alles mit Unkraut und Gestrüpp überwuchert. Bekümmert meinte er: »Ich sehe schon, mein Anwesen ist inzwischen völlig heruntergekommen.« Darauf machte er sich daran, sein Haus und den Platz davor wieder in Ordnung zu bringen. Über Nacht aber war wie von Zauberhänden das gesamte Dorf so sauber gemacht worden und die Häuser waren so schön hergerichtet, wie man es selten sieht. Allen Leuten, die durch das Dorf kamen, gefiel der Ort und sie sagten sich: »Was für ein hübsches Dorf. Hier wollen wir ein wenig rasten.« Sie holten kleine Gastgeschenke hervor und brachten sie Ekute. Auf diese Weise erfuhr Ekute, daß es in einem der nächsten Dörfer ein Mädchen im heiratsfähigen Alter gab. Sofort wollte er sich dorthin begeben. Aber sein Bruder hielt ihn zurück und sagte: »Was, eben bist du erst von der Reise zurückgekommen. Nichts ist vorbereitet. Du bist nicht geschmückt, und eingeölt bist du auch nicht!« Da bat Ekute den Bruder, ihm den Kopfschmuck zu richten. Dann legte er sich einen Messingreif um den Hals, streifte Messingringe an Arme und Beine und ging nun festlich geschmückt in jenes Dorf.
Als er zu dem Vater des Mädchens kam und ihn um seine Tochter bat, lehnte der jedoch ab: »Aber Ekute, du besitzt ja rein gar nichts zum Heiraten.« Gegen eine Freundschaft der beiden hatte er aber nichts einzuwenden, und so stellte sich Ekute dem Mädchen vor. Als er sah, daß er ihr gefiel, fragte er vorsichtig, ob sie nicht vielleicht später einmal mit ihm in sein Dorf gehen wolle. Da erwiderte das Mädchen: »Warum so umständlich, Ekute? Ich bin jederzeit bereit, mit dir zu gehen.« – »Dann laß uns auf der Stelle aufbrechen«, forderte nun Ekute. Aber das Mädchen entgegnete: »Ach nein. Ich habe gerade das Essen auf dem Feuer.« Als sie fertig war mit Kochen, bot sie Ekute zu essen an, der aber sagte: »Laß uns doch gehen. Ich habe jetzt überhaupt keinen Hunger.« Da packte das Mädchen das Essen in ein Bündel und ging, obwohl es unterdessen schon Nacht geworden war, mit Ekute in sein Dorf.
Am anderen Morgen überlegte Ekute verzweifelt, woher er das Geld nehmen sollte, eine Frau zu bezahlen. Bald kam auch der Vater des Mädchens. Er schalt Ekute wegen seiner Unver-

nunft und sagte: »Bring mir das Mädchen zurück. Du kannst sie ja doch nicht bezahlen.« Dann drehte er sich um und ging. Als Ekute nun in sein Haus trat – standen da doch fünf große Kisten voll Speergeld, eine Kiste mit Stoffen und viele viele andere Dinge! Da rief er seinen Bruder und brachte mit ihm all die Sachen zu seinem Schwiegervater. Der wunderte sich sehr und dachte bei sich: ›Wie kommt dieser Ekute, der doch vorher nichts besaß, zu all diesen Sachen?‹ Laut aber sprach er: »Mein lieber Sohn. Du bist herzlich willkommen. Du hast ja ungeheuer viel Geld und wirst noch ein großer Häuptling.« Nun war Ekute natürlich sehr froh. Als nächstes sagte er sich: »Ja, eine Frau habe ich jetzt, aber keine Pflanzung. Wir müssen doch leben!« Da erinnerte er sich an die Worte seines Großvaters. Er ging in den Wald und suchte sich einen Platz für die Pflanzung aus. Nachts aber rodeten die Unsichtbaren für ihn die Stelle und brannten sie ab. Als Ekute am nächsten Morgen kam, fand er die Pflanzung soweit vorbereitet. Da sagte er: »Nun müssen noch die Stämme beiseite geräumt werden. Es fehlt auch noch die Begrenzung der Landstücke, denn es müssen zwei Felder sein, eins für meine Mutter und eins für meine Frau.« Am nächsten Tag war auch das geschehen, und Ekute konnte zu den Frauen sagen: »Es ist Zeit für euch, an die Arbeit zu gehen. Bringt Ngon in die Erde.« Erstaunt fragte seine Mutter: »Was, hast du schon alles fertig, auch die Abgrenzung?« – »Ja, gewiß«, antwortete Ekute.

Auch das Haus für seine Frau halfen die Unsichtbaren bauen. So konnte Ekute schon bald losziehen, um sich nach einer zweiten Frau umzusehen. Und da das Brautgeld jetzt immer bereit lag, dauerte es nur kurze Zeit, bis er neunundsiebzig Frauen geheiratet hatte. Alle Pflanzungen und alle Häuser für sie wurden ihm von den Unsichtbaren errichtet.

Eines Tages hörte er, daß gar nicht weit weg ein wunderschönes Mädchen lebte mit Namen Odangemaköng, das heißt ›Klüger als alle‹. Die wollte er auch noch haben. Sein Bruder warnte ihn: »Wer ›Klüger als alle‹ heißt, ist immer gefährlich. Nimm dieses Mädchen lieber nicht zur Frau!« Aber Ekute meinte: »Ach was, warum soll ich sie nicht heiraten?« Dem Mädchen

gefiel er auch sofort, und so brachte er sie als seine Frau in sein Dorf.
Gleich am ersten Abend bat das Mädchen: »Schlafe doch heute bei einer anderen Frau. Ich mag nicht.« Das tat Ekute. Aber als er schlafen gegangen war, wandte die junge Frau einen Zauber an. Sie entzündete ein Stück Holz und fragte das Feuer: »Woher kommen all die vielen Sachen, die Ekute hat? Aus dieser Richtung?« – Das Feuer brannte weiter. – »Aus jener Richtung?« – Das Feuer brannte weiter. – »Aus jener Richtung?« Und sie zeigte den Weg, der zum Bach führte. Da erlosch das Feuer. Sie ging nun den Weg entlang, bis sie an den Bach kam. Dort zündete sie wieder ein Feuer an und fragte: »Wo ist das Ding, das all die Sachen schafft? Hier?« Das Feuer brannte. »Und hier? Und hier?« Und sie zeigte in alle Richtungen, aber das Feuer brannte weiter. Da deutete sie auf den Platz zu ihren Füßen, und sofort erlosch das Feuer. Nun leitete sie den Bach ab und grub und grub und fand schließlich die beiden Schachteln.
»Also das ist es«, sagte sie, öffnete die Deckel und husch – all die hilfreichen Geister, die darin eingeschlossen waren, entwischten und kehrten zurück ins Land der Unsichtbaren. Da lief sie schnell ins Dorf und begann ihre Sachen zu packen. Als sie noch dabei war, kam Ekute und sagte: »Ich weiß nicht, was mit mir los ist, ich kann heute gar nicht einschlafen. Laß mich bei dir schlafen.« Aber Odangemaköng rief: »Nein, bloß nicht. Komm ja nicht in mein Haus!« So ging Ekute wieder in sein Haus und legte sich hin. Odangemaköng aber sprach: »Wenn Ekute mich morgen hier antrifft und sieht, daß alles verloren ist, wird er mich töten.« Sie nahm all ihre Sachen und kehrte zu ihrem Vater zurück.
Als Ekute am nächsten Tag erwachte, wollte er seinen Augen nicht trauen, denn alles war weg, das ganze Dorf. Nur die drei alten Häuser standen noch wie früher, aber alle Frauen und alles übrige war verschwunden. »Siehst du, wie recht ich hatte«, sagte sein Bruder. »Hättest du dieses Mädchen nicht geheiratet, wäre alles noch wie gestern. So aber hast du nun gar nichts mehr.«

Die schöne Meküküi

Einst lebte Nsambe zusammen mit seiner Frau in einem großen Dorf. Die Frau hatte ihm schon einige Kinder geboren. Nsambe aber hatte die Kinder jedesmal bald nach der Geburt aufgefressen. Als das schon fünf- oder sechsmal so gegangen war, sagte sich die Frau: »Wie kann dieser Mann nur seine eigenen Kinder fressen! Das nächste Mal werde ich weit weg gehen, wenn die Geburt naht, und ihm das Kind gar nicht zeigen.« Als es nun Zeit wurde, lief sie in den Wald, um einen geeigneten Platz zu suchen. Da fand sie eine Felshöhle, in der genügend Raum war. Hier gebar sie eine Tochter und nannte sie Obelle. Sie richtete die Höhle wohnlich her und brachte dem Kind auch immer sein Essen. Als Nsambe sie fragte, wo denn das Kind geblieben sei, sagte sie, es wäre tot geboren, und so hätte sie es im Wald gelassen. Weil ihr die List gelungen war, beschloß sie, es nun immer so zu machen. Als sie das nächste Mal schwanger wurde, begab sie sich wieder in die Felshöhle und gebar eine Tochter, die sie Mbui-Ekon nannte. Die dritte Tochter, Schi-Ekon, kam auch hier zur Welt. Die letzte Tochter aber nannte sie wegen ihrer schönen hellen Hautfarbe Meküküi, das heißt Mondlicht. Die Frau brachte ihren vier Töchtern stets heimlich etwas zu essen und zog sie groß.

Den Mann aber täuschte sie und beschwichtigte ihn, wenn er ungehalten war, weil er das neugeborene Kind wieder nicht hatte essen können. Nun lebte in einem anderen Dorf ein junger Mann, der in jenem Wald oft auf die Jagd ging. Dabei gelangte er eines Tages zu der Felshöhle und sah die jüngste Tochter, Meküküi, vor der Tür sitzen. Wie gebannt von ihrer Schönheit dachte er: ›So ein wunderschönes Mädchen habe ich noch nie gesehen. Ich will versuchen, sie zu meiner Frau zu machen.‹ Als Meküküi den jungen Mann erblickte, schlüpfte sie sogleich in die Felsgrotte zu ihren Schwestern, obwohl ihr der Mann zurief: »Hab keine Angst! Bleib doch hier, ich habe dich ja schon lange gesehen!«

Gleich am nächsten Tag begab sich der junge Mann zu Nsambe und sprach: »Ich bin gekommen, um bei dir um deine Tochter anzuhalten, denn ich liebe sie sehr.« Da erwiderte Nsambe: »Was für eine Tochter? Ich habe gar keine Tochter, mein Freund.« Nun erzählte der junge Mann von seinem Erlebnis bei dem Felsen im Wald. Als Nsambe ihn angehört hatte, entschied er: »Gut, ruf morgen alle deine Verwandten her, und auch ich werde die meinen holen lassen, damit wir die Angelegenheit klären können. Wenn es sich so verhält, wie du sagst, soll sie deine Frau werden. Hast du aber gelogen, so wird es dir schlecht ergehen.« Damit war der junge Mann zufrieden.

Am anderen Tag erschien er mit seinen Verwandten. Nun ließ Nsambe seine Frau rufen, befragte sie wegen der Tochter und befahl ihr dann, sie sogleich herbeizuschaffen. Da ging die Frau fort und kam mit der ältesten Tochter, Obelle, wieder. Der junge Mann aber schüttelte den Kopf und sprach: »Nein, die ist es nicht, hol die andere.« Da rief sie die zweite Tochter, aber wieder sagte der Mann: »Nein, die meine ich auch nicht.« Da ließ die Frau die dritte Tochter holen, doch der Mann wollte auch die dritte nicht und sprach: »Nein, das ist nicht jene, die ich im Wald gesehen habe. Du hast noch eine Tochter.« Da ging die Frau, um die jüngste, Meküküi, zu holen. Aber Meküküi wollte nicht mitkommen und sagte: »Ich gehe nicht, ich sehe keinen Grund, warum ich gehen sollte.« Nun erzählte ihr die Mutter, daß ein junger Mann erschienen sei, der sie heiraten wolle. Da sprach Meküküi: »Gut, wenn er mich liebt, soll er eine Korbschale mit Perlen und Armreifen aus Messingdraht füllen, aber eine ganz neue, frisch geflochtene Schale, und soll sie vor meine Tür stellen. Wenn ich damit zufrieden bin, werde ich kommen.« Als der junge Mann das hörte, ging er sofort los, kaufte Armreifen aus Messingdraht und Perlen und häufte sie auf eine schöne neue Schale. Die stellte er vor Meküküis Tür und bat sie, nun mit ihm zu kommen. Da trat sie heraus, strahlend schön wie das Mondlicht, und ging mit ihm zum Dorf ihres Vaters. Auf einmal standen sie vor einem Baumstamm, der quer über dem Weg lag. Da sprach das Mädchen: »Bis hierher bin ich mitgekommen, aber über den Baumstamm werde ich nicht steigen – es sei denn, du füllst noch eine Schale mit Armreifen und Perlen für mich.« – »Nur zu gern tue ich das für dich«, gab der junge Mann zurück, ging und kaufte noch einmal Perlen und Messingdraht für Armreifen. Er brachte ihr die gefüllte Schale, und da stieg das Mädchen auch über den Baumstamm und ging mit bis ins Dorf. Doch kaum waren sie vor Nsambes Haus angelangt, forderte sie: »Wenn du willst, daß ich mit hineingehen und deine Frau werden soll, mußt du mir noch eine Schale voller Armreifen und Perlen bringen.« Aber der Mann meinte: »Das macht mir nichts aus. Ich tue es gern.« Er füllte noch eine Korbschale mit Perlen und Messingarmreifen und gab sie dem Mädchen. Da trat sie ins Haus.

Nsambe aber sprach zu dem jungen Mann: »Sei mir als Schwiegersohn willkommen, denn wenn du nicht gewesen wärst, hätte ich nie erfahren, daß ich Töchter habe. Nimm Mekükü nun mit in dein Dorf. Laß sie aber im Haus bleiben. Sie soll nur Essen kochen, weiter nichts! Achte auch darauf, daß niemand mit ihr spielt oder sie etwa eine schöne Frau nennt, sonst wird Schlimmes geschehen.« Das sagte der junge Mann auch zu und kehrte dann mit seiner Frau in sein Dorf zurück. Mekükü bekam eine neue, schöne Hütte und durfte den ganzen Tag zu Hause bleiben. So ging einige Zeit alles gut, bis der Mann eines Tages wieder auf die Jagd mußte, um Fleisch für sich und seine Frau heranzuschaffen. Er rief seine Schwester und befahl ihr: »Bleib bei meiner Frau und achte darauf, daß niemand ihr nahe kommt und sie berührt!« Die Schwester versprach auch, gut achtzugeben. Kaum war der Mann fort, setzte sie sich in die Hütte zu der jungen Frau. Als sie Mekükü aber eine Weile angeschaut hatte, war sie von ihrer Schönheit so benommen, daß sie nicht anders konnte, als die junge Frau zu berühren und bewundernd auszurufen: »Was bist du doch für eine schöne Frau!« Kaum aber hatte die Schwester das ausgesprochen, verwandelte sich Mekükü in eine rotschwänzige Meerkatze. Zuerst kletterte sie auf die Planten, von da auf die höheren Bäume und verschwand dann im tiefen Wald.

Bald darauf kehrte der Mann zurück. Er rief seine Schwester und fragte sie: »Wo ist meine Frau?« Da antwortete sie: »Ach, lieber Bruder, ich habe schlimme Dinge zu berichten. Deine Frau ist nicht mehr hier!« Der Bruder erschrak sehr. Sie erzählte ihm nun, was geschehen war, und schalt: »Sie war gar

kein richtiger Mensch, sondern eine abscheuliche Meerkatze. Wie kannst du ihr nur nachtrauern.«
Am folgenden Tag begab sich der Mann betrübt zu seinem Schwiegervater und erzählte ihm das Unglück. Da gab ihm Nsambe als Ersatz seine Tochter Obelle zur Frau, und der junge Mann kehrte mit ihr zurück in sein Dorf.
Wenn nun Obelle auf dem Feld war, um die Erdnußpflanzen zu jäten, weinte sie immer laut und klagte um ihre Schwester. Auch vermochte sie kaum, ein paar Unkräuter herauszuziehen, so sehr mußte sie weinen. Da rauschte es eines Tages hinter ihr und ihre Schwester kam in Affengestalt aus den Büschen. Sie warf ihre Haut ab, verwandelte sich wieder in einen Menschen und war so schön, wie sie vorher gewesen war. Sie sprach zu Obelle: »Warum weinst du denn um mich, ich bin ja nicht gestorben.« Die Schwester aber antwortete: »Wie sollte ich nicht weinen. Früher haben wir so glücklich miteinander gelebt, und nun bist du ein häßlicher Affe. Das ist gerade so, als wärst du gestorben.« Mekükü̈i aber wiederholte: »Du siehst mich ja, ich bin nicht tot. Also laß das Weinen.« Dann half sie beim Unkrautjäten und war dabei so schnell, daß bald alles gejätet war und Obelle heimgehen konnte. Aber kaum machte sie sich auf, ergriff Meküküi ihre Affenhaut, verwandelte sich in eine Meerkatze und verschwand eins, zwei, drei, in den Bäumen. Da lief Obelle weinend nach Hause. So ging es nun jeden Tag: Meküküi kam, verwandelte sich, half beim Jäten. Aber sowie Obelle nach Hause gehen wollte, verschwand Meküküi trotz aller Bitten wieder als Meerkatze im Wald. Schließlich fiel es dem Mann auf, daß seine Frau sehr zeitig, aber immer wehklagend vom Feld zurückkam. Er fragte sie nach dem Grund, und sie erzählte ihm alles. »Warte«, sagte der Mann, »morgen verstecke ich mich in der Nähe des Feldes und packe sie, wenn sie wieder Mensch geworden ist.« Obelle war damit einverstanden. Am nächsten Tag begaben sie sich zusammen zum Feld und der Mann versteckte sich nahe der Stelle, wo Meküküi sich immer verwandelt hatte. Obelle aber ging wie gewohnt an ihre Arbeit.
Es dauerte nicht lange, da kam Meküküi. Aber statt sich zu verwandeln, lief sie unruhig hin und her, so daß Obelle sie fragte:

»Was hast du denn heute? Sonst verwandelst du dich doch immer hier?« Mekuküi antwortete: »Ich rieche etwas. Es scheint noch ein anderer Mensch in der Nähe zu sein.« Aber Obelle beruhigte sie: »Ach was, ich bin ganz allein.« – »Gut«, sagte da Mekuküi, »doch wenn du gelogen hast, werden wir nie mehr miteinander sprechen.« Darauf warf sie ihre Affenhaut ab und wurde wieder ein Mensch.
Kaum hatte der Mann das gesehen, als er aus seinem Versteck hervorstürzte, die Affenhaut ergriff und sie in das Feuer warf, das die Frauen der Sandfliegen wegen stets brennen haben. Nun fesselte er Mekuküi, weil er fürchtete, sie würde weglaufen, und brachte sie ins Dorf. Mekuküi aber war stumm geworden. Sie konnte sich zwar durch Zeichen verständigen, doch kein einziges Wort kam mehr über ihre Lippen. Ihr Mann war darüber sehr traurig. Er suchte alle Medizinmänner des Landes auf, um ihren Rat einzuholen. Aber keiner wußte ein Mittel, bis ihm schließlich ein Mann riet: »Du mußt als Essen für deine Frau Planten zerreiben und über dem Topf einen großen Tausendfüßer aufhängen. Wenn deine Frau den sieht, wird sie einen Schreck bekommen und fragen: ›Wer hat das gemacht?‹ Dann mußt du schnell mit all deinen Leuten rufen: ›Da redet sie schon, sie redet ja schon!‹, und der Bann ist gebrochen.« So tat es der Mann auch. Er zerrieb die Planten zum Mittagessen und band über dem Topf einen Tausendfüßer fest. Dann rief er alle seine Leute zusammen und sprach zu seiner Frau: »Geh ins Haus, ich habe Essen für dich gekocht.«
Da ging sie hinein, sah den Tausendfüßer, erschrak und schrie: »Wer hat denn das gemacht?« Sofort riefen alle: »Nun spricht sie ja! Nun spricht sie ja!« und der Zauber war besiegt, sie konnte wieder reden.
Obelle kehrte in das Dorf ihres Vaters zurück. Die beiden Eheleute aber wurden nie mehr durch Zauberei gestört und lebten glücklich und zufrieden miteinander.

Der verdoppelte Vater

Nsambe hatte einmal einen Sohn, der nie auf seinen Vater hörte. Was der Vater ihm auch sagte, er fand immer etwas dagegen einzuwenden und war überhaupt ziemlich ungeraten. Eines Tages hatte er nun im Wald Honig entdeckt und forderte seinen Vater auf, mit ihm zu kommen, um den Bienenstock auszunehmen. Sie ergriffen eine Axt und eine Schnur. Beides befestigte der Sohn an seinem Gürtel, bevor er sich an die Arbeit machte. Als er aber auf den Baum kletterte, fiel ihm die Axt herunter und traf den Vater so unglücklich am Kopf, daß er tot liegenblieb. Da lief der Sohn mit dem Honig ins Dorf zurück.

Als er vor dem Versammlungshaus ankam, sah er zu seinem Erstaunen seinen Vater darin sitzen. Da sprach er zu sich: »Wie? Habe ich meinen Vater nicht tot im Wald zurückgelassen?« Er kehrte an die Stelle zurück, wo er den Honig geholt hatte, und sah die Leiche seines Vaters liegen, schon von einigen Fliegen umsurrt. Also kehrte er wieder zurück ins Dorf. Aber im Versammlungshaus sah er wieder seinen Vater, der eine Rede an die Dorfbewohner hielt. Da packte ihn das Entsetzen, und er sprach: »Welches ist denn nun mein Vater? Ich habe ihn doch tot im Wald gelassen, und nun sitzt er zur gleichen Zeit im Versammlungshaus?« Schnell lief er noch einmal zu dem Honigplatz und fand auch den Leichnam, schon über und über von Fliegen bedeckt. Bange lief er ins Dorf, aber auch dort war sein Vater. Da packten ihn Furcht und tiefe Reue, denn er erkannte, daß dies die Strafe für sein schlimmes Verhalten gegenüber seinem Vater war.

Bingo

Eines Tages stieg Nsambe auf die Erde herab. Er fuhr auf dem Fluß und hatte seine Freude daran. Er saß nämlich in einem Einbaum, der bewegte sich von ganz allein, wirklich ganz allein, Nsambe mußte nichts tun. In der Nähe eines großen Dorfes hielt er an. Dorthin wollte er unerkannt gehen, um sich unter die Menschen zu mischen. Da kam ein Mädchen zum Fluß, um Wasser zu schöpfen. Nsambe sah sie, und sie gefiel ihm, denn sie arbeitete gut, und so fleißig sie war, so schön war sie auch. Sie wurde schwanger, und er nahm sie mit, weit, weit, in das Land, aus dem man nicht zurückkehrt. Mboya, so hieß das Mädchen, kehrte niemals wieder. Als die Zeit herangekommen war, gebar Mboya einen Sohn und nannte ihn Bingo – warum, weiß ich nicht, keiner hat es mir gesagt, das mag ein Name von dort sein. Bingo wuchs jeden Tag, und Mboya liebte ihn mehr als alles andere auf der Welt. In seine Haare steckte sie die Elali, die Lieblingsblumen der Vögel, seine kleine Nase zierte ein Perlenschmuck. Hals und Arme waren mit Kupferbändern geschmückt, die jeden Morgen sorgfältig geputzt wurden. Bingo wuchs unaufhörlich, und Mboya liebte ihn immer mehr.

Nsambe ärgerte das sehr. Eines Tages geriet er in Zorn, weil Bingo ihm einen Fisch gestohlen hatte. Er stieß Mboya in ihre Hütte, verprügelte Bingo und stürzte ihn aus der Höhe herab. Bingo fiel lange. Schon war er fast tot, da glitt er in die Fluten eines großen Gewässers, das von Bergen umgeben war – das war sein Glück! Noch besser war, daß er sich zugleich nahe am Ufer befand. Ein alter Mann saß mit seinen Netzen in einem Einbaum, um Fische zu fangen. Der fischte Bingo aus dem Wasser und führte ihn in seine Hütte. Der Name des Greises war Otoyom.

Kaum hatte Nsambe Bingo hinabgestoßen, eilte Mboya, ihrem Sohn zu helfen. Ihr habt doch schon gelegentlich nachts im Wald ein umherirrendes Licht gesehen? Wer geht da um? Habt ihr die Stimme einer Frau gehört, die unter den Bäumen herumgeistert, ruft und klagt? Fürchtet euch nicht, das ist Mboya, die ihr Kind sucht, denn eine Mutter ermüdet nicht.

Bingo ist also heruntergefallen, Mboya weggezogen – Nsambe stürzt ihnen hinterher. Er will um jeden Preis Bingo wiederfinden. Er sucht auf den Bergen, er sucht auf dem Meer: »Meer, Meer, verbirgst du Bingo?« und auf der Erde: »Erde, Erde, verbirgst du Bingo?«

Die Erde und das Meer antworten: »Nein, nein!« Unmöglich, ihn zu finden. Otoyom, der große Zauberer, der die hohe Abkunft Bingos kannte, will ihn nicht ausliefern und verbirgt ihn gut.

Bingo hatte sich in die Tiefe einer Höhle geflüchtet. Die Höhle ist groß und schwarz. Bingo denkt in seinem Herzen: ›Hier bin ich in Sicherheit‹, und hält sich lange darin verborgen. Währenddessen verfolgt Nsambe ihn unermüdlich. Jeden Tag sagt er: »Ich werde Bingo wiederfinden und sein Herz essen.« Aber Bingo versteckt sich tief in der Höhle, mitten im Wald. Als Nsambe in diesen Wald kommt, begegnet er dem Chamäleon. »Chamäleon, hast du Bingo gesehen?« Das verrät aber nichts, sondern sagt nur: »Ich sah wohl einen Mann vorbeigehen, aber wer hat mir seinen Namen gesagt?« – »Und wohin ging er? Wo ist sein Dorf?« – »Er ging mal hierhin, mal dahin. Sein Dorf ist auf der anderen Seite des Waldes.« – »Ist es weit dorthin?« – »Die Tage sind lang, jeder Tag ist eine lange Zeit. Ja, es ist weit.«

Enttäuscht ging Nsambe weiter. Während er überall nach Bingos Spur sucht, läuft das Chamäleon zur Höhle: »Bingo, gib acht! Dein Vater sucht dich.« Das Chamäleon geht weiter bis auf die Spitze eines nahegelegenen Felsens.

Bingo verwischt sorgfältig die Spuren seiner Schritte, dann betritt er einen oft benutzten Pfad mit hartem Boden, und von da aus kehrt er in seine Höhle zurück. Vorsichtig geht er rückwärts, mit dem Rücken voran. Er tritt in die Höhle und verbirgt sich im hintersten Winkel. Sofort webt Ndambo, die Spinne, ihr Netz vor dem Eingang, ein dichtes, starkes Netz, und das Chamäleon wirft eilig Mücken und Insekten in die Maschen. Nsambe sucht unermüdlich. Schließlich begegnet er Viere, der Schlange: »Viere, hast du Bingo gesehen?« Viere antwortet: »Ja, ja. Er ist in der Höhle hier im Wald.« Nsambe eilt zu der Höhle. »Was ist das?« spricht er, »Fußspuren, die sich entfernen?« Er erblickt das Spinnennetz und die Mücken, die darin gefangen sind. ›Ein Mensch kann nicht hier sein‹, überlegt er, und das Chamäleon von der Spitze des Felsens sagt: »Ah, du bist es, guten Tag.« – »Guten Tag, Chamäleon, hast du Bingo in dieser Höhle gesehen?« – »Ja, aber das ist

schon lange, lange her. Er ist weggegangen. Ich glaube, man sieht auf dem Erdboden noch die Spuren seiner Schritte.« – »Wirklich, sie sind noch da. Ich will ihnen nachgehen. Chamäleon, du hast mir sehr geholfen.«
Nsambe ist schon weit, weit, sehr weit weg, da wagt Bingo sich erst aus der Höhle hervor. »Chamäleon, du hast mir sehr geholfen. Nimm das als Lohn: Du sollst nach Belieben die Farben wechseln können, so kannst du deinen Feinden entkommen.« Zur Spinne aber sagt er: »Auch du hast mir sehr geholfen, was kann ich für dich tun?« – »Nichts«, antwortet die Spinne, »mein Herz ist zufrieden.« – »Gut«, spricht Bingo, »so sollst du von jetzt an als Glücksbringerin gelten.« Er ging. Auf seinem Weg fand er Viere, die Schlange, und mit einem Tritt seiner Ferse zermalmte er ihr den Kopf.
Endlich wurde Nsambe der vergeblichen Verfolgungsjagd müde. Er stieg wieder in die Höhe und ließ Bingo in Ruhe. Bingo hatte die Weisheit seines Pflegevaters bekommen. Als Otoyom gestorben war, wusch er dessen Körper und salbte ihn sorgfältig. Den Schädel bewahrte er auf, um ihn zu ehren und in seinem Haus zu behüten. Er bestrich ihn mit roter Farbe und ölte ihn zu den großen Festen; so blieb der Geist Otoyoms Bingo nahe. Bingo hat uns beigebracht, die Schädel der Ahnen zu ehren und ihren Geist bei uns zu halten. Schande über alle, die nicht die Häupter der Alten ehren. Als Bingo ein großer Mann geworden war, bereiste er die Welt, alle Menschen, alle Stämme. Er war gut und lehrte die Menschen, gut zu sein. Mit einem grünen Stein, den er an seinem Hals trug, konnte er alle Arten von Wundern bewirken. In diesen Stein hatte Nsambe seinen Namen gezeichnet und ihn Bingos Mutter, Mboya, geschenkt, gleich am ersten Tag, als er sie sah. Mboya wiederum hatte den grünen Stein Bingo übergeben. Wenn Bingo wollte, verließ er seinen Körper; die Pfeile erreichten ihn nicht, die Äxte verwundeten ihn nicht, die giftigen Stacheln verletzten nie seinen Fuß.

Vom zauberkundigen Zwilling

Nsambe hatte alle seine Frauen wissen lassen, daß er keine Zwillinge haben wolle. Nun gab er aber einer von ihnen eine Medizin, so daß sie Zwillinge bekommen mußte. Und tatsächlich gebar die Frau auch Zwillinge, aber weil sie sich vor ihrem Mann fürchtete, versteckte sie ein Kind, den Jungen, in einem Topf und deckte ein Bananenblatt darüber. Den Topf stellte sie in ihr Haus. Das andere Kind, ein Mädchen, behielt sie an ihrer Brust.

Als Nsambe dann kam, fragte er die Frau, ob sie Zwillinge geboren habe. Aber sie leugnete es. Da rief er am anderen Tag alle Frauen in sein Versammlungshaus und wollte wissen, ob jene Frau nicht doch Zwillinge geboren habe. Die anderen verrieten die Frau aber nicht, sondern sagten, sie wüßten es nicht. Doch damit gab sich Nsambe noch nicht zufrieden. Er fragte weiter im Dorf herum und erfuhr endlich auch von einem Mann, der es von anderen gehört hatte, daß die Frau tatsächlich zwei Kinder bekommen hatte. Nun ging Nsambe zu der Frau und sagte: »Wie ich höre, hast du doch Zwillinge geboren?« Die aber leugnete immer noch: »Nein, es war nur das eine Kind.« Da ging Nsambe in ihr Haus und suchte dort nach dem anderen Zwilling. Er ließ kein Körbchen unbesehen und fand schließlich den Jungen im Topf. Er nahm ihn, ging mit ihm an den großen Fluß, der ein Stück vom Dorf entfernt floß, und warf das Kind hinein. Dann kehrte er ins Dorf zurück.

Nun lebte in einem anderen Dorf in der Nähe eine Frau, die zu ihrem Kummer keine Kinder bekam. Die war zufällig am Fluß, und als sie an die Stelle kam, wo Nsambe den Jungen in den Fluß geworfen hatte, sah sie das Kind, das im Schilf und Lianengewirr hängengeblieben war, und fischte es mit dem Netz heraus. Die Frau war überglücklich. Sie lief mit ihrem Fund nach Hause zu ihrem Mann und sagte: »Sieh, jetzt bin auch ich endlich Mutter geworden. Dieses Kind habe ich im Fluß gefunden. Es gehört also mir!« Da freute sich der Mann ebenfalls sehr. Er gab dem Jungen den Namen Bebange be Mema und ließ ihn im Dorf aufwachsen, so daß er sein Erbe würde.

Als der Junge herangewachsen war, stellte er in dem Wald, der zwischen dem Dorf von Nsambe und dem seiner Pflegeeltern lag, Fallen auf. Von Zeit zu Zeit sah er nach ihnen. Dabei begegnete er eines Tages einigen Mädchen aus dem anderen Dorf, die zum Fischen gegangen waren. Da nahm er eine Rohrratte von seinem Fang und reichte sie einem der Mädchen, diese wiederum gab ihm von den Fischen, die sie gefangen hatte. Am anderen Tag, als er noch einmal nach den Schlagfallen sah, hatte er vier Tiere gefangen, einen Quastenstachler, ein Moschustier, eine Hamsterratte und eine Rohrratte, und als die Mädchen kamen, gab er jeder ein Tier, seiner Zwillingsschwester aber – denn sie war es – das Moschustier. Die Mädchen reichten ihm jede nur einen Fisch. Darauf kehrten sie in ihr Dorf zurück und berichteten Nsambe das Erlebnis. Die Zwillingsschwester erzählte: »Wir begegneten einem sehr schönen Mann. Aber er sagte zu keiner von uns: ›Dich will ich haben‹, sondern gab uns bloß die Tiere.«
Da suchte der Vater einen weisen Mann mit Namen Odschimesso auf und befragte ihn deswegen. Odschimesso teilte ihm mit, daß jener junge Mann sein Sohn wäre, und daß er zu dessen Stiefvater Mamambe gehen solle. Am nächsten Morgen suchte Nsambe den Mamambe auf und verlangte den Sohn von ihm zurück. Mamambe hörte ihn an und bestimmte: »Wenn du den Sohn zurückhaben willst, mußt du mir acht Schafe zahlen.« Das tat Nsambe auch und kehrte dann mit seinem Sohn in sein Dorf zurück.
Hier bewunderten nun alle Frauen den Ankömmling wegen seiner Schönheit, so daß Nsambe sich schließlich sagte: »Wenn das so weitergeht, werden mich die Frauen bald gar nicht mehr beachten. Es ist besser, ich töte diesen Burschen.« Er ging zu seinen Leuten und befahl ihnen, sie sollten seinen Sohn nachts heimlich umbringen.
In der Nacht erschien denn auch ein Mann an Bebanges Tür und wollte ihn töten. Nun hatte aber Bebange, wenn er schlief, hinten am Kopf die Sonne und vorn den Mond. Als nun der Mann vor der Tür stand, sagte der Mond zu ihm: »Schlaf nicht, man will dich töten.« Da befahl Bebange seinem Haumesser: »Begib dich zu dem Mann, der vor der Tür steht, und töte ihn!«

Da begab sich das Haumesser zu dem Mann und tötete ihn, kam dann zu Bebange zurück und meldete: »Ich habe den Mann getötet.« Der sagte: »Gut so.«
Am anderen Tag rief Nsambe seine Leute noch einmal zusammen, und man fragte herum, ob nicht ein Mutiger da sei, der es noch einmal versuchen wolle. Wirklich stand auch einer auf und sagte: »Ich bin sehr stark und werde es schaffen, den Auftrag auszuführen.« In der nächsten Nacht schlich er sich vorsichtig an Bebanges Haus heran. Aber als er die Tür beiseite schieben wollte, sagte die Sonne zu Bebange: »Schlaf nicht, man will dich töten.« Da rief Bebange wieder das Haumesser, und es folgte auf seinen Befehl dem Mann an der Tür und tötete ihn. Dann kam es wieder zu Bebange zurück und meldete: »Der Mann ist tot.« – »Gut«, sprach Bebange.
Als nun am anderen Tag bekannt wurde, daß wieder ein Mann getötet worden war, wollte es niemand mehr wagen, den Sohn zu ermorden. Da sagte Nsambe: »Gut, wenn kein anderer den Mut hat, werde ich es selbst tun.« Nachts kam er. Aber als er durch das Dach brechen wollte, um Bebange zu töten, rief die Sonne wieder: »Du darfst nicht schlafen!« Und Bebange schickte sein Haumesser los, das verfolgte Nsambe bis hoch in die Lüfte. Schließlich ließ sich Nsambe wieder herabfallen und versteckte sich in einer Copaifera, aber das Haumesser fand ihn doch und tötete ihn durch einen Zauber. Ein anderes Zauberwesen, das sich auf solche Sachen verstand, setzte Nsambe wieder zusammen, flickte auch den Kopf an und sagte zu ihm: »Morgen mußt du deinen Leuten sagen: ›Ich bin krank.‹ Und wenn sie dich fragen, warum und woher, so sagst du: ›Ich habe meinen Sohn töten wollen, aber er ist stärker gewesen als ich und hat mich getötet.‹«
Am anderen Tag sagte Nsambe: »Ich bin schwer krank.« Da fragten ihn die Leute: »Warum und woher?« Und Nsambe sprach: »Ja, ich habe meinen Sohn töten wollen, aber er war stärker als ich und hat mich getötet.« Kaum hatte er diese Worte gesprochen, da starb er wirklich.

Wie die Schildkröte Nsambes Tochter rettete

Vier Mädchen, alles Töchter von Nsambe, gingen einmal zum Fischen und fingen auch reichlich Fische in einem Flüßchen. Als sie genug hatten, begaben sie sich an einen Platz mit großen Steinen, um die Fische abzuschuppen. Nach getaner Arbeit ruhten sie sich auf den Körben aus. Nur eine sagte: »Ach, meine Mutter hat nur diesen einen Korb. Wenn ich darauf sitze, könnte er Schaden nehmen.« So setzte sie sich auf die bloßen Steine. Als die Mädchen nun nach Hause gehen wollten, blieb jenes, das sich auf die Steine gesetzt hatte, daran kleben, und die anderen Mädchen mußten allein nach Hause gehen. Dort erzählten sie der Mutter des Mädchens, was geschehen war. Da wurde die Mutter sehr traurig und lief in den Wald, um ihrer Tochter Essen zu bringen. Unterwegs sang sie, damit ihre Tochter sie kommen höre. So ging es eine ganze Zeit, die Mutter lief immer in den Wald, um Essen zu bringen, und unterwegs sang sie. Das hörte einmal der böse Edschibongo. Er sang nun genauso, wie die Mutter immer sang, aber mit so tiefer Stimme, daß sich die Tochter gleich sagte: »Das ist nicht meine Mutter!« und nicht darauf antwortete. Da ging Edschibongo ins Dorf zu Odschigesöle, dem Zauberer, und sprach zu ihm: »Da ist ein schönes Mädchen, aber ich kann es nicht dazu bewegen, mir Antwort zu geben, dabei singe ich ebenso wie ihre Mutter.« Da gab ihm der Zauberer eine Medizin und sprach: »Ja, du mußt ein kleines Messer nehmen, wie die Mutter, und dann ganz hell singen.« Das tat Edschibongo, als er in den Wald zurückkam. Er sang ganz hell, und das Mädchen antwortete gleich. Da ging er sofort zu ihr und fragte: »Ich habe dich doch schon vorher immer gerufen, und du hast nicht geantwortet. Was ist der Grund dafür?« Aber das Mädchen antwortete ihm nicht. Edschibongo nahm nun die Medizin, verteilte sie auf dem Stein, und das Mädchen kam frei und stand auf. Er aber packte sie, steckte sie in seine große Umhängetasche, die er stets bei sich trug, und machte sich auf den Weg in sein Dorf. Unterwegs im Wald traf er zuerst die Zwergantilope, die fragte ihn: »Was hast du denn in deiner Tasche?« Edschibongo antwortete: »Ach nichts, bloß Baumpilze.« Da rief das Mädchen aus der Tasche: »Das ist nicht wahr, ich bin die Tochter von Nsambe!« Edschibongo ging weiter und traf den Schwarzrükkenducker. Auch er erkundigte sich: »Was hast du denn in deiner großen Tasche?« – »Ach nichts, bloß Baumpilze.« Das Mädchen in der Tasche rief aber: »Das ist nicht wahr, ich bin die Tochter von Nsambe!« So wurde Edschibongo von allen Tieren, die er traf, gefragt. Zuletzt traf er die Schildkröte. Die fragte ihn auch: »Was hast du denn in deiner großen Tasche?« Edschibongo antwortete wieder: »Ach nichts, bloß Baumpilze.« Das Mädchen aber rief: »Das ist nicht wahr, ich bin die Tochter von Nsambe!« Da sagte die Schildkröte: »Mein Freund, möchtest du nicht erst etwas essen? Ich werde dir Planten kochen.« Dem Edschibongo war das recht. Die Schildkröte ging ins Haus, kochte Planten und tat alles Schlechte in das Essen, Zaubermedizin und Gift, und brachte es dann Edschibongo. Der aß, aber nach kurzer Zeit bekam er schreckliche Leibschmerzen und sagte zur Schildkröte: »Ich fühle mich gar nicht wohl, wo kann ich denn austreten gehen?« Nun sprach die Schildkröte: »Ja, hier in der Nähe nicht, ich lasse ja nur Wasser, du mußt dich schon in die Lüfte erheben, wenn du mehr loswerden willst.« Da stellte Edschibongo die Tasche ins Versammlungshaus der Schildkröte und erhob sich in die Lüfte, um sich zu erleichtern. Die Schildkröte aber holte schnell das Mädchen heraus, versteckte es in ihrem Haus, setzte dafür einen weißen Hahn in die Tasche und belehrte diesen: »Wenn Edschibongo von den Tieren gefragt wird: ›Was hast du denn in deiner Tasche?‹ und er erwidert: ›Bloß Baumpilze‹, so mußt du sagen: ›Das ist nicht wahr, ich bin die Tochter von Nsambe!‹« Das versprach der Hahn, und die Schildkröte fragte zur Probe gleich: »Was hast du denn in deiner großen Tasche?« und antwortete selber weiter: »Ach nichts, bloß Baumpilze.« Der Hahn antwortete darauf sofort: »Das ist nicht wahr, ich bin die Tochter von Nsambe!« Da meinte die Schildkröte: »Schon gut, ich sehe, du bist sehr verständig.«

Als Edschibongo zurückkam, hängte er die Tasche um und verabschiedete sich von der Schildkröte. Im Weitergehen sprach er, um zu sehen, ob das Mädchen noch in der Tasche sei – er war sehr mißtrauisch – mit verstellter Stimme: »Was ist denn in der großen Tasche?« und antwortete selbst wieder: »Ach nichts, Baumpilze.« Da rief der Hahn gleich: »Das ist nicht wahr, ich bin die Tochter von Nsambe!« Edschibongo glaubte nun fest, daß er das Mädchen in der Tasche hätte, und ging weiter, bis er in sein Dorf kam. Dort rief er alle anderen Edschibongo, von denen es so viele, viele gibt, und verkündete: »Kommt alle, ich habe ein feines Essen!« Da kamen sie alle, Edschibongo öffnete die Tasche – wopp, flog der weiße Hahn heraus und weg, zurück zur Schildkröte. Weiter war nichts in der Tasche. »Wo ist denn nun das Essen, das du uns versprochen hast?« fragten die Edschibongo den mit der Tasche. Der antwortete: »Ich habe nichts gesehen als den weißen Hahn, der weggeflogen ist, und dabei hatte ich doch ein schönes Mädchen drin.« Da wurden die anderen Edschibongo wütend. »Du lügst!« sagten sie, fingen ihn, töteten ihn und fraßen ihn auf.

Wie die Krankheiten zu den Menschen kamen

Es war einmal ein Mann namens Etakallo, der hatte sich Vogelfallen gebaut und auch eine kleine Hütte, in der er während dieser Zeit schlief. Eines Abends wachte er plötzlich aus dem Schlaf auf und hörte einen schönen Gesang. Er stand auf um nachzusehen. Sieh da, es war ein liebliches Mädchen. Als es Etakallo sah, blieb es stehen, und er nahm es mit in die Hütte. Das Mädchen sagte zu ihm: »Laß uns ins Dorf gehen.« Etakallo aber erwiderte: »Nein, ich mag nicht.« Da sagte das Mädchen: »Etwas Schlechtes wird hierher kommen«, doch Etakallo antwortete: »Nein, ich bleibe hier liegen.« Plötzlich hörte man, daß etwas singend näherkam. Das schöne Mädchen sprach: »Siehst du, das Schlechte, von dem ich dir erzählt habe, kommt schon.« Etakallo nahm ein Feuerscheit und ging, um sich die Sache anzusehen. Aber denkt euch: Eine Frau, auf der einen Seite mit Lepra befallen, auf der anderen mit Frambösie, dazu krank am Kopf, und auch Sandflöhe, Hautkrankheiten sowie alle anderen Krankheiten hatte sie. Etakallo meinte: »Ich gehe wieder zurück«, aber die Frau sagte: »Du gehst nicht zurück, falls du es doch tust, werde ich dich leprakrank machen.« Nun wollte Etakallo ein Blatt abschneiden, aber sie rief: »Laß dir nicht einfallen, mich mit dem Blatt anzufassen!« Da nahm er sie an der Hand, führte sie in die Hütte und sagte ihr, sie solle sich mit aufs Bett legen. Damit aber war die schöne Frau, die zuerst gekommen war, nicht einverstanden, so daß schließlich jeder für sich allein die Nacht verbrachte. Als es Morgen wurde, brachen sie auf. Etakallo wollte, daß die Frau, die zuerst gekommen war, auch als erste ging, die andere als letzte. Die aber weigerte sich, so daß schließlich Etakallo als letzter gehen mußte. Auf ihrem Weg kamen sie durch ein Dorf. Wie üblich standen die jungen Leute auf, um sich die Vorbeiziehenden anzusehen. »Oh, was für eine schöne junge Frau«, sagten sie. Dann erblickten sie die Kranke, die hinterherging, und da glaubten alle, doch laut lachen zu müssen. Sie aber sprach: »Wer über mich lacht, der wird Lepra und Frambösie bekommen.« Endlich trafen sie in Etakallos Dorf ein. Da bewunderte man die schöne junge Frau ebenfalls, und als die häßliche, kranke ankam, wollten die Leute wieder lachen. Sie jedoch drohte: »Wer mich auslacht, der wird Lepra und Frambösie bekommen.« Da verzog keiner mehr sein Gesicht zum Lachen, und keiner redete mehr. Etakallo aber sagte zu seinen Leuten: »Was soll ich nur mit dieser Frau machen?«

Einige Zeit später begab sich Etakallo zu seinem Onkel, und sie verabredeten, die Frau zu töten. Etakallo rief nun seine Frauen zu sich, und sie gingen zusammen zum Hause des Onkels. Dort bewunderte man wieder die schöne Frau, und wieder wollten die Leute lachen, als sie die entstellte Frau erblickten. Doch sie drohte ihnen: »Wer über mich lacht, bekommt auf der einen Seite Lepra und auf der anderen Frambösie.« Da ließen sie schnell das Lachen sein.

Nun wies man der Kranken ein kleines Haus in der Nähe zu. Am Abend sagte Etakallo zu den Leuten seines Onkels: »Wenn ihr hört, daß ich gerufen werde, steckt ihr das Haus in

Brand.« Bald konnte man hören, wie Etakallo gerufen wurde. Er kam aus dem Haus, und sie verbrannten das Haus mitsamt der Frau. Von den Leuten aber, die das Haus angesteckt hatten oder die zugesehen hatten, bekam jeder eine Krankheit, entweder Lepra oder Frambösie, fressende Hautgeschwüre oder anderes. So sind die Krankheiten zu den Menschen gekommen.

Fang keinen Streit an

Es war einmal ein Mann, der gab seine Wohnstätte auf und wanderte weit fort, ungefähr drei Dörfer weiter. Dort traf er einen anderen Mann, der seinen Wohnsitz ebenfalls dorthin verlegt hatte. Da fragte er ihn: »Wer bist du?« Der andere antwortete: »Ich bin ein Totengeist, und du?« – »Ich bin ein Mensch.« Nun beschlossen beide, gemeinsam ein Dorf zu gründen. Der Geist sprach: »Eine Sache aber möchte ich mir ausbedingen, Freund: Keiner soll einen Streit anfangen. Ich habe eine Frau, du hast eine Frau, überhaupt – jedem das Seine.« Dem Menschen war das recht. Beide gingen nun daran, ein Stück Land für eine Pflanzung abzuholzen, der Mensch auf der einen, der Totengeist auf der anderen Seite. Auf der Pflanzung des Totengeistes stand nahe an der Grenze ein riesiger Baum, den begann er zu fällen. Unglücklicherweise fiel aber der Baum auf die Pflanzung des Menschen. Als der Mensch das sah, wurde er ärgerlich und sagte: »Was fällt dir ein, diesen Baum auf meine Seite zu werfen, hast du nicht selbst verlangt, keiner soll Streit beginnen?« – »Oh, es war doch nur ein Versehen«, entschuldigte sich der Geist. Der Mensch aber verlangte: »Dann schaff den Baum auch wieder weg.« Da machte sich der Geist an die Arbeit. Er schlug dem Baum alle Äste ab und schleppte sie weg – eine große Anstrengung, vier Tage lang nichts als Holzhacken. Schließlich war es geschafft, und nun wurde Feuer in die Pflanzung gelegt. Als sie abgebrannt war, kam der Mensch und fand viele vom Feuer getötete Tiere, die er zum Essen mitnahm – Schildkröten, Schlangen, Schnecken. Eine ganze Menge sam-

melte sich der Mensch ein und betrat dabei auch die Pflanzung des Totengeistes. Als der Geist kam, sah er die Spuren in der Asche. Er ging zum Menschen und sprach: »Was hast du auf meinem Feld zu suchen? Jetzt geh und beseitige die Spuren, wie ich vorher den Baum weggeräumt habe. Unsere Verabredung war ja, keiner soll einen Streit anzetteln.«
Da mußte nun der Mensch die Spuren verwischen. Aber je mehr er sich abmühte, um so mehr Spuren wurden es. Hatte er hinten welche vergessen, mußte er, um dorthin zu kommen, wieder neue Spuren machen. Kurz, man kann sich denken, eine ungeheure Arbeit. Der Totengeist aber sagte: »Siehst du, das kommt davon! Hättest du nicht gegen unsere Abmachung verstoßen, als du mich den Baum, der ja nur aus Versehen auf dein Feld gefallen war, wegräumen ließest, so hättest du jetzt nicht das Nachsehen.«

Die bösen Schwestern

Es war einmal ein Mann namens Mbui Ndongo, der hatte drei Töchter. Aber eine von ihnen, Nsongon-Mbui mit Namen, liebte er besonders. Wenn er etwas gekauft hatte, gab er es stets ihr. Sie war auch wirklich sehr schön, und viele junge Männer kamen zu ihr. Der Vater zog diese Tochter also vor, und so beschlossen die beiden anderen, Nsongon zu töten. Sie erzählten ihr eines Tages, sie wollten zu dritt in den Sumpf gehen, um Larven vom Palmbohrer zu suchen. Das taten sie auch. Sie gingen weit in den großen Sumpf und begannen dann alle nach Larven zu suchen. Die anderen beiden Schwestern aber entfernten sich allmählich von Nsongon, trafen sich am Rande des Sumpfes und liefen rasch zurück, denn sie hatten sich den Weg gut eingeprägt. Als sie zu Hause ankamen, fragte die Mutter nach Nsongon, die beiden behaupteten aber, sie wüßten nicht, wo sie geblieben wäre.
Als Nsongon merkte, daß die Schwestern fort waren und auch auf ihr Rufen nicht kamen, wurde sie ängstlich und fing an zu laufen. In ihrer Angst verfehlte sie aber den Weg, geriet immer

weiter in den Wald und verirrte sich schließlich ganz. Unterdessen schickten ihre Eltern Leute aus, um sie zu suchen. Vater und Mutter waren untröstlich und hofften jeden Tag, ihre verschwundene Tochter würde zurückkommen. Aber sie kam nicht, ein halbes Jahr lang nicht, und immer noch hofften die Eltern, sie käme wieder zurück. Schließlich begannen sie doch zu glauben, Nsongon sei tot, und die beiden Schwestern bestärkten sie nach besten Kräften in diesem Glauben. Um diese Zeit ging zufällig ein Mann namens Küi, der im Dienst der Familie des Mbui Ndongo war, in den Wald, um Honig zu suchen, und geriet in die Gegend, wo das Mädchen sich aufhielt, Nsongon war nämlich gar nicht gestorben, sondern hatte sich im Wald kümmerlich von Früchten und Blättern ernährt, wobei sie allerdings schrecklich abgemagert war. Als Küi auf Honigsuche ging, war das Mädchen eben auf einen Fruchtbaum geklettert, von wo aus es nun hörte, wie Küi mit der Axt an einen Baum schlug, in dem er Honig wußte. Da sang es:

»O Küi, der du bei meinem Vater gesessen hast und bei
meiner Mutter, sage meinem Vater und meiner Mutter:
Hier stirbt die schöne Nsongon-Mbui.«

Küi hörte das, ließ erstaunt von dem Baum ab und versuchte zu entdecken, woher der Gesang kam. Er rief: »Wer ist da?« Da sang das Mädchen wieder. Aber jeder weiß ja, wie schwer es ist, jemanden ausfindig zu machen, der in einem Baum sitzt. Er konnte das Mädchen nicht sehen, obwohl er sich ganz in der Nähe des Fruchtbaumes befand. Da fragte er wieder, und das Mädchen antwortete wie vorher. Und da sah er Nsongon abgemagert im Baum sitzen und von den kümmerlichen Früchten essen. Wie groß war nun die Wiedersehensfreude! Küi nahm das Mädchen mit ins Dorf, führte es aber heimlich von hinten in ein Haus und benachrichtigte Vater und Mutter. Die waren voller Freude. Sie ließen es sich aber nicht anmerken, sondern kündeten im Dorf das Totenfest für Nsongon an. Als die beiden bösen Schwestern davon hörten, waren sie hoch erfreut, daß sich die Eltern endlich mit dem Tod der Schwester abgefunden hatten, und begannen, sich am anderen Tag mächtig zu schmücken und mit Rotholzfarbe einzureiben.

So kamen nun die Leute zur Vorfeier. Die Schwestern wunderten sich, daß die Eltern gar nicht traurig gestimmt waren, sondern lachten und scherzten. Heimlich hatten die Eltern aber die wiedergefundene Tochter schön geschmückt, und den Mann, der die Helmfrisur zu machen verstand, für sie kommen lassen. Sie hatten ihr auch tüchtig zu essen gegeben, so daß man sie gar nicht wiedererkannte, wenn man sie bei ihrer Ankunft gesehen hatte. Als der Tanz in vollem Gange war, und die beiden Schwestern sich in bester Stimmung befanden, weil sie die Blicke der jungen Männer auf sich zogen, denn sie waren geschmückt und mit Rotholz eingerieben, da führten die Eltern plötzlich die Totgeglaubte aus dem Haus und zeigten sie allen Leuten. Die begrüßten jubelnd die Schöne. Alle Verehrer des Mädchens kamen in ihr Haus, um sie zu sehen und ihr zuzuhören. Nur die beiden bösen Schwestern blieben allein und ärgerten sich furchtbar.

Mangama und Otetek

Mangama und Otetek waren Brüder von einem Vater und einer Mutter, Mangama war der Ältere. Beide wohnten zusammen in einem Dorf, und zwar wohnte Mangama oben und der Jüngere unten. Bei Regen wurde der gesamte Schmutz des Dorfplatzes, auch der von Mangamas Seite, in das Versammlungshaus Oteteks gespült, so daß jener ständig den Schmutz wegräumen mußte. Er tat das auch ohne Murren. Lud Otetek aber seinen Bruder zum Essen ein, so erschien der mit seinem Gewehr und in voller Ausrüstung, als ob er auf einen Raubzug ginge, legte alles ins Versammlungshaus und kam dann zum Essen. Otetek bemerkte das und fragte Mangama: »Wie kommt es, mein Bruder, daß du als Gast mit dem Gewehr und in deiner ganzen Kriegsausrüstung erscheinst, als wenn es in den Kampf ginge?« Mangama erwiderte: »Oh, das ist so meine Gewohnheit.« Da meinte der Jüngere: »Ich glaube, ehe du nicht einen ums Leben gebracht hast, wirst du ein Draufgänger bleiben!« Lud Mangama dagegen den Otetek ein, so nahm der erst einmal eine Maisspindel, ging zum Abort, wo er eine halbe

Stunde blieb, und kam dann in aller Gemächlichkeit zum Essen, das unterdessen ganz kalt geworden war.
Eines Tages sagte Mangama: »Laß uns zu einem Rechtsstreit gehen, der im nächsten Dorf abgehalten wird, ein Mann von dort hat uns benachrichtigt.«
Während Otetek sich langsam fertig machte, hatte Mangama schon die gewohnte Kriegsausrüstung angelegt, Gewehr und Speer an sich genommen und eilte davon, schwer wie ein Elefant. Noch hatte er das nächste Dorf nicht erreicht, als er strauchelte, hinfiel und sich den eigenen Speer in den Bauch rannte. Er war tödlich verwundet. Nach geraumer Zeit langte Otetek ganz gemächlich an, und als er seinen Bruder sah, sagte er zu ihm: »Siehst du, habe ich dir nicht immer gesagt, du würdest dein hastiges Wesen nicht eher ablegen, bis du jemanden getötet hast? Nun hast du dich selbst umgebracht, und alle deine Frauen, die vielen, die du dir durch deine Geschäftigkeit erworben hast, nützen dir nun nichts mehr, und ich werde sie erben.«

Der Eifersüchtige und der Menschenfresser

Es war einmal ein Mann, Bokabe Nsame, der heiratete eine sehr, sehr hübsche Frau. Als seine Brüder davon erfuhren, herrschte allgemeines Staunen, und so war es nicht verwunderlich, daß von nun an alle Brüder ständig bei der jungen Frau im Haus herumlagen. Sie waren gar nicht mehr im Versammlungshaus anzutreffen, sondern nur noch im Haus ihres Bruders. Eines Tages hatte dieser die Sache satt und sprach zu seiner Frau: »Morgen wollen wir an einen anderen Ort ziehen.« Die Frau erwiderte: »Mein Mann, laß uns lieber hier bleiben. Wenn uns an jenem Ort etwas zustößt, wer soll uns helfen? Hier sind alle deine Verwandten und Brüder, laß uns hierbleiben.« Aber der Mann hielt ihr vor: »Nein, du hast keinen Verstand. Du willst nur mit meinen Brüdern anbändeln, darum rätst du mir, hierzubleiben.« Da meinte sie: »Gut, gehen wir also.«

Am nächsten Tag zog der Mann mit ihr weit fort in den Wald und errichtete dort ein neues Anwesen. Nachdem er das Wohnhaus und das Versammlungshaus gebaut hatte, teilte er seiner Frau mit: »Heute will ich in den Wald gehen, um Wild zu erlegen.« So zog er in den Wald, weit, weit hinein. Plötzlich gelangte er zu einer Grube, in der ein Menschenfresser saß. Da sagte der Mann zu ihm: »Sieh mal an, du kannst aber schöne Gruben ausheben. Wenn ich sterbe, gräbst du mir auch so eine?« Der Menschenfresser stieg heraus und sprach: »Das kannst du haben, wann willst du sterben?« Der Mann entgegnete: »Wie käme ich dazu, jetzt schon sterben zu wollen, ich habe das nur so dahingesagt.« – »Das ist mir gleich«, entgegnete der Menschenfresser, »ich frage dich, ob du gutwillig mitkommen willst oder nicht!« Da bat der Mann: »Laß mich jetzt noch nicht sterben, vielleicht in zwei Monaten.« Der Menschenfresser lehnte ab: »Das geht nicht.« – »Einen Monat«, bat der Mann. Aber auch das war dem Menschenfresser nicht recht. »Zehn Tage«. – »Nein.« – »Fünf Tage.« Auch darauf ließ sich der Menschenfresser nicht ein, auf drei oder zwei Tage ebensowenig. Schließlich verkündete der Menschenfresser, daß er ihn am nächsten Tag holen wolle. Der Mann schlich traurig und weinend nach Hause, wo er sich ins Versammlungshaus setzte.

»Warum willst du denn die Planten nicht essen?« fragte ihn seine Frau, als sie ihm das Essen brachte. Da erzählte er ihr, was ihm zugestoßen war. »Siehst du«, sagte die Frau, »ich riet dir damals, nicht wegzuziehen, aber du wolltest nicht hören.« Nachts aber stand sie heimlich auf und lief in das Dorf, aus dem sie stammte. Dort rief sie alle ihre Brüder zusammen und berichtete, in welcher schlimmen Lage ihr Mann sich befand. Die Brüder ergriffen gleich ihre Speere und Schwerter und marschierten die ganze Nacht hindurch mit der Frau, bis sie das Gehöft des Mannes erreicht hatten. Hier angekommen, verabredeten sie, daß die Brüder sich hinter den Planten verstecken und erst hervorkommen sollten, wenn sie hörten, daß der Mann mit dem Menschenfresser redete.

Am anderen Morgen in aller Frühe kam der Menschenfresser und sprach zu dem Mann: »Heute ist der Tag, den wir verabre-

det haben.« Da meinte der Mann: »Aber wieso denn? Ich denke gar nicht daran zu sterben.« Doch der Menschenfresser erwiderte: »Ich habe dir gestern gesagt, daß du heute sterben wirst. Mach keine Umstände, komm!« Als der Mann sich weigerte, setzte er hinzu: »Warte nur, gleich wirst du sterben.« Dann machte er sich eilig daran, eine tiefe Grube auszuheben. Als er aber darin war, kamen die Männer hinter den Planten hervorgelaufen und umstellten die Grube. Da rief der Menschenfresser ganz erstaunt: »O weh, woher kommen denn die Männer alle, die kenne ich ja gar nicht, ich habe nur mit dem einen von gestern zu tun.« Die Männer stellten ihn nun zur Rede, wie er dazu käme, diesen, der ihm doch nichts getan hätte, in der Grube begraben zu wollen. Aber der Menschenfresser meinte: »Der Mann hat mich ohne Grund beleidigt, als er sagte, ich solle ihm nach seinem Tod eine Grube ausheben, weil ich so gut graben könne.« Da forschten die Brüder weiter: »Stimmt es, daß der Mann heute sterben soll?« – »Gewiß, das haben wir gestern so verabredet.« Als die Brüder das hörten, schlugen sie den Menschenfresser tot.
Der Mann aber gab seinen neuen Wohnsitz auf und zog mit seiner Frau wieder in das Dorf seiner Brüder zurück.

Die Elefantenfrau

Es war einmal ein Mann mit einem dicken, dicken Kopf, der hieß Ngögenno. Als seine Mutter starb, blieb er mit seinem Vater allein zurück, denn Geschwister hatte er nicht. Eines Nachts erschien ihm nun seine Mutter im Traum und sagte: »Wenn du in den Wald gehst und zu den Fallgruben für die Tiere kommst, wirst du hören, daß aus einer der Gruben etwas zu dir spricht. Hör gut hin und tu genau das, was dir gesagt wird.« Am anderen Morgen meinte der Sohn: »Mir ist, als ob ich geträumt hätte, ich solle in den Wald zu den Gruben gehen, dort würde ich etwas sprechen hören und sollte tun, was mir gesagt wird.« Also ging er in den Wald und sah nach den Fallgruben. Plötzlich hörte er aus einer Grube eine Stimme, und als er näher kam, sah er seine Mutter darin sitzen, die ihn flehentlich bat, doch zwei Stöcke in die Grube zu stecken, so daß sie daran herausklettern könnte. Dies tat denn der Sohn auch. Aber kaum war die Mutter aus der Grube heraus, verwandelte sie sich in einen Elefanten und verschwand im Wald. Da war der Sohn traurig, ging nach Hause und erzählte seinem Vater, was ihm geschehen war. Der Vater aber schimpfte ihn aus und rief: »Du bist wirklich zu dumm, warum hast du getan, was die Stimme dir gesagt hat? Hättest du die Mutter getötet, die ja doch ein Elefant war, so hätten wir jetzt zwei Elfenbeinzähne und jede Menge Geld, du Dummkopf!«

Akulenzame, der Mann mit dem Sack

Eines Tages ging eine junge Frau in den Wald Obafrüchte pflükken, um Öl zu bereiten. Als sie mit einem Korb voller Früchte auf dem Heimweg war, traf sie Otutuma, den Geist der Wälder. Kaum war sie in ihrer Hütte angekommen, brachte sie ihr erstes Kind zur Welt, einen Sohn. Ihr Vater setzte ihn auf ein Bananenblatt, erkannte den Jungen als sein Kind an und nannte ihn Akulenzame, das heißt ›der Verrückte‹. So kam Akulenzame zur Welt.

Akulenzame wuchs auf wie alle anderen Kinder aus dem Dorf, ohne daß etwas Besonderes an ihm zu bemerken war, wurde ein Jüngling und wollte heiraten. Weil er klein und häßlich war, konnten ihn die jungen Mädchen aber nicht leiden, keine wollte sich mit ihm einlassen, als er in den Dörfern umherwanderte und die eine oder andere mit Geschenken bedachte.

Seine Mutter zu Hause war verzweifelt, denn sie war alt, ihre Arme ermüdeten rasch, und es fiel ihr immer schwerer, Akulenzames Hunger zu stillen. Denn ich muß euch sagen, dieser Akulenzame aß ungeheuer viel. Trotz seiner kleinen Gestalt war das, was zehn Menschen wie du und ich in zehn Tagen essen, für ihn kaum an einem Tag genug. Wohin steckte er denn diese Menge Essen? Ihr glaubt in seinen Mund? O nein, er steckte es in einen Sack, den er immer mit sich herumtrug. Seine Mutter machte eine Mahlzeit zurecht, kyo, kyo, war sie schon im Sack, sie bereitete eine andere, kyo, kyo, war auch sie im Sack, und so ging es weiter. Sobald eine Mahlzeit zubereitet war, öffnete sich der Sack, und sie verschwand darin. Anschließend forderte Akulenzame so eindringlich mehr, schlug solchen Lärm und drohte so schlimm, daß seine Mutter wieder auf die Felder eilte, gebückt von der Last zurückkam, und wieder neue Mahlzeiten kochte.

Die arme Frau schrumpfte richtig zusammen. Sie wurde magerer und magerer, und ihre Brüste hingen wie leere Schläuche. Es war wirklich eine schreckliche Sache, Akulenzame zum Sohn zu haben, einen solchen Vielfraß.

Eines Tages begegnete Akulenzame auf seinen Streifzügen einem Mädchen, das mit Ketten und Perlen geschmückt und wunderschön mit Rotholzfarbe bemalt war. Er traf sie am Fluß, wo sie ihre Kupferketten mit Sand putzte. Sofort beschloß er, sie zu heiraten. Es war die Tochter eines mächtigen Häuptlings.

Dieser Akulenzame hatte eigenartige Gewohnheiten. Zunächst den Sack, der ihm über die Schultern hing. Den legte er um nichts in der Welt ab, nicht bei Tag und nicht bei Nacht. Niemals hängte er ihn an einen Haken, niemals erlaubte er einem Menschen, wer es auch sei, ihn zu öffnen oder auch nur einen Blick hineinzutun. »Eki«, sagte er, »das ist verboten, das ist heilig.« Und noch eine andere Gewohnheit hatte er. Wenn im Dorf oder im Nachbardorf jemand starb, ein junger Mann etwa, der als Krieger oder Jäger berühmt war, eine junge Frau, die wegen ihres Fleißes oder ihrer körperlichen Kräfte bekannt war, versäumte es Akulenzame niemals, sich in das Haus des Verstorbenen zu begeben, an der Trauerfeier teilzunehmen und sich am Totentanz zu beteiligen. Warum er dies tat, wußte niemand, und er hütete sich, es zu sagen. Der Grund war: Er hatte von seinem Vater, dem Geist der Wälder, gelernt, sich der Seelen der Toten zu bemächtigen. Wenn eine Seele den Körper verließ, war Akulenzame zur Stelle, und während die Seele unsichtbar den Körper umschwebte, den sie soeben verlassen hatte, und noch unsicher in der wiedergewonnenen Freiheit war,

fing Akulenzame sie ein und setzte sie rasch tief in seinen Sack. Von dort konnte sie nicht mehr entkommen, weil sie durch die Kraft eines Fetischs gebunden war. Darum also brauchte Akulenzame so viel Essen, er mußte die Seelen gut ernähren.
Akulenzame traf also eines Tages am Fluß ein junges, mit Perlen und Halsketten geschmücktes Mädchen, das dabei war, seine Kupferketten mit Sand zu putzen. Er war gleich entschlossen, sie zu heiraten. Akulenzame ging darum zu ihrem Vater und erklärte ihm: »Ich will deine Tochter heiraten.« Der Vater rief seine Tochter und sagte: »Hier ist Akulenzame. Er will dich zur Frau nehmen.« Sofort erwiderte die Tochter: »Niemals werde ich so einen häßlichen Menschen lieben können.« Da wandte sich der Vater wieder an Akulenzame: »Du hast die Antwort meiner Tochter gehört.« Aber Akulenzame sprach: »Das Herz der Frau ist ein Bananenbaum. Was meint der Vater?« – »Wenn du reich und mächtig bist und mir viele Geschenke machst, so will ich dich als Schwiegersohn annehmen. Alles hängt von dem Preis ab, den du für meine Tochter zahlst.« Akulenzame verkündete: »Fordere was du willst, ich werde es zahlen, denn ich liebe deine Tochter.« – ›Ist das ein Junge!‹ dachte der Häuptling. ›Das scheint ja ein ganz Schlauer zu sein.‹ Zu seinem zukünftigen Schwiegersohn aber sprach er: »Zunächst will ich deine Kraft erproben. Seit langem möchte ich mit meinen Leuten an einen anderen Platz übersiedeln. Morgen will ich dir die Stelle zeigen, wo das Dorf errichtet werden soll.« – »Gut«, sagte Akulenzame, »zeig sie mir.« An diesem Abend steckte er kein Essen in den Sack. Die Seelen mußten hungern.
Am anderen Morgen gingen der Häuptling und Akulenzame los. Sie kamen schließlich an einen Platz im Wald, wo der Boden schön eben war, doch von hohen Bäumen bestanden. Der Häuptling sagte: »Hier ist die Stelle. Du wirst mir helfen, die Bäume zu fällen.« – »Das will ich ganz allein tun.« – »Oho, das ist eine große Sache. Ein Jahr würde nicht ausreichen.« – »Ich habe Zeit. Außerdem werde ich rasch fertig sein. Kehren wir ins Dorf zurück.« Sie kehrten in das Dorf zurück. Kaum ist Akulenzame in seiner Hütte, läßt er die Seelen aus dem Sack, zeigt ihnen jenen Platz und gibt den Befehl, sofort die Bäume

zu fällen und abzubrennen. »Ihr werdet so lange fasten, bis alles geschafft ist.« Sofort ziehen die Seelen los, beginnen mit der Arbeit, sie fällen, schneiden Stämme zurecht, schlagen Holz ab und legen Feuer. Die Männer des Dorfes hatten noch nicht die Nachtwache beendet, da brannten die gefällten Bäume, und die vertrockneten Blätter wurden vom Wind ins Dorf getrieben. Die Leute sahen den Feuerschein über dem Wald aufleuchten und sprachen zueinander: »Wer will da so nahe bei uns seine Pflanzungen anlegen? Bei Tagesanbruch wollen wir gegen die Eindringlinge kämpfen. Wir lassen uns unser Land nicht wegnehmen.«
Im Schein des Morgenrots erklang das Tam-tam, geschlagen von der geübten Hand des Häuptlings. Alle Männer eilten zusammen. Der Wald brannte noch. Gut bewaffnet schleichen sie leise auf verborgenen Pfaden zur Brandstelle. Sie kommen an und schauen nach allen Seiten. Mitten im Wald müht sich ein kleiner Mann. Mit zahllosen Hieben schlägt er auf den letzten Baum ein, mehr als hundert liegen auf dem Boden. Als der letzte Baum gefallen ist, wischt sich Akulenzame, denn er war es, die Stirn und spricht: »Das wäre getan.« Er wirft die Axt über die Schulter, als wollte er ins Dorf zurückkehren. Im gleichen Augenblick umringen ihn die Männer, und der Häuptling spricht ihn an: »Wie kannst du denn einfach diese Bäume hier fällen?« – »Traust du mir denn gar nichts zu?« – »Wie, du bist es, Akulenzame, du hast den Wald gefällt?« – »Ja, ich, Akulenzame. Hast du mir denn nicht gestern gesagt, du wolltest hier ein neues Dorf errichten? Sieh, alles ist vorbereitet. Gehen wir zusammen zurück.«
Der Häuptling betritt sein Haus und sagt zu seiner Tochter: »Akulenzame ist ein ganzer Kerl.« Die Tochter erwidert: »Ach, wenn er doch ein wenig hübscher wäre!«
Das war die Arbeitsprobe Akulenzames. Keiner hatte die Seelen bei der Arbeit gesehen, einmal, weil Akulenzame sich gehütet hatte, davon zu sprechen, sofortiger Tod wäre die Folge gewesen, zum anderen, weil er sich allein in den Wald begeben hatte. Sobald die Arbeit beendet war, hatte er seine Geister unverzüglich wieder in den Sack beordert. Noch am gleichen Abend sagte Akulenzame zum Häuptling: »Gib mir jetzt deine

Tochter. Ich will sie mit in mein Dorf nehmen.« Aber der Häuptling erwiderte: »Ich habe gesehen, daß du in der Lage bist, Pflanzungen anzulegen, Bäume zu fällen und neue Dörfer zu errichten. Deine Arme sind stark, aber sind sie auch geschickt? Meine Tochter ißt furchtbar gern Fisch. Wirst du ihren Wünschen nachkommen können?« Akulenzame antwortete nur: »Das kann ich.« Er kehrte in seine Hütte zurück und befahl allen seinen Geistern, Bambus zu schneiden und im Fluß ein mächtiges Wehr zu errichten, durch das kein Fisch hindurchzuschlüpfen vermöchte. Dann sollten sie alle Fische zusammentreiben und eine zweite Sperre bauen. »Geht«, sagte er ihnen, »beeilt euch, denn bis ihr wiederkommt, gibt es nichts zu essen – Hungerzeit!« Die Geister beeilten sich, den Auftrag auszuführen.
Als die Frauen am anderen Tag zum Fluß kamen, errichtete Akulenzame das letzte Gitter. »So«, sagt er und wischt sich die Stirn, »fertig, man kann jetzt die Fische herausholen.« Wer staunte nun? – Die Frauen, denn niemals zuvor hatten sie in dieser Gegend ein Wehr gesehen. Sie eilen zum Dorf. »Kommt rasch«, rufen sie den Männern zu, »kommt rasch, Akulenzame hat den Fluß gestaut.« Akulenzame stand am Landungsplatz. Sobald er sie kommen sieht, ruft er: »Alles fertig, man braucht die Fische nur noch herauszuholen!« – »Was ist denn los?« – »Sieh hin, der Fluß ist durch ein Wehr abgesperrt.« Der Häuptling betrachtet das Werk mit großem Staunen. Das war verständlich, denn der Fluß war breiter als ein Dorf. »Das ist noch nicht alles«, bemerkt nun Akulenzame, »kommt mit!« Der Häuptling, alle Frauen, alle Männer, alle Kinder folgen ihm. Man geht stromaufwärts, ein wenig weiter oben – ein zweites Wehr. Die Augen des Häuptlings quollen vor Verwunderung hervor, ebenso die der anderen. Zwischen den beiden Wehren glänzte es von Fischen. Man sah Karpfen springen, Sardinen, Barben, große, kleine und mittlere Fische. Man warf eine Harpune – zehn Fische waren aufgespießt. Die Dorfleute stürzten drauflos. Mehr als fünfzehn Tage fing man Fische, trocknete Fische für die Regenzeit, um sie zu verkaufen oder zu verschenken. Man aß soviel Fisch, daß keiner im Dorf mehr die Füße sah, wenn er zur Erde blickte, so dick waren die Bäuche gewor-

den. Doch wie Akulenzame essen konnte, so gab es keinen zweiten. Unaufhörlich kochte, buk und briet es in seiner Hütte. Die Speisen standen auf dem Feuer, und sobald sie gar waren, kyo, kyo, kyo, verschwanden sie im Sack. Akulenzame war nicht bloß ein starker Esser, er war ein gewaltiger Fresser.
Eines Tages besuchte er wieder den Häuptling. »Ich will deine Tochter heiraten, das Mädchen mit den Kupferketten. Du weißt jetzt, ich kann ihr Verlangen nach Fisch erfüllen.« – »Ich weiß, bei dir wird meine Tochter gut versorgt sein. Aber wenn sie ein Kind bekommt, wird sie keinen Fisch mehr essen wollen, sondern Fleisch. Bist du auch ein so geschickter Jäger, wie du ein guter Fischer bist?« Akulenzame antwortete: »Ja, das werde ich sein.« Nun suchte der Häuptling seine Tochter auf. »Dieser Akulenzame wird dir ein ausgezeichneter Mann sein.« – »Man könnte einen schlechteren erwischen«, antwortete sie. »Ja«, setzte der Vater hinzu, »man darf nicht nach der Schale des Manioks gehen.« Am gleichen Abend öffnete Akulenzame, als er allein in seiner Hütte war, den Sack, befahl seinen Geistern herauszufahren und sagte ihnen: »Seit fünfzehn Tagen lebt ihr im Überfluß. Ihr eßt unaufhörlich. Nun ist Schluß damit. Ihr werdet in den Wald gehen, eine Palisade errichten und zehn Elefanten darin einsperren.« Kui, kui! Die Seelen ließen sich das nicht zweimal sagen. Sofort schlüpften sie durch die Tür, kui, kui, durch das Fenster. Schon waren sie am Werk.
Zwei Tage später begaben die Jäger des Dorfes sich auf Elefantenjagd. Fern im Wald hörten sie einen Mann singen. Sie näherten sich – der Mann war Akulenzame. Er knüpfte Lianen und wickelte sie fest um die Bäume. »Fertig«, sagte er, als er die Männer sieht, und reibt sich die Stirn. »Was hast du denn fertig, Akulenzame?« Der legt den Finger auf den Mund, fordert sie auf, still zu bleiben, und führt sie auf vielen Umwegen durch den Wald bis zu einer großen runden Palisade. Dahinter standen zehn wundervolle Elefanten. Jeder ihrer Stoßzähne war länger als ich. Die Jäger erholten sich nicht wieder vom Staunen. Sie liefen zum Dorf: »Schnell, schnell, kommt mit«, rufen sie den Kriegern zu. »Akulenzame hat eine Palisade gebaut und zehn Elefanten darin gefangen!« Die Krieger, der Häuptling voran, kommen gelaufen, um das Wunder zu sehen.

Sie steigen in die Bäume und schießen ihre Pfeile auf die Elefanten ab. Da liegen die zehn Tiere tot. Man stürzt sich auf sie, die Äxte hauen, die Messer schneiden und zerhacken das Fleisch. Die Frauen kommen mit großen Körben. Die Fleischstücke türmen sich auf ihren Rücken. Die Nachbardörfer werden benachrichtigt, von überall eilt man herbei, überall ist Fleischzeit, man ißt, man ißt, man ißt immer noch. Ach, die glücklichen Leute! Aber keiner fraß wie Akulenzame: unaufhörlich kochte, buk, briet Fleisch in seiner Hütte. Das Essen stand auf dem Feuer, und wenn das Fleisch gar war, kyo, kyo, kyo, verschwand alles, wie durch einen Zauber. Die Frauen brachten ihm ungeheure Batzen Fleisch als Geschenk. Was für ein wüster Fresser war der Sack Akulenzames!
Eines Tages besuchte er erneut den Häuptling. »Ich will deine Tochter heiraten, das Mädchen mit den Kupferketten. Du sollst dafür die zehn Paar Elefantenzähne bekommen.« Der Vater antwortete: »Morgen soll die Hochzeit stattfinden.« – »Gut so«, sagte Akulenzame. Der Vater suchte nun die Tochter auf. »Morgen soll die Hochzeit stattfinden.« – »Gut«, sagte das Mädchen, »mein Herz ist zufrieden. Aber eine Sache will ich von meinem zukünftigen Mann erbitten.« – »Welche denn?« fragte der Vater. »Zwischen dir und dem benachbarten Häuptling steht, wie du weißt, der Tod einiger Krieger. Um den Kampf zu beenden, sollte er mich heiraten. Hört er nun von meiner Heirat mit Akulenzame, gerät er in Zorn, und ich muß seine Rache fürchten.« – »Das ist wahr, man findet mitunter sogar bei der Antilope Schläue!« Damit ging der Vater, um die Sache Akulenzame zu erzählen. »Ich werde das schon in Ordnung bringen«, antwortete der.
Gleich am Abend öffnete er seinen Sack und rief die Seelen. »Seit längerem habe ich euch besser gefüttert als je zuvor. Doch nun ist Schluß, bis ihr meinen neuen Auftrag ausgeführt habt!« – »Wie lautet der?« – »Ihr geht ins Nachbardorf und bringt den Häuptling hierher, gebunden an Händen und Füßen.« – »Das ist leicht«, antworteten sie. Schon sind sie weg, kui, kui, durch die Tür, kui, kui, durch das Fenster. Noch vor Tagesanbruch war der Häuptling ein Gefangener und befand sich in der Hütte Akulenzames, gut gefesselt an den Füßen, gut

gefesselt an den Händen, einen großen Holzklotz hinter sich herschleppend und über all das sehr verwundert und halbtot vor Angst.

Am Morgen rief Akulenzame den Häuptling in die Hütte. »Du hast deinen Feind gefordert. – Hier!« Der Häuptling war außer sich vor Staunen. Er rief seine Männer. »Seht«, sagt er ihnen, »Akulenzame hat ganz allein den Feind gefangen und hierher geführt. Er ist ein großer Krieger!« Und alle schrien »Yo, yo!« Dann nahm man sich den feindlichen Häuptling vor. Die Frauen zerrten ihn am Kopf, streuten ihm gestoßenen Pfeffer in Nase und Augen. Er wurde in die Mitte des Dorfes geführt, um dem Fest beizuwohnen. Als es beendet war, schnitt man ihm die Kehle durch.

Der Abend kam, und Akulenzame kehrte diesmal mit der Frau in seine Hütte zurück. Am anderen Tag kam der Häuptling, das versprochene Hochzeitsgeschenk zu fordern. Ein kümmerlicher Schwiegervater, dachte Akulenzame bei sich. Der alte Häuptling sprach: »Akulenzame, du bist jetzt mein Sohn. Nur noch eine Sache erbitte ich von dir. Ich sehe, wie mächtig du bist. Bringe mich in Sicherheit vor dem Tod.« – »Gut«, erwiderte Akulenzame, »wenn du deinen Wunsch vor allen Leuten wiederholst.« Das tat der Häuptling.

Als es Nacht war, öffnete Akulenzame den Sack, gab dabei acht, daß keiner zusah, und befahl den Geistern, hervorzukommen. »Ihr habt mir gut gedient«, sagte er zu ihnen. »Ich bin mit euch zufrieden. Zum Lohn sollt ihr eure Freiheit haben. Nur eines ist noch zu tun.« – »Und was ist das?« fragten die Geister hocherfreut. »Ihr sollt meinen Schwiegervater mit euch nehmen.« – »Das ist leicht«, antworteten alle.

Akulenzame ging hinaus in den Raum, wo der Schwiegervater sich wärmte. »Mein Versprechen soll erfüllt werden. Du wirst vor dem Tod in Sicherheit gebracht«, sagte Akulenzame. »Ich brenne darauf! Wie wird das geschehen?« Im gleichen Augenblick erschienen die Geister. Alles wollte sich retten. Schon waren sie wieder verschwunden und schleppten den alten Häuptling mit. Seitdem hat man ihn nie wieder gesehen. Akulenzame aber sagte: »Nun ist er für immer sicher vor der Todesfurcht, denn man stirbt nur einmal. Er war ein großer Krieger!« Alle stimmten ihm bei. Akulenzame richtete eine riesige Totenfeier aus. Einen ganzen Monat lang erklang die Trommel, und man tanzte den Tanz der Toten. Danach wurde Akulenzame als Nachfolger seines Schwiegervaters Häuptling.

Angonzing und Ndongmba

Riesenmenschen und Zwergmenschen liegen im Streit. Jeder Häuptling hat seine Krieger gerufen, alle haben den Ruf der Trommel vernommen. Die Riesenmenschen dringen vor, kämpfen sich durch den Wald. Ndongmba führt sie, bewaffnet mit den drei Zauberpfeilen. Der erste erreicht, wonach er über den Wolken zielt, der zweite durchbohrt das tiefste Wasser, der dritte dringt auf den Grund der Erde. Nlutangmba trägt den berühmten Bogen. Anstelle von Pfeilen schleudert er gewaltige Felsen. Unter dem Aufprall dieser Last werden Menschen zermalmt wie Ameisen unter dem Fuß. Das Blut fließt wie Öl, das aus Palmnüssen gepreßt wird.
Der Angriff hat begonnen. Von allen Seiten fliegen die kleinen Pfeile der Zwergmenschen durch die Luft. Wui, wui, wui, bohren sie sich in die Körper der Riesenmenschen, stechen sie von allen Seiten, treffen sie am Kopf, an den Armen, am Nabel, an den Beinen. Wui, wui, wui, die großen Häupter fallen zur Erde, pum, pum, pum, die großen Köpfe fallen zur Erde. Die Riesenmenschen schlagen wütend die Bäume nieder, treten sie um, zerbrechen einen am anderen. Sie umgeben das Waldstück mit einem Streifen gefällter Bäume. Als der Kreis geschlossen ist, legen sie Feuer. Die großen Bäume flammen auf, der Wald brennt. Der Wind jagt die Flammen hoch und trägt den Rauch ins Weite. Die wilden Tiere klagen verzweifelt, man hört das Brüllen des Löwen, die Elefanten trompeten, aber die Riesenmenschen halten gut Wacht: Die Zwergmenschen können nicht entkommen; alle werden sie geröstet sein wie Heuschrecken. Ndongmba ist Sieger. Die Zauberpfeile brauchte er gar nicht.
Angonzing, der Häuptling der Zwergmenschen, hat die Ge-

fahr erkannt. Er zieht sich mit seinen Leuten in die Mitte des Waldes zurück. Sie beraten. Wie der Gefahr entrinnen? Angonzing beendet das Palaver. Auf seinen Befehl graben sich die Zwergmenschen in die Erde wie die Termiten. Jeder gräbt sein eigenes Loch. Jeder hastet, denn der Wind des Feuers ist heiß, und jeder hängt am Leben. Sobald die Löcher tief genug sind, verschwinden sie darin und warten, was kommt. Um sich zu ernähren, haben sie Ameisen in ihren Höhlen, Ameisen voller Fett, und geduldig warten sie.
Drei Tage hindurch brennt der Wald. Drei Tage hindurch halten die Riesenmenschen um das Feuer gute Wacht. Endlich beginnt das Feuer zu verglühen. Sofort dringen sie in die allmählich verlöschende Glut vor. Mit der Speerspitze durchwühlen sie die heiße Asche; hier und da finden sie verkohlte Knochen. Die Zwergmenschen sind tot, die Riesenmenschen sind Sieger. Sie kehren in ihr Dorf zurück und stimmen den Siegesgesang an, tanzen den Siegestanz.
Kaum sind sie fort, kommt Angonzing aus dem Versteck hervor und ruft die Gefährten. Alle kommen hervor, lachen über den gelungenen Streich, den sie den Feinden gespielt haben. Sieger sind die Zwergmenschen, die Menschen der Nacht, die Menschen des dunklen Waldes. Nachdem die Finsternis die Sonne verborgen hat und die Riesenmenschen Tiere verschlingen und in ihren Dörfern Palmwein und gegorenes Zuckerrohr trinken, da zielen die Pfeile der Zwergmenschen von allen Seiten. Wui, wui, wui, sie stechen. Die großen Köpfe der Riesenmenschen fallen zur Erde, pum, pum, pum, zur Erde fallen die großen Häupter. Der erste Kampf ist beendet.
Die Riesenmenschen, wütend über die Niederlage, greifen von neuem an. Wieder dringen sie in den Wald der Zwergmenschen vor. Die widerstehen mit all ihren Kräften. Sie sind tapfer, aber sie sind nicht stark. Die Riesenmenschen sind tapfer und stark zugleich. Evungnzok führt sie, seiner Waffe kann niemand widerstehen. Sein Bruder Eyangnzok steht ihm zur Seite, niemand kann es ihm gleich tun. Als Waffe trägt er ein ungeheures Netz, in dessen Maschen er einen ganzen Wald fassen kann. Er verbirgt es in seinem Bauch. Wenn er kämpft, schleudert er es bis zu den Wolken, einem furchtbaren Vogel

gleich. Sein durchdringendes Auge sieht alles, und wenn er den Feind entdeckt hat, springt er auf, wirft das Netz – und in den Maschen hängen die Feinde. Wenn alle gefangen und in den Maschen verstrickt sind, ohne Kraft, sich zu verteidigen, speit er den Hammer aus, der in seinen Eingeweiden verborgen liegt und zermalmt einem nach dem anderen das Haupt. Wird er angegriffen, so kehrt er seinen Feinden den Rücken zu, sein Rücken ist unverwundbar. Auf seiner eisenharten Haut zersplittern Pfeile und Lanzenspitzen. Wenn alle Geschosse der Feinde aufgebraucht sind, dreht er sich um, und nun ist das Spiel auf seiner Seite, keiner entgeht ihm.
Angonzing sah im Wald von fern die Feinde heranziehen. Er läßt sie von den Pfeilen seiner Krieger durchlöchern. Als er aber Eyangnzok das todbringende Netz schleudern und entfalten sieht, eilt er mit den Seinen schnell in den tiefen Wald, wo Bäume voller Dornen stehen. Dort fürchtet er das Netz nicht, die Dornen zerreißen die Maschen. Die Riesenmenschen müssen zu anderen Waffen greifen. Noch einmal wird ein Ring gebildet. Diesmal legen die Riesenmenschen kein Feuer an. Sie verfolgen die Zwergmenschen von Baum zu Baum und rücken unaufhörlich vor. Sie zerstochern prüfend das kleinste Loch mit ihren Speeren, zerstören die Termitenbauten und spüren unter Felsen und toten Baumstümpfen nach. Nichts vermag ihnen zu entgehen. Selbst die Tiere fallen unter ihren Hieben, und als die Nacht hereinbricht, setzen sie zum Angriff an. Die Zwergmenschen sind gefangen. Die Tiere sind verschwunden, nur die Affenherden sind noch übrig, die oben in den Wipfeln der Baumriesen auf Lianen laufen und springen, von Ast zu Ast, von Liane zu Liane, vorwärts, rückwärts, nach rechts, nach links. Hier und da zeigen sie ihre neugierigen Köpfe, dann flüchten sie flink.
Die Riesenmenschen kämpfen. Der Ring wird enger und enger, schon berühren sich die Krieger, sind die verteilten Gruppen wieder vereint. Wo sind die Zwergmenschen? Verschwunden, ohne eine Spur zu hinterlassen. Wo sie suchen? Bestürzt ziehen sich die Riesenmenschen zurück, kehren in ihre Dörfer heim. Sie besingen diesmal ihren Sieg nicht, tanzen keinen Siegestanz. Als sie zu den Hügeln kommen, die das Land nach al-

len Seiten beherrschen, hören sie langgezogene Klagen, erschütterndes Seufzen. Die Zwergmenschen waren vor ihnen im Dorf, haben alle Kinder mit sich genommen. Wie waren sie entkommen? Als Angonzing sich umzingelt sah, befahl er seinen Männern, alle Affen, die man fangen konnte, zu töten, und jeder schlüpfte in die Haut eines der Tiere, so entkamen sie flink durch die Luft. Der zweite Kampf ist beendet.
Der dritte Kampf mit den Zwergmenschen hat begonnen. Mborenzork führt die Riesenmenschen an, Mborenzork, der wie sein Bruder Eyang in der Luft fliegen und sich in Baumhöhlen verbergen kann. Keiner vermag ihm zu entgehen. Als Waffe verwendet er Pfeile, die drei Zauberpfeile. Der erste erreicht sein Ziel hoch oben in den Lüften, in den Wolken, der zweite in der tiefsten Tiefe des Wassers, der dritte im tiefsten Loch der Erde. Wer könnte ihm entgehen? Er verfolgt die Zwergmenschen in die verborgenen Winkel. Vergeblich versuchen sie, ihm zu widerstehen. Vergeblich zischen ihre Pfeile, wui, wui. Die Riesenmenschen dringen unaufhörlich vor. Bald sind die Zwergmenschen am Flußufer, nahe bei den großen Wasserfällen. Der Rückzug ist abgeschnitten. Es bleibt ihnen nur noch zu sterben. Noch immer ist Angonzing der Führer. Er befragt seine mächtigsten Fetische, und die versprechen ihm Hilfe. Flüchte dich auf den Grund des Wassers, sagen sie. Angonzing sucht den Sinn dieser Worte. Um ihn fallen seine Männer. Wui, wui, wui, die Pfeile fliegen und treffen. Plötzlich hat er verstanden. Als die Nacht schwarz wie das Wasser niedergesunken ist, gleiten seine Männer, einer nach dem anderen, einen engen Pfad durch die Felsen entlang. Bald sind sie im Wasserfall verschwunden, unter den Wassern, die tosend herabstürzen.
Am Morgen suchen die Riesenmenschen überall den Gegner, können ihn aber nicht finden. Die Zwergmenschen mußten den Fluß durchquert haben und waren nun sicher schon weit fort, aber wo? Wer kann das sagen? Eyang fliegt hoch, kreist über den Wolken. Sein Blick durchschweift ungeheure Fernen. Weder im Wald, noch im Gebirge, noch im Tal ist der Gegner verborgen. Wohin soll er sein Netz schleudern? Er läßt sich herunter, ohne etwas entdeckt zu haben. An seiner Stelle schwingt

sich Mborenzork hoch. Bald kehrt er zurück, nicht erfolgreicher als sein Bruder. Nun ergreift er die Zauberpfeile, die Pfeile, die nie ihr Ziel verfehlen. Der Pfeil der Lüfte, fortgeschnellt von seiner starken Hand, zischt, fliegt, sucht das Ziel und kehrt zum Herrn zurück. In den Lüften sind die Feinde also nicht.
Der Pfeil der Erde, von seinen gewaltigen Händen fortgeschnellt, zischt, fliegt, durchbohrt die Erde, sucht das Ziel und kehrt zum Herrn zurück. In der Erde sind die Feinde also nicht. Der Pfeil des Wassers, fortgeschnellt von seiner mächtigen Hand, zischt, fliegt, durchschneidet das Wasser, sucht das Ziel. Er fliegt quer durch den Wasserfall und dringt einem Gefährten von Angonzing ins Herz. Aber schnell befiehlt der, dem Leichnam den Kopf abzuschlagen, seinen Leib mit Wasser zu füllen und in die Fluten zu schleudern. Als der tote Krieger ans Licht kommt, vom Pfeil durchbohrt, ruft Mborenzork: »Sie sind alle tot, hier liegen sie auf dem Grund des Flusses. Sie zogen es vor, sich zu töten, statt von unseren Waffen zu sterben.«
Die Riesenmenschen kehren ins Dorf zurück. Die ganze Nacht schlachten sie Tiere und bereiten Getränke, um den Sieg zu feiern. Die Tänze haben begonnen, die Trommel dröhnt. Sieh da, ein neuer Klang ist in der Luft. In die dichte Menge zischen und bohren die Pfeile der Zwergmenschen ...
Der dritte Kampf ist beendet.

Die drei Söhne Adas

Einst lebte eine Frau mit Namen Ada, die Drillinge gebar. Wie es Brauch war, wollten die Männer ihres Stammes die Drillinge töten. Ada flehte aber, ihr die Kinder noch bis zum Abend zu lassen. Die einen stimmten zu, die anderen nicht. Schließlich kam der Häuptling des Dorfes und entschied: »Lassen wir die Kinder noch bis zum nächsten Morgen.« So ließ man sie.
In der Nacht erhob sich Ada und trug die Drillinge fort. Sie rettete sich mit ihnen in die Berge, weit weg, und keiner konnte

sie mehr finden. Die drei Kinder hießen Etarane, Mendore und Bisonge. Die Mutter trug sie in den Wald, und als sie fern, ganz fern war, baute sie eine Hütte aus Palmblättern. Dort blieb sie. Neben der Hütte erhob sich ein riesiger Baum, und die Früchte, die er trug, waren gut und groß, er heißt Angonglongo. Es wuchsen viele Früchte auf dem Baum, und viele lagen schon auf der Erde.

Eines Tages schrie Etarane, der erste Sohn, sehr. Um ihn aufzuheitern, holte ihm Ada eine Frucht des Angonglongo. Etarane konnte noch nicht laufen. Er nahm die Frucht, biß hinein, schmeckte ihre Süße und aß. Er aß sie ganz auf. Als er sie verzehrt hatte, stellte er sich auf die Beine, lief unter den Baum und wählte sich eine andere Frucht aus. Auch die aß er auf, dann sagte er zu seiner Mutter: »Ich will mich in der Hütte schlafen legen.« Die Mutter betrachtete ihn mit großem Erstaunen, denn Etarane hatte vorher noch nie gesprochen. Als Ada am anderen Tag ihren Sohn stillen wollte, war aus ihm schon ein Knabe geworden. Er sagte zu seiner Mutter: »Ich gehe an den Fluß fischen, gib mir Schnur, damit ich mir ein Netz knüpfen kann.« Seine Mutter gab ihm Schnur. Einige Stunden später kam er mit einem Korb voller Fische zurück. »Nimm meinen Fang und koche davon unser Essen. Von jetzt ab werde ich dich ernähren.« Ada war hoch beglückt. Sie suchte nun die schönste Frucht des Angonglongo und brachte sie Mendore, der sie verzehrte. Er aß sie auf. Als er fertig war, stellte er sich auf seine kleinen Beine, wählte sich unter dem Baum eine andere Frucht, aß auch die auf und sprach dann zu seiner Mutter: »Ich will mich in der Hütte schlafen legen.« Seine Mutter betrachtete ihn ebenfalls mit großer Verwunderung, denn auch Mendore hatte zuvor noch nie gesprochen. Als Ada Mendore am anderen Tage stillen wollte, war aus ihm schon ein Knabe geworden. Er sagte zu seiner Mutter: »Ich will in den Wald gehen, um Wild zu suchen und Fallen aufzustellen. Gib mir Holz, damit ich Fallen bauen kann.«

Ada gab es ihm. Einige Stunden später kam er mit einem ganzen Sack voller Tiere zurück. »Hier, nimm meine Beute«, sprach er zu seiner Mutter, »von jetzt ab werde ich dich ernähren.« Ada aber sagte sich nun: »Zwei meiner Söhne sind schon halb erwachsen. Bald werden sie ihre Mutter verlassen. Wenn Bisonge ebenfalls eine Frucht des Angonglongo ißt, wird er wie seine Brüder, und was geschieht dann mit mir?« Und sie sang:

»Die Mütter sind für die kleinen Kinder. Die kleinen Kinder sind für die Mütter. Sind die kleinen Kinder groß geworden, sind die Mütter alt geworden. Dich zu pflegen, habe ich meine Arme. Dich zu stillen, habe ich meine Milch. Dich zu schützen, habe ich meinen Körper. Bisonge, bleib ein kleines Kind. Die kleinen Kinder sind für die Mütter. Die Mütter sind für die kleinen Kinder. Dich zu lieben, habe ich mein Herz. Bisonge, bleib ein kleines Kind.«

Ada las alle Früchte des Angonglongo auf. Sie verbarg sie unter den Blättern. Sie trug sie weit weg in den Wald. Während sie ihr bestes tat, fiel eine Frucht vom Baum und rollte zu Bisonge. Er nahm die Frucht, biß hinein, fand sie zuckersüß und aß sie. Er aß sie auf. Als er damit fertig war, stellte er sich auf seine kleinen Beine und ging ganz allein. Ada hatte nun kein kleines Kind mehr. Als Ada Bisonge am anderen Tag stillen wollte, verweigerte er die Milch. Er war wie seine Brüder ein Knabe geworden. »Ich will Vögel schießen, gib mir Holz für einen Bogen.« Seine Mutter gab ihm Holz. Er ging in den Wald und brachte am Abend einen Sack voller Vögel zurück. »Von diesem Tag an«, sagte er zu seiner Mutter, »bin ich es, der dir Nahrung verschafft.«

Etarane, Mendore und Bisonge fuhren fort, die Früchte des Angonglongo zu essen. Sie aßen und aßen. Als sie am anderen Tag erwachten, waren sie junge Männer geworden. »Ich gehe auf Fischfang«, sagte Etarane, »gib mir eine Harpune.« Am Abend kehrte er mit einem ungeheuren Fisch zurück, so groß, wie wir noch nie einen gesehen haben. Mendore forderte seine Mutter auf: »Gib mir Holz für einen Speer.« Seine Mutter gab ihm ein geeignetes Stück Holz. Er fertigte sich einen Speer daraus, dessen eiserne Spitze im Feuer sorgfältig gehärtet war, und lief in den Wald. Schon am Abend kam er zurück und trug einen Löwen auf seinen Schultern. »Hier«, sagte er, »nimm das Fleisch, zerschneide das Fell und nähe mir eine Mütze und einen Gürtel.« Seine Mutter tat, wie Mendore ihr befohlen hatte. Bisonge schließlich verlangte von ihr Garn für ein Netz. Den ganzen Tag arbeitete er an dem Netz. Als es Abend geworden war, verspotteten ihn die Brüder: »Bisonge, Bisonge, was hast du heute getan?« Doch da die drei Brüder einander sehr liebten, gerieten sie darüber nicht in Streit, sondern teilten untereinander die Beute von der Jagd und vom Fischen. Sie waren gute Brüder. Indessen sang ihre Mutter:

»Kinder Adas, was ist aus euch geworden?
Sieh, sieh, vor den Starken beugt sich der Baum des Waldes.
Ada hat keine Kinder mehr, keine kleinen Kinder.
Wen wird sie jetzt an ihre Brust drücken?
Angonglongo, Angonglongo,
du hast mir meine Kinder geraubt.«

Aber ihre Söhne mochten das Lied nicht hören. Sie befahlen ihr zu schweigen und neue Früchte zu rösten. Davon aßen sie, aßen viel. Sie wurden riesige Männer von übermenschlicher Gestalt.

Am anderen Tag teilte Etarane seiner Mutter mit: »Ich gehe in den Wald, Bambus schneiden, um daraus ein Fischwehr zu bauen. Ich will alle Fische des Flusses fangen.« Er ging in den Wald. Am Abend schleppte er eine ungeheure Last Bambus heran und begann ein Wehr zu bauen. Drei Tage später war der Fluß durch ein mannshohes Wehr völlig abgesperrt. Jeden Fisch, den er wollte, konnte sich Etarane nehmen. »Von jetzt an«, sprach er, »werden wir im Überfluß leben.« Seine Mutter antwortete: »Wirklich, durch dich werden wir jetzt im Überfluß leben.« Wieder einen Tag später verkündete Mendore seiner Mutter: »Ich werde im Wald einen Baum fällen, um mir einen Speer zu machen. Ich will alle Tiere des Waldes töten.« Er fällte einen Baum und befestigte an einem Ende eine Eisenspitze. Dann begab er sich auf die Jagd. Als er wiederkam, trug er auf seinen Schultern zwei Elefanten, jeder zweimal so hoch wie ein Mann. Dabei sprach er: »Wir wollen das dritte Tier zusammen suchen. Ich habe es im Wald zurückgelassen, um so noch andere zu erjagen, denn sie werden trauern kommen, weil ich den Führer der Herde getötet habe.« Als Bisonge das

hörte, beendete er rasch sein Netz und sprach: »Ich wollte sowieso gerade auf die Jagd gehen.« Als die Nacht tiefschwarz war, lief er, sein Netz auf den Schultern, in den Wald. Endlich gelangte er zu dem Platz, auf dem sein Bruder den Elefanten getötet hatte. Mehr als zehn andere waren herbeigelaufen, umstanden den Leichnam, berührten ihn mit ihren Stoßzähnen und Rüsseln und versuchten, ihn ins Leben zurückzubringen. Ohne Zeit zu verlieren, breitete Bisonge sein Netz über die Lichtung, und als sie völlig bedeckt war, eilte er rasch zur Hütte seiner Brüder zurück. »Schnell«, sagte er, »kommt schnell, die Elefanten sind gefangen.« Sofort eilten sie zur Lichtung. Die Elefanten waren im Netz, sie konnten nicht fliehen. Die drei Brüder töteten sie und trugen das Fleisch und die Stoßzähne zur Hütte. Tagelang aßen und tranken sie und freuten sich miteinander, und mit ihnen ihre Mutter.
Eines Tages ging Etarane an den Fluß zum Fischen. Er war noch gar nicht lange fort, als er eilends zurückkehrte in die Hütte, in der die Brüder noch schliefen. »Ich habe den Dzun gesehen«, rief er. »Kommt, helft mir, ihn zu töten.« Die drei Brüder eilten mit ihren Waffen an den Fluß. Sobald der Dzun die Jäger sah, stürzte er auf sie los, um sie unter seiner Masse zu zermalmen. Jeder seiner Schritte erschütterte die Erde und wühlte eine Grube, so tief, daß sich ein Mann darin verbergen konnte. Wenn ein Baum seinen Schritten im Wege war, knickte er ihn wie einen Grashalm. Seinen Zähne waren so groß wie ein Mann und rissen Felsen in die Luft wie kleine Kiesel. Er schritt auf die Jäger zu und schnaubte wie ein Sturm, der Bäume entwurzelt. Die Brüder erwarteten ihn. Als er nahe genug war, schleuderte Etarane ihm die Harpune in den Bauch, Mendore durchbohrte ihm ein Auge mit dem Speer, Bisonge warf ihm das Netz über und rollte ihn hinein. Das wütende Tier schlug vergeblich um sich, Mendore durchbohrte ihm das andere Auge, Etarane stach ihm mit dem großen Haumesser ins Herz und Bisonge schlug ihm mit dem Schwert den Kopf ab. Sie kehrten zur Hütte zurück, den Dzun auf den Schultern. Aus dem Schädel machten sie einen Sitz, aus den Schenkelknochen schnitzten sie Pfeifen, um die bösen Geister zu verscheuchen. Aus den Fellen fertigten sie drei Schilde, aus den Ohren zwei

Trommeln, so groß wie Hütten. Aus einem der Hörner stellten sie ein Jagdhorn her, mit dem sie sich aus der Ferne rufen konnten, aus dem anderen eine Pfeife, um Kakuba zu rauchen.
Etarane, Mendore und Bisonge waren drei unfehlbare Jäger. Ihr Ruf breitete sich immer weiter aus. Wenn sie Hunger hatten, gingen sie zur Jagd. Sie packten die fliehenden Elefanten, drehten sie an den Beinen und Stoßzähnen auf den Rücken, als wären es Schildkröten, und trugen die toten Tiere dann in ihre Hütte. So etwas machte ihnen Spaß. Oft griffen sie auch den Abvi an, und trotz der Stärke und der Bosheit dieses Tieres töteten sie ihn mühelos, um sein Fleisch zu verzehren und um sein Fell zu gewinnen, das hart wie Eisen war.
Weitab vom Dorf der Brüder lebten damals mehrere Bibibi. Diese Ungeheuer wurden weithin gefürchtet. Oger sind schrecklich, aber Bibibi sind noch viel schrecklicher. Sie hatten alle hier lebenden Stämme unterworfen. Mitten in ihrem Dorf befand sich eine große Hütte voller Männer, Frauen und Kinder von mehr als zehn Stämmen. Jeden Tag fraßen die Bibibi zehn Männer, zehn Frauen und zehn Kinder vom gleichen Stamm. Jeder Stamm kam an einem bestimmten Tag an die Reihe. Als die Bibibi von den großen Taten der drei Brüder hörten, beschlossen sie, diese zu töten.
Eines Tages brachen sie auf. Der eine von ihnen ging voraus, trat in die Hütte der drei Brüder und bat um Essen. »Wer bist du?« fragten sie ihn. »Ein Bibibi.« – »Wir kennen diese Leute nicht, du mußt gehen.« Währenddessen hatte der Bibibi rasch aus seinem Sack ein betäubendes Pulver herausgeholt und warf es zusammen mit seinem Fetisch ins Wasser. Der Dampf stieg in die Luft und schläferte die drei Brüder ein. Der Bibibi lief davon, um seinen Leuten Bescheid zu sagen, daß die Brüder schliefen und sie kommen könnten, sie zu töten.
Die drei Brüder schliefen. Tief war ihr Schlaf, so tief, daß kein Lärm sie weckte. Ada, ihre Mutter, war bei ihnen. Sie schüttelte sie, denn sie hatte die Gefahr erkannt. Die drei Brüder aber schliefen. Tief war ihr Schlaf, so tief, daß kein Lärm sie weckte. Erschrocken schüttelte Ada sie. »Wacht auf, meine Söhne, wacht auf.« Sie nahm die Fackel und hielt sie ihnen vor die Augen. Die drei Brüder schliefen. Ada, Ada, deine Mühe

ist umsonst, der Fetisch, der sie bannt, ist stärker als du. Die drei Brüder schliefen.
Ada nahm Bisonge, ihren Letztgeborenen, auf den Arm. Sie trug ihn mit großer Mühe aus der Hütte und verbarg ihn im tiefen Wald. Sie rettete ihn ein zweites Mal. Dann kehrte sie hastig in die Hütte zurück, um auch die anderen Kinder zu retten. Aber schon hatten die Bibibi das Haus umstellt. Ada, Ada, du kannst nicht mehr eintreten. Die Bibibi brüllen:

»O Etarane, o du, Etarane,
die Selbstsicheren schlafen und schnarchen und machen ›kchrr‹.

O Etarane, o du, Etarane,
ohne zu schlafen wachen die Männer!
Wer von uns bleibt leben?
Hört, der Oger erschüttert die Erde,
hört, der Oger erschüttert die Erde im Hof.
Kchch ...rr, er schläft, kchch ...rr, er schnarcht, kchch ...rr.«

Die Bibibi traten in die Hütte. Sie erschlugen Etarane, sie erschlugen Mendore. Das Messer hat die Köpfe abgeschnitten, das Eisen ist in die Kehlen gedrungen. Die Brüder sind tot. Nie mehr wird der Schlaf von ihren Lidern lassen. Der Tod hockt auf ihren Augen. Die Elefanten im Wald fürchten die Jäger nicht mehr. Wer sollte noch kommen, sie zu töten? Die beiden Brüder waren tot. Die Bibibi steckten die Hütte in Brand. Da sie Ada und Bisonge nicht finden konnten, gingen sie, um am nächsten Tag wiederzukommen.
Im Wald lag Bisonge in tiefem Schlaf. Ada wachte bei ihm. Erst am Morgen erhob er sich und fand die Hütte zerstört, die Brüder tot. Ada erzählte ihm, wie es geschah. Bisonge geriet in schrecklichen Zorn, er schärfte sein großes Messer.

»Kwi, kwi, schneide, mein Messer, schneide.
Du wirst heute abend essen.
Nimm dir das Blut, das Leben gibt,
du wirst heute Abend trinken.«

Als das Messer geschliffen war, sprach Bisonge zu seiner Mutter: »Gib mir mein Netz.« Ada gab es ihm, und Bisonge sagte: »Ich gehe.« Er wanderte durch den Wald, weit weg, bis er am

Wohnsitz der Bibibi anlangte. Die waren auf der Suche nach ihm. Er betrat das Haus und hörte lautes Stimmengewirr: »Nein, nein, wir sind nicht dran, sondern die Leute aus Yenzum sind dran. Nein, nein, die aus Yengoah sind dran ... Nein, ihr seid dran.« Er öffnete die Tür, da standen all die Leute vor ihm, die von den Bibibi eingesperrt worden waren. Sie glaubten schon, es sei Essenszeit, und der Stamm, der an der Reihe war, solle liefern, aber Bisonge befreite sie, dann bedeckte er das Haus mit seinem Netz. Er bedeckte es vollständig mit den vielen Maschen, nur die Tür ließ er frei. Dann wartete er.
Am frühen Morgen, als es noch dunkel war, kamen die Bibibi zurück, wütend, Bisonge nicht gefunden zu haben. »Morgen werden wir ihn fassen, morgen werden wir ihn töten.« Kaum waren sie eingetreten, ließ Bisonge sein Netz über die Tür fallen. Sie waren gefangen wie der Elefant im Gehege, wie die Fische, wenn der Fischer sein Netz über einen Schwarm Sardinen wirft. In der dunklen Nacht, in der Finsternis, die fürchten macht, ertönte die Stimme Bisonges: »Bibibi, Bibibi, ihr Oger, ihr Menschenfresser, ich bin es, der euch ruft, Bisonge, der Bruder derer, die ihr getötet habt.« Die Bibibi stürzen zur Tür heraus, stolpern und sind im Netz gefangen wie in der Falle. Sie versuchen sich loszureißen und die Maschen mit dem Schwert zu zerhauen. Doch Bisonge kennt den Fetisch, der das Garn zu Eisen härtet. Es gibt kein Mittel zu entkommen.
»Ah, ah«, sagt Bisonge, »da sind sie, die berüchtigten Oger. Jetzt wollen wir ein Licht anzünden.« Er nimmt eine Fackel, wirft sie auf das Dach. Das Haus brennt. Er rafft das Netz, verengt die Maschen und schnürt die zerquetschten und blutenden Bibibis zusammen. Dann macht er einen nach dem anderen los, köpft ihn und schlitzt ihm den Bauch auf. Alle Leute, die die Bibibi am Tag vorher gegessen hatten, kamen heraus und flohen in den Wald. Bald sah man sie nicht mehr.
Bisonge ist nun fertig mit dem Köpfeabhauen, der Bauch des letzten ist aufgeschnitten. Er spricht: »Das ist gut, das ist gut.« Sorgfältig sammelt er die Köpfe ein, färbt sie rot, legt sie in eine Kiste und bewahrt sie als Fetische.
Alle Stämme erkannten ihn nun als ihren Häuptling an. Er herrschte lange über sie, und seine Söhne folgten ihm nach.

MÄRCHEN DER KUNDU, DER KPE UND DER DUALA

Wie Tuba Mbange geboren wurde und schon als Säugling seiner Mutter Fleisch heimbrachte

Es waren einmal eine Frau und ein Mann, die waren schon lange verheiratet, hatten aber noch kein Kind. Oft saßen sie einen ganzen Tag beieinander und brachen in Tränen aus, wenn sie daran dachten, daß sie kein Kind hatten. So ging das lange Zeit, bis die Frau schließlich doch schwanger wurde. Als sich die Zeit der Geburt näherte, ging sie eines Tages in den Wald. Unterwegs hörte sie das Kind in ihrem Leib sprechen: »Mutter, lauf doch nicht so schnell mit mir.« Da kehrte sie rasch wieder nach Hause zurück. Dort angekommen, spürte sie Geburtswehen. Sie schenkte zwei Kindern das Leben, einem Knaben, den nannte sie Tuba Mbange, und einem Mädchen, das hieß Wase. So war nun also ein Zwillingspaar in diesem Haus.

Eines Tages veranstalteten die Dorfbewohner eine Treibjagd. Nachdem sie den Wald mit ihren Netzen umstellt und darin eine Menge Tiere gefangen hatten, trafen sie sich auf dem Versammlungsplatz vor dem Dorf und begannen, die Jagdbeute zu zerlegen und zu verteilen. Tuba Mbanges Mutter war gerade dabei, ihre Kinder zu baden. Da streckte sich Tuba in der Wasserschüssel. Dann nahm er ein Lendentuch und ein Hemd, bekleidete sich und stand plötzlich als erwachsener Mann da. Er lief zum Versammlungsplatz, wo er die Leute beim Fleischverteilen traf. Da sagte er zu ihnen: »Wenn ich meinen Arm ausstrecke, könnt ihr alles Fleisch daranhängen, und ich gehe mit dieser Last so oft um euch herum, wie ihr nur wollt. Falls ihr es nicht glaubt, kann ich es euch gleich vorführen.« Sie hängten schließlich alle Fleischstücke über den Arm des Tuba, und er spazierte mit dieser Last umher, als ob es gar nichts wäre. Auf einmal lief er aber rasch davon und verschwand mitsamt dem Fleisch in seinem Elternhaus. Dort band er sich das Lendentuch ab, zog das Hemd aus und legte sich wieder in die Waschschüssel. Seine Mutter hängte das Fleisch auf den Trockenboden und fuhr fort, ihn zu baden. Unterdessen waren die Dorfleute, die ihn verfolgt hatten, herangekommen. Sie traten ins Haus und fragten Tubas Mutter: »Hast du nicht einen Kerl ins Haus kommen sehen?« Sie gab ihnen zur Antwort: »Ich bin doch noch Wöchnerin, wie soll ich wissen, was draußen vorgeht. Meine Kinder sind noch klein, woher soll denn der Kerl auf einmal hergekommen sein? Ich sitze hier und bade meine Kinder. Sonst habe ich nichts gesehen.«

Wie man Tuba Mbange beim Pflaumenstehlen erschoß und er wieder lebendig wurde

Tuba Mbange kam einmal zu Ohren, daß in der Nähe eines bestimmten Dorfes wunderbare Pflaumenbäume ständen; aber die Dorfbewohner seien sehr geizig und erlaubten niemandem, von den Früchten zu pflücken. Darum hatten sie auch einen Mann beauftragt, die Pflaumenbäume zu bewachen. Nachdem Tuba das erfahren hatte, ging er dorthin. Er traf den Pflaumenwächter und fragte ihn: »Was machst du denn hier?« Der antwortete: »Ich bin hier, um aufzupassen, daß niemand von den Pflaumen pflückt.« Da schlug Tuba Mbange vor: »Klettere doch hinauf und pflücke für uns beide Pflaumen, soviel du kannst, die wollen wir dann essen.« Der Mann war einverstanden und kletterte hinauf, während Tuba unten wartete. Aber als der Mann in der Baumkrone zu pflücken begann, rief

Tuba die Dorfleute herbei: »Kommt schnell! Kommt schnell! Soll man denn eure Pflaumen stehlen?«
Da nahmen die Leute aus dem Dorf ihre Gewehre, und als sie an dem Baum angekommen waren, erschossen sie den vermeintlichen Dieb. Dann erst sahen sie, daß sie ihren eigenen Mann getötet hatten, der die Pflaumen bewachen sollte. Tuba hatte inzwischen das Weite gesucht und sprach: »Ich habe noch gar nichts Richtiges angestellt, doch das wird schon noch kommen.« Die Leute aber kehrten laut klagend in ihr Dorf zurück.
Eines Tages begab sich Tuba wieder zu den Pflaumenbäumen. Diesmal jedoch überraschten ihn die Dorfleute oben im Baum. Sie schossen mit ihren Gewehren auf ihn, und er starb. Danach verzehrten sie sein Fleisch, auch nicht das kleinste Stück blieb übrig. Von dieser Sache hörte seine Schwester Wase. Sie ging hin, laß alle Knochen ihres Bruders zusammen und trug sie in ihre Wohnung. Auch Zauberkräuter pflückte sie. Dann nahm sie ein Wassergefäß aus Ton, legte die Knochen zusammen mit der Medizin hinein und stellte den Topf in eine Hausecke. Nach drei Tagen war Tuba vom Tod auferstanden, und auch seine übernatürlichen Kräfte kehrten in ihn zurück.

Wie Tuba Mbange in die Himmelsstadt ging und dort getötet wurde

Es war einmal ein Mann mit Namen Sesanyambe. Der besaß auf seinem Feld eine Ölpalme und ließ nicht zu, daß andere sich Früchte abschlugen. Kaum hatte Tuba Mbange davon gehört, ging er immer wieder zu dem Feld, kletterte auf die Palme und schlug sich Früchte ab. Dabei fiel ihm auf, daß er auf diese Weise jedesmal nahe am Himmel war. Als er Anda erblickte, sprach er zu ihm: »Nimm das Seil, steig in den Himmel hinauf und binde es dort an einen Hauspfosten an.« Anda nahm das Seil und tat, was Tuba ihm befohlen hatte. »Ich komme auch hinauf«, meinte Tuba nun und kletterte wirklich in den Himmel. Dort trat er in ein Versammlungshaus. Die Leute, die darin saßen, fragten ihn: »Was willst du denn?« – »Eine Frau«, antwortete er. Darauf erwiderten sie: »Es sei dir gestattet. Nimm dir die Frau, die du möchtest.« So kam Tuba Mbange im Himmel zu einer Frau.

Als er nun verheiratet war, erzählte ihm seine Frau vom Leben der Leute im Himmel. »Bei uns ist es so«, sprach sie, »daß wir uns während der Trockenzeit alle in Rinder verwandeln. In der Zeit komm also lieber nicht hierher.« Tuba ließ seine Frau nun im Himmel zurück und stieg wieder auf die Erde. Als die Trokkenzeit kam, hatte er den Rat seiner Frau längst vergessen, und als er sie nun im Himmel besuchen wollte, fand er dort oben lauter Rinder, das ganze Haus voll! Erschrocken rief er aus: »O weh, wo sind denn nur die Menschen hin?« Sorgfältig betrachtete er alle Rinder, die im Haus waren, aber es waren eben Rinder, nichts anderes. Bei seinem Schwager fand er ebenfalls nur Rinder, das gleiche bei seiner Schwägerin, und Tubas Frau hatte sich natürlich auch in ein Rind verwandelt, ihr Kind in ein Kälbchen. Tuba war ratlos.

Weil er hungrig geworden war, lief er aufs Feld, hieb sich eine Pisangtraube ab und kochte sie. Nun suchte er noch eine Fleischbeilage, und als er in der Nähe auf eine große Kuh traf, hieb er ihr einen Schenkel ab und aß ihn zu seinem Pisang. In der Morgendämmerung des folgenden Tages kehrte Tuba wieder zur Erde zurück.

Als seine Frau ihm erzählt hatte, daß sich die Himmelsbewohner während der Trockenzeit in Rinder verwandeln, hatte Tuba ihr ebenfalls etwas anvertraut. »Mich kann man nicht töten«, hatte er gesagt, »was man auch nimmt, Gewehr, Speer, Messer, Knüppel oder Zaubermittel aller Art, nichts davon bringt mich um. Sticht man mich aber mit einem kleinen Spießchen, das aus der Rinde der Raphiapalme geschnitzt ist, in den Rachen, bin ich sofort tot. Nur so kann man mir das Leben nehmen, anders wird es niemals gelingen.«

In der nun folgenden Regenzeit stieg Tuba wieder zu seiner Frau in den Himmel. Diesmal fand er alle Leute im Haus versammelt, nur seine Schwägerin war nicht da. Ihr fehlte ein Schenkel, und den hatte Tuba ihr bei seinem Besuch während

der Trockenzeit abgeschlagen. Die Familie war nun versammelt, um Blutrache zu nehmen, und als Tuba sich bei seiner Frau nach der Schwägerin erkundigte, verriet sie ihm nichts.
Am nächsten Morgen kamen alle Dorfbewohner zusammen. Man holte Tuba und teilte ihm mit, daß er sterben müsse. Dann schoß man mit Gewehren auf ihn und konnte ihn doch nicht umbringen. Man hieb mit Haumessern auf ihn ein, aber er starb nicht. Mit Knüppeln ging man auf ihn los, er blieb am Leben. Weil er seiner Frau aber gesagt hatte, daß er gegen alle Waffen, allen Zauber gefeit sei, ein kleiner Spieß aus Raphiapalmenrinde ihn aber doch töten könnte, riet Tubas Frau nun den anderen: »Stecht ihn mit kleinen Spießen aus Raphiapalmenrinde in den Rachen, das wird ihn umbringen!«
Die anderen befolgten den Rat der Frau, und wie sie vorhergesagt hatte, so geschah es. Tuba war ein Kind des Todes. Was aber hatte dazu geführt? Er hatte seiner Frau ein Geheimnis anvertraut.

Zwei Mütter und ein Kind

Zwei Mädchen waren schwanger. Eines Tages gingen sie zum Spielen in den Wald. An einem Baum sagte das eine der beiden Mädchen: »Ich steige auf den Baum.« – »Steig nur hinauf«, erwiderte die andere, »ich bleibe unten.« Aber kaum war das Mädchen auf den Baum gestiegen, fiel es herunter und gebar ein Kind. Das andere Mädchen, das unten geblieben war, behauptete nun: »Ich habe auch ein Kind geboren.« Als aber die Leute kamen, um sich die Kinder anzusehen, fanden sie, daß nur ein Kind da war. Beide Mädchen beanspruchten das Kind als das ihre. Die eine sagte: »Ich habe es geboren!« Die andere behauptete: »Nein, ich habe es geboren!«
Nach Hause zurückgekehrt, brachten sie ihren Streit vor den Häuptling. Dem war der Fall zu schwierig, darum schlug er vor: »Laßt uns das Kind töten!« Das Mädchen, das vom Baum gefallen war, widersetzte sich heftig, denn es war ja ihr Kind; das andere Mädchen aber hatte gegen den Vorschlag nichts ein-

zuwenden. Da wurde dem Häuptling klar, daß jenes Mädchen, das vom Baum gefallen war, die wirkliche Mutter sein mußte. Sie erhielt nun ihr Kind zurück. Die andere, die gelogen hatte, mußte mit Schande davonziehen.

Die böse Schwiegermutter

Eine Frau hatte einen Sohn, und als der Sohn erwachsen war, wollte er heiraten. Also kaufte er sich eine Braut und brachte sie heim. Drei Tage nach der Hochzeit rief die Mutter des jungen Mannes die Frau und teilte ihr mit: »Wir gehen aufs Feld, damit ich dir die Pflanzungen zeigen kann.« Und so machten sie sich auf den Weg. Auf dem Feld angekommen sagte die Schwiegermutter zu der jungen Frau: »Setz dich auf den großen Stein hier und deck dich mit dem Korb zu, die Sonne brennt so heiß. Ich gehe ans andere Ende des Feldes und hole Gemüse. Hörst du mich kommen und dabei singen, bleib ganz ruhig.« Nach einer Weile hörte die junge Frau ihre Schwiegermutter zurückkommen und singen: »Vortänzerin, du Vorbotin einer zweiten Frau, wer tötet dich, Vortänzerin, wer tötet dich?« Die junge Frau blieb ganz ruhig, aber als die Schwiegermutter heran war, zerhieb sie den Korb, und die junge Frau starb. Dann zerhackte sie die Tote in Stücke und aß sie auf.

Ihrem Sohn erzählte sie zu Hause: »Als wir auf dem Feld angelangt waren, wollte deine Frau austreten gehen. Ich habe auf sie gewartet, bis ich alles Gemüse zusammengeholt hatte, aber sie kam nicht. Ich rief, aber sie antwortete nicht.« Fünf Tage wartete der junge Mann vergeblich auf seine Frau, dann kaufte er sich eine andere. Der zweiten Frau erging es aber nicht anders, auch sie wurde von ihrer Schwiegermutter umgebracht. Nach und nach hatte der junge Mann sechs Frauen gekauft, die alle ein Opfer seiner Mutter wurden, alle starben auf die gleiche Weise wie die erste.

Nun machte sich der junge Mann auf und kaufte die siebente Frau. Am Tag der Hochzeit erzählten die Leute der Braut: »Dein Mann hat schon viele Frauen gehabt, aber jedesmal hat seine Mutter sie mit aufs Feld genommen, und sie sind nicht mehr zurückgekehrt. Darum nimm dich in acht! Geh bloß nicht mit ihr, falls sie dich irgendwann auffordert, sie aufs Feld zu begleiten!«

Nach drei Tagen war es soweit, die Schwiegermutter sprach zu der jungen Frau: »Komm, laß uns aufs Feld gehen, damit ich dir die Pflanzungen zeigen kann.« Die Schwiegertochter willigte ein; ihr Mann war nicht zu Hause, er befand sich auf einer Reise. Als sie das Feld erreicht hatten, schlug die Schwiegermutter auch ihr vor: »Die Sonne brennt heute sehr heiß, setz dich lieber auf den Stein hier, ich decke dich mit dem Korb zu.« Die junge Frau setzte sich, die Alte stülpte ihr den Korb über und sagte: »Wenn du mich kommen hörst, und ich singe ein Lied, dann rühr dich nicht.« Als die junge Frau nun saß und wartete, überlegte sie sich: ›Vielleicht hat sie es mit den anderen Frauen, von denen mir erzählt wurde, auch so gemacht!‹ Als die Schwiegermutter außer Sicht war, warf sie den Korb ab, stülpte ihn über den Stein und versteckte sich auf einem Baum. Nach einer Weile sah sie die Schwiegermutter vom anderen Ende des Feldes auf den Stein zukommen. Sie war mit Farnkrautstengeln bedeckt und trug ein Buschmesser in der Hand. Dazu sang sie: »Vortänzerin, du Vorbotin einer zweiten Frau, wer tötet dich, Vortänzerin, wer tötet dich?« Die Frau auf dem Baum fürchtete sich gewaltig. Von ihrem Versteck aus beobachtete sie, wie die Schwiegermutter mit dem Messer auf den Korb einhieb, so daß er in zwei Hälften gespalten vom Stein fiel. Dann hörte sie ihr Rufen: »Oh! Oh! Sie ist entkommen!«

Nachdem es der Alten diesmal nicht geglückt war, ihre Schwiegertochter zu töten, kehrte sie nach Hause zurück. Ihrem Sohn gegenüber klagte sie, daß sie schreckliche Leibschmerzen hätte. Die junge Frau aber lief ebenfalls nach Hause, als sie sicher sein konnte, daß ihr von der Schwiegermutter keine Gefahr mehr drohte. Und als sie die Alte zu Hause liegen sah, meinte sie ganz nebenher: »Sie hat wohl Leibschmerzen!«

Am Abend berichtete sie ihrem Mann, was sich auf dem Feld zugetragen hatte. Der junge Mann brachte am nächsten Morgen, kurz nach Tagesanbruch, auf dem Feuer Öl zum Sieden. Dann sprach er zu seiner Mutter: »Ich habe hier ein Klistier gegen deine Leibschmerzen, Mutter«, und er füllte ihren Leib mit dem siedenden Öl, so daß sie starb. Den Leichnam aber warf er den Abhang hinunter.

Limunges Heirat

Ein Vater hatte eine erwachsene Tochter mit Namen Limunge. Schon etliche Männer waren dagewesen, die Limunge heiraten wollten, aber sie weigerte sich stets und sprach: »Wenn ich verheiratet werde, dann mit keinem anderen als mit Ndondo-Ndume.« Ein Freier nach dem anderen erschien und sprach mit ihr über eine Heirat, aber das Mädchen willigte in nichts ein, sondern wiederholte nur immer: »Wenn ich verheiratet werden soll, kommt nur der Ndondo-Ndume in Betracht.« Dabei kannte das Mädchen den Ndondo-Ndume gar nicht. Sie hatte nur gehört, der Ndondo-Ndume wäre ein guter Mann, dazu auch noch reich. Zuweilen sang sie auch dieses Lied: »Ich werde geheiratet vom Ndondo-Ndume, ja, ja! Vom Ndondo-Ndume, der im Meer wohnt, ja, ja!«

Die Sache verhält sich aber so: Der Ndondo-Ndume lebt im Meer. Er ist ein winzig kleiner Fisch, und er ist am ganzen Körper mit Eiterbeulen bedeckt.

Alle Fische bedrängten nun den Ndondo-Ndume: »Du solltest doch versuchen, dich um das Mädchen zu bemühen, denn die ganze Zeit singt sie von dir und erzählt, daß sie von keinem anderen geheiratet werden will als von dir.« Ndondo-Ndume aber hatte gar keine Lust dazu, denn er wußte, daß sie nicht einwilligen würde, wenn er hinkäme, um sie zu heiraten, weil er am ganzen Körper mit Eiterbeulen bedeckt war. Sie überredeten ihn aber doch. Als er sich aufmachte, lieh er sich die Haut des Muawo und ließ die seine mit den Eiterbeulen zurück.

Er kam zum Haus des Mädchens und trat ein. Als das Mädchen ihn sah, gefiel er ihr gleich, weil er so schön gekleidet war. Da ging Ndondo-Ndume zu ihrem Vater und sprach: »Ich bin gekommen, um dich um deine Tochter zu bitten.« Der Vater rief

Limunge und fragte sie: »Möchtest du von Ndondo-Ndume geheiratet werden?« Das Mädchen bejahte. Am nächsten Tag kleidete der Vater seine Tochter ein, und sie gingen hin, um Hochzeit zu feiern.
Nach zwei Tagen, mitten in der Nacht, hörte Limunge, wie jemand ein Lied sang, das ging so: »Ndondo-Ndume, hörst du nicht den Muawo rufen, daß du ihm seine Haut zurückgeben sollst?« Nacht für Nacht, wenn sie schliefen, hörten sie das Lied. Nach zwei weiteren Tagen stand Ndondo-Ndume ganz früh am Morgen auf und ging, dem Muawo seine Haut zurückzugeben. Er kehrte aber nicht gleich nach Hause zurück, denn er schämte sich so, weil er nun wieder seine eigene Haut voller Eiterbeulen trug. Bis zur Schlafenszeit blieb er auf dem Feld, ohne auch nur eine Kleinigkeit gegessen zu haben. Als er endlich nach Hause kam, fand er seine Frau bereits schlafend. Auch er legte sich hin, ohne sie zu wecken oder ein Wort zu sprechen. Um Mitternacht spürte die Frau, wie ihr irgend etwas auf der Haut herumkroch. Sie nahm ein brennendes Holzstück und untersuchte das Bett – da fand sie ihren Mann am ganzen Körper mit Eiterbeulen und Maden bedeckt. Voller Ekel stand sie auf. Das ärgerte den Ndondo-Ndume, sie gerieten in einen heftigen Streit, und schon am Morgen bat Limunge ihren Vater, sie auszulösen. Das tat er auch. Limunge aber heiratete nicht wieder, bis zu ihrem Tod.

Der Junge und das Zaubervögelchen

Ein Junge hatte im Wald Vogelschlingen gelegt. Eines Tages, als er nach den Schlingen sah, hatte sich darin ein sehr hübscher kleiner Vogel gefangen. Dieser Vogel aber sprach: »Töte mich nicht!« Der Junge trug ihn nach Hause, und dort forderte der Vogel: »Ruf alle Leute zusammen!« Der Junge tat es. Als alle da waren, bat der Vogel, daß man mit ihm zum Fluß gehen solle. Am Fluß angelangt, begann er ein Lied zu singen: »Ngelikeli, ich rufe dich an, das Wasser möge sich teilen.« Während

er so sang, teilte sich wirklich das Wasser des Flusses, der obere Teil stand, und der untere Teil floß ab. Die Leute konnten nun Fische holen, soviel sie wollten, sie brauchten sie nur aufzusammeln. Und so oft von nun an das Fleisch knapp wurde, half der Vogel den Leuten beim Fischen.
Als der Herrscher des Ortes von der Sache vernahm, übertrug er dem Jungen die Hälfte seiner Herrschaft, und sie regierten beide. Auf diese Weise hat der Vogel dem Jungen zu seinem Glück verholfen.

Chamäleon und Gecko

Der Gecko hatte sich niedergelassen, um sich ein wenig in der Sonne auszuruhen. Da ging das Chamäleon vorüber. Es weinte, und so fragte der Gecko: »Warum weinst du denn?« – »Mein Bruder ist gestorben«, erwiderte das Chamäleon. Der Gecko schnalzte mit der Zunge und spottete: »Deshalb gehst du so gebückt und niedergeschlagen einher?! Wirst wohl gar krank werden?« Das Chamäleon aber lief, Tränen in den Augen, schweigend vorüber.
An einem anderen Tag sah das Chamäleon den Gecko weinen und erkundigte sich ebenfalls gleich: »Warum weinst du denn?« – »Meine Schwester ist gestorben«, erwiderte der Gecko. Da höhnte das Chamäleon: »Ach, deshalb siehst du so erbärmlich aus und riechst so! Du wirst doch nicht etwa sterben?«
Da ärgerte sich der Gecko mächtig, und die beiden gerieten miteinander in Streit. »Als ich Trauer hatte«, sagte das Chamäleon, »hast du mich verhöhnt, aber ich ließ dich in Ruhe, und heute, da ich dich verhöhnt habe, willst du dich aufregen?«
Auf diese Weise entstand das Sprichwort: ›Das letzte Messer verwundet.‹

Von den zwei Brautleuten

In einem Dorf lebte einmal ein Elternpaar, das hatte sechzehn erwachsene Töchter. Eines Tages nahm der Vater der Mädchen einen jungen Mann in Dienst, der das Haus in Ordnung halten sollte. Man vereinbarte, daß er sich nach Beendigung der vereinbarten Zeit als Lohn für seine Arbeit eine der Töchter zur Frau wählen dürfe. Nach einiger Zeit verliebte sich die jüngste Tochter, der Liebling der Eltern, in den jungen Mann. Als nun die Dienstzeit des jungen Mannes zu Ende ging und er den Eltern seine Entscheidung mitteilte, waren sie nicht einverstanden und wollten ihm ihre jüngste Tochter nicht überlassen. Aber alle ihre Unterredungen und Bemühungen, den jungen Mann umzustimmen, hatten keinen Erfolg. Da kamen die Eltern auf einen eigenartigen Einfall, der ihnen helfen sollte, ihren Liebling zu behalten, ohne dabei als unredlich zu gelten. Sie stellten eine riesengroße Sprechtrommel auf und bestimmten insgeheim einen Trommler dafür, nämlich die Laus. Nun wurden die Dorfleute herbeigerufen, und in ihrer Gegenwart stellte man dem jungen Mann die Frage, wer der Schläger der Sprechtrommel sei. Sie nahmen dabei ganz bestimmt an, daß der Freier nicht in der Lage sein würde, das herauszubekommen. Dadurch hätte er den Anspruch auf die jüngste Tochter verloren und sich eine andere wählen müssen. Der junge Mann versuchte sein bestes und nannte alle möglichen Namen, die ihm in den Sinn kamen. Und obwohl die Leute ihn schlugen, vermochte er den richtigen Namen nicht zu finden.

Da kam glücklicherweise seine Auserwählte dazu. Sobald sie erfahren hatte, worum es ging, machte sie ihrem Geliebten ein Zeichen: Sie fuhr mit der Hand zum Kopf, pickte etwas aus den Haaren und führte es zum Mund. Der junge Mann hatte seine Augen unverwandt auf das junge Mädchen gerichtet und verstand auch gleich das Zeichen. Unverzüglich rief er: »Ich weiß, wer der Trommler ist, es ist die Laus!« War das eine Überraschung für die Leute! Alle wunderten sich, daß der junge Mann doch noch den Sieg davongetragen hatte. Keiner ahnte

dabei etwas von der geheimen Verständigung zwischen dem Mädchen und dem jungen Mann.
»Ja, Liebe ist stark!« riefen die Eltern des jungen Mädchens. Die Dorfbewohner aber klatschten begeistert in die Hände und jubelten dem jungen Paar zu. Bald darauf fand die Hochzeit statt. Sie führten ein langes glückliches Leben.

Wie die Schildkröte zu ihrer schönen Frau kam

Einmal gingen alle Tiere in den Wald, um Palmnüsse zu ernten. Damals aber lebte in jener Gegend ein Mädchen, das hatte die Pocken. Jedesmal, wenn sie eine Palmnuß aß, heilte eine der Pocken.
Als nun die Tiere aus dem Wald zurückkamen, stellte sich das Mädchen an den Weg. Zuerst kam der Elefant. Das Mädchen sprach ihn an: »Ach, gib mir doch bitte eine Palmnuß zu essen.« Aber der Elefant erwiderte nur: »Weg mit dir, schnell!« Als der Löwe vorbeikam, sagte das Mädchen wieder: »Bitte, Löwe, gib mir doch eine Palmnuß.« Der Löwe aber entgegnete: »Wenn du nicht sofort verschwindest, töte ich dich! Weg!« Und jedes Tier, das vorüberging, antwortete das gleiche. Als die Tiere vorbeigegangen waren, kroch zuletzt noch die Schildkröte heran. Das Mädchen bat auch sie um eine Palmnuß. Da schenkte die Schildkröte dem Mädchen alle ihre Palmnüsse.
Nun wurde das Mädchen wieder gesund, und nachdem die Pockennarben verheilt waren, sah das Mädchen wunderschön aus. Bald stellte sich der Elefant ein und wollte das Mädchen heiraten. Doch es wies ihn ab. Auch der Löwe erschien, um es zu heiraten. Aber das Mädchen wollte ihn nicht. Alle Tiere versuchten, die Schöne zur Frau zu bekommen. Doch das Mädchen nahm keins von ihnen. Als dann aber die Schildkröte fragen kam, willigte es sofort ein, sie zu heiraten.
Die anderen Tiere hörten das und wurden darüber sehr zornig. Sie begaben sich zum Vater des Mädchens, um ihn um-

zustimmen. Der Vater führte sie an einen großen Baum und sprach: »Wer den Baum fällt, soll meine Tochter heiraten.« Alle Tiere versuchten ihr Glück, doch sie schafften es nicht. Ihre Beile zerbrachen. Aber als die Schildkröte es versuchte, fiel der Baum um.
Nun behaupteten die anderen Tiere: »Wir haben diesen Baum gefällt, nicht die Schildkröte.« Da sprach die Schildkröte: »Baum, richte dich auf!« Die Tiere bemühten sich nun noch einmal, den Baum zu fällen, aber vergebens. Sie stellten einen Wächter neben den Baum, der aufpassen sollte, doch die Schildkröte hieb den Baum zum zweiten Mal um.
Nun hob der Vater des Mädchens zwei Gruben aus und sagte: »Jedes Tier soll versuchen, diese Gruben mit seinen Tränen zu füllen!« Alle Tiere weinten, doch es gelang ihnen nicht, die Gruben mit ihren Tränen zu füllen. Die Schildkröte aber füllte gleich beide Gruben mit ihren Tränen. So bekam sie das Mädchen zur Frau.

Wie sich die Vögel einen König wählten

Als die Vögel hörten, daß alles, was auf der Erde atmet, welches Volk es auch sei, einen König hätte, von dem es regiert wird, da wollten auch sie einen Herrscher, der über sie bestimme. Sie erließen einen Befehl, daß sich alle versammeln sollten, um einen König zu wählen. Zuerst wollten sie sich bei der Grasmücke treffen, aber die fand, sie sei zu gering, sie könne die Vögel nicht aufnehmen. Wo sie es auch versuchten, nirgends konnten sie unterkommen, so daß sie einen Platz im Wald lichten mußten, um sich dort zu lagern. War es vielleicht nicht so? Ja, gewiß war es so!
Als sie endlich zusammensaßen, fragte der Rabe nach dem Grund des Treffens. Da erhob sich der kleine Nashornvogel und legte die Sache dar. Als er fertig war, sagten fast alle Vögel: »Das ist gut, es gehört sich, daß wir das tun.« Aber die Zwergtaube und ein paar andere wollten nicht mitmachen, und der

Zwergreiher, der ebenfalls meinte, daß die Vögel keinen König brauchten, stand auf und rief: »Ich habe einige Worte zu sagen«, und alle Vögel wurden ganz still, um zu hören, was er zu sagen hatte. Aber kaum hatte er den Mund geöffnet und begonnen: »Auch ich will nicht ...«, da ließen sie ihn gar nicht ausreden, sondern verhöhnten ihn. Der Zwergreiher senkte den Kopf und schämte sich sehr. Er konnte niemanden mehr anschauen und wagte nicht, den Kopf zu heben. Daran sieht man, daß der Zwergreiher der schüchternste von allen Vögeln ist. Auf niemanden kann er seine Augen richten, denn er fürchtet, wenn ihn dein Blick träfe, könntest du sagen: »Zwergreiher, schäme dich, schäme dich!«, und er stände kläglich da, das Gesicht zur Erde gerichtet. Auch sein Name, den man jetzt abgekürzt hat in ›Musole‹, bedeutet ja ›der Schüchterne‹ oder ›der, der sich schämt‹. Ist es vielleicht nicht so? Gewiß ist es so! Als es nun zur Wahl kam, wollten die Vögel zuerst den Reiher zum König bestimmen. Aber der Reiher weigerte sich und sagte: »Ich verstehe mich wohl auf meinen Gesang, aber dieser Aufgabe bin ich nicht gewachsen.« Dann suchten sie den Silberreiher zu bewegen, aber auch der mochte nicht, sondern entgegnete: »Ich kann bestimmt nicht gewählt werden, ich verstehe mich nur aufs Herausputzen und Fischefangen.« Nun versuchten sie, noch andere Vögel zu überreden, aber auch die lehnten ab. Als aber der Pelikan den Wunsch äußerte, daß sie ihn zum König nehmen sollten, da wiesen die Vögel ihn zurück und sagten: »Dir wollen wir die Königsmacht nicht geben. Du bist ein unordentlicher und gieriger Kerl und darum nicht würdig, König zu sein.« Das erzürnte den Pelikan gewaltig, und weil er so groß ist, fürchteten sich die anderen Vögel und gaben ihm das Amt doch. Sie übertrugen dem Pelikan die Königsrechte mit den Worten: »Da du nun unser König bist, hast du jetzt volle Freiheit. Doch darfst du auf keinen Fall mehr auf Fischfang gehen, das werden wir für dich besorgen, du bekommst dein Essen gebracht. Wohin du dich auch begeben mußt, du wirst getragen. Du darfst auch nicht heiraten und dich mit keinem Vogel mehr in Streit einlassen!« Sie machten dem Pelikan noch andere Vorschriften und nahmen ihm schließlich folgendes Versprechen ab: »Du hast nun alle diese Vorschriften

vernommen. Wenn du auch nur eine davon brichst, wirst du deines Amtes enthoben! Vermagst du dich an all das zu halten?« Der Pelikan antwortete: »Ja!«
Bei Anbruch des nächsten Tages erklärten die Vögel ihrem neuen Gebieter: »Bleib du hier, wir gehen etwas für den Bauch suchen.« Der Pelikan stimmte zu. So fischten nun die Vögel vom Morgen bis zum Abend und fingen doch nichts, was der Rede wert gewesen wäre. Dann kehrten sie nach Hause zurück und legten ihrem König vor, was sie mit Mühe zusammengetragen hatten. Da aber der Pelikan sehr gefräßig ist, wurde er nicht im mindesten satt und sagte sich in seinem Herzen: ›Was soll das noch werden! Erst wenn ich selber wieder auf Fischfang gehe, werde ich mich ein wenig satt essen können. Man kann doch gewiß keinen anderen für sich selbst auf den Markt schicken.‹
Am anderen Tag zogen die Vögel erneut zum Fischfang aus, fischten vom Morgen bis zum Abend, konnten aber auch diesmal nichts fangen. Als der Pelikan das sah, wurde er sehr zornig. Das Unglück wollte es aber, daß die Vögel in jener Zeit nichts fingen. Dem Pelikan, der sehr ungeduldig und gefräßig ist, war das unerträglich, denn er dachte, daß sie ihn vielleicht betrogen und das, was sie fingen, aufäßen, ohne ihm etwas zu bringen.
Eines Tages flogen alle Vögel wieder bei Tagesanbruch auf Fang aus. Als aber die Morgenröte hervorbrach, sagte sich der hungrige Pelikan: ›Warum werde ich hier ohnmächtig vor Hunger? Glauben die denn, sie können sich davonmachen und anderswo die besten Speisen essen, während ich das Haus hüte und von der Luft lebe? Warum sollte ich denn hier bleiben? Ich fliege zu einer anderen Stelle, so daß sie gar nicht merken, daß ich auf Fischfang bin, und bis sie dorthin kommen, bin ich längst satt, fliege heim und setze mich ganz wie sonst hin. Da wird doch niemand merken, daß ich auf Fischfang war.‹ Ist es vielleicht nicht so? Gewiß ist es so! Gedacht, gesagt – gesagt, getan, der Pelikan ging also auf Fischfang, fischte eine ganze Weile, und dachte immer daran, daß er vor den anderen zu Hause sein mußte. Aber mit der Zeit siegte die Freßlust. Während er sich vorgaukelte, daß die anderen Vögel bestimmt noch nicht zu Hause wären, waren sie in Wahrheit längst heimgekehrt.

Als sie bei der Ankunft ihren König nicht an seinem Platz fanden, erschraken die Vögel furchtbar. Sie schickten auf der Stelle Leute los, um ihn zu suchen und festzustellen, ob er austreten oder baden gegangen sei, oder ob er sich ausruhe. Doch die Leute konnten ihn nirgends finden. Das beängstigte die Vögel noch mehr, denn sie dachten, es habe vielleicht in ihrer Abwesenheit ein Kriegszug stattgefunden, auf dem ihr König getötet worden war. Deshalb suchten sie ihn jetzt überall mit großem Aufwand. Schließlich bemerkte die Schwalbe: »Dieser Kerl, der Pelikan, frißt doch so gern. Ob es ihn nicht geärgert hat, daß wir so lange auf Fischfang waren? Ihn hat gewiß der Hunger geplagt, und so ist er seiner Wege gegangen. Warum sollen wir uns den Kopf zerbrechen?« Da fielen die Vögel über die Schwalbe her: »Hältst du den Pelikan denn für dumm? Gerade erst übernahm er dieses ehrenvolle Amt und soll sich gleich selbst wieder darum bringen?« Die Schwalbe entgegnete nur: »Glaubt es oder glaubt es nicht! Wann wird das Wort dessen, der nur kleine Krebse fängt, je von den Leuten geschätzt?«
Als die Vögel nach einiger Zeit hinausschauten, kam der Pelikan angeflogen, über und über mit Schmutz bedeckt. Sie erkannten ihn zuerst gar nicht und hielten ihn für irgend so ein Scheusal von einem Vogel. Der Pelikan aber war ganz bestürzt, schämte sich furchtbar und wollte sich verstecken, doch wie sollte er das anstellen? Er versuchte, den Schmutz abzustreifen, um wieder ordentlich auszusehen, aber auch das gelang ihm nicht, so daß ihn schließlich alle Tiere als den Pelikan erkannten. War es vielleicht nicht so? Gewiß war es so!
Welche Bestürzung und welches Staunen aber erfaßte die Vögel, als sie den Pelikan so in Schmutz und Schande vor sich sahen. Die einen dachten, er sei wahnsinnig geworden, andere hielten ihn für betrunken, wieder andere dachten noch Schlimmeres. Das erste, was sie fragten, war: »Aber König, wo bist du denn gewesen?« Zuerst redete er allerlei Zeug, um sich herauszuwinden, aber es glückte ihm nicht. So gestand er: »Ich hatte zu großen Hunger. Das brachte mich dazu, auf Fischfang zu gehen.« Da erhob sich der Rabe und sprach: »Pelikan, du bist dumm! Als wir uns weigerten, dir die Macht zu übertragen, hast du darauf bestanden. Wir meinten, du wärst zu unordent-

lich und all den Aufgaben eines Königs nicht gewachsen. Du aber bildetest dir ein, du wärst dazu schon in der Lage. Zu alledem trafen wir noch die Abmachung, wenn du irgendeines der Gebote verletztest, solltest du nicht mehr König sein. Damit sind wir nun unserer Verpflichtung enthoben, das ist klar. Wisse, von heute an bist du nicht mehr unser König!« Ist es vielleicht nicht so? Gewiß ist es so!
So verlor der Pelikan die Königswürde wegen seiner Gier und seiner Liederlichkeit. Er versuchte es noch mit Bitten, doch die Vögel wollten ihn auf keinen Fall wieder zum König ernennen.
Daß der Pelikan nicht mehr mit anderen Vögeln zu tun haben will, rührt von dieser Sache her. Ist es vielleicht nicht so? Gewiß ist es so!
Die Vögel nahmen nun das Anwesen und übergaben es dem Marabu und erwählten danach auch den Kiebitz, den Fischreiher und noch einige andere Vögel zu Herrschern.

Vom Papagei, der die Kinder des Turakos stahl

Der Papagei und der Turako waren lange Zeit Freunde. Ihre Freundschaft rührte daher, daß beide einst kinderlos waren und sich sehr darüber grämten. Eines Tages sprach der Papagei zu seinem Freund: »Warum nehmen wir es eigentlich hin, daß alle anderen Vögel Junge bekommen, nur wir nicht! Müssen wir uns nicht schämen, wenn sie uns unfruchtbar schimpfen?«
Sie machten sich auf zu einem Wahrsager, damit der sich ihrer Angelegenheit annähme. Der Wahrsager wollte zum Lohn nichts als ein rotes Tuch. Nachdem er einen Zauber angewandt hatte, teilte er den beiden mit, daß der Webervogel ihnen das angetan hätte. Um die Sache zu Ende zu führen, sollten sie ihre Verwandtschaft zusammenrufen.
Papagei und Turako verfuhren nun so, wie ihnen der Wahrsager geraten hatte. Zuletzt schnitten sie für den Webervogel zwei Stück Stoff ab und gaben ihm eine Flasche Rum. War es

vielleicht nicht so? Gewiß war es so! Dann fragten sie den Webervogel, ob er schuld daran wäre, daß sie keine Jungen bekämen, und er antwortete mit einem deutlichen »Ja!«. Seit dieser Zeit ist der Webervogel als böse verschrieen. Ist es vielleicht nicht so? Gewiß ist es so!

Als das alles erledigt war, wurden Papagei und Turako schwanger. Beide bekamen Kinder, aber das Unglück wollte es, daß der Papagei seine Kinder zu rasch nacheinander gebar. Sie waren eins wie das andere verkrüppelt. Da war nun der Papagei neidisch auf die Kinder des Turakos. Aßen die Kinder der beiden Freunde gemeinsam, blickte er die Jungen des Turakos stets böse an. Auch schimpfte er sie ›dicke Fettbrocken‹. Der Turako aber sagte zu alledem kein Wort. War es vielleicht nicht so? Gewiß war es so!

Eines Tages erhielt der Turako eine Todesnachricht und ließ seine Kinder beim Papagei zurück, um sich zur Totenfeier zu begeben. Als er fort war, nahm der Papagei die Jungen und sperrte sie in ein Felsloch ein, ohne ihnen auch nur zu essen zu geben. Am Abend kam der Turako vom Totenfest zurück und wollte beim Papagei seine Kinder holen. Aber der behauptete, sie seien schon zu Bett gegangen. Der Turako sah auf den Betten nach, fand dort seine Jungen aber nicht. Am nächsten Morgen meinte der Papagei, sie wären an der Quelle. Der Turako suchte sie an der Quelle, entdeckte sie aber auch dort nicht. Nun forderte er den Papagei mit Nachdruck auf, ihm endlich die Kinder zurückzugeben. Aber der Papagei log, er wisse nicht, wo sie seien und drohte auch seinen Kindern, ja nicht zu verraten, daß er die Jungen versteckt hielt. Die Sache wurde ernst, und sie riefen schließlich alle Vögel zusammen, den Fall zu beraten. Das Urteil lautete, daß der Turako mit Recht seine Kinder vom Papagei zurückverlangen könne. Aber der Papagei beharrte darauf, daß er nicht wisse, wo die Kinder geblieben seien; vielleicht waren sie baden gegangen und ertrunken. Der Turako, sein guter Freund, solle doch die Klage fallen lassen. Sicher werde er noch andere Kinder bekommen. So ging die Sache aus. War es vielleicht nicht so? Gewiß war es so!

Danach behandelte der Papagei seine eigenen Kinder immer schlechter. Er gab ihnen fast nichts mehr zu essen, so daß sie nacheinander starben. War eins gestorben, so hielt er keine Totenklage und begrub es auch nicht am Tag, sondern bei Nacht, damit die anderen Vögel nichts davon erfuhren. Nach kurzer Zeit waren alle tot. Da holte er die Kinder des Turakos aus dem Felsloch hervor, in dem er sie versteckt hatte, und begann sie zu pflegen, als ob es seine eigenen wären. Das ging nun ziemlich lange, so daß die Vögel den Vorfall vergessen hatten. War es vielleicht nicht so? Gewiß war es so!

Eines Tages schickte der Papagei einen der kleinen Turakos zum Fliegenden Hund, um Feuer zu leihen. Vor der Tür stieß sich das Junge und seufzte: »O Mutter Turako!« Der Fliegende Hund, der das gehört hatte, wunderte sich und fragte: »Bist du denn ein Turako-Kind?« Das Kind erwiderte: »Ja, aber dann versteckte mich der Papagei und sagte später, er habe mich in Pflege genommen.« Sofort begab sich der Fliegende Hund zum Turako: »Wenn du mir ein Geschenk gibst«, sagte er, »werde ich dir etwas ganz Großes anvertrauen.« Aber der Turako entgegnete: »Mein Lieber, wenn du etwas weißt, teile mir dein Geheimnis mit. Was verlangst du von mir als Lohn, was habe ich denn schon?« Da erzählte ihm der Fliegende Hund, wie er die Kinder beim Papagei als die des Turakos erkannt hatte. Nun fing der Turako an zu weinen und rief die Vögel zusammen, damit sie ihm halfen, dem Papagei die Jungen wieder zu entreißen. Als sich alle Vögel versammelt hatten, befragte man die Jungen: »Wem gehört ihr?« Da antworteten sie: »Der Papagei hat uns zwar in Pflege genommen, aber wir gehören doch dem Turako.« Darauf nahmen die Vögel dem Papagei die Jungen ab und gaben sie dem Turako zurück. Der Turako aber dachte: ›Wenn ich noch länger mit meinen Kindern hier beim Papagei wohne, wird er sie bestimmt töten und auch mich umbringen.‹ So zog er mit seinen Kindern auf die Bäume.

Darum brauchen wir uns auch nicht darüber zu wundern, daß der Turako die Menschen und die anderen Vögel meidet. Er fürchtet eben, der Papagei wolle ihm oder seinen Kindern etwas Böses antun.

Kolibri und Webervogel

Der Webervogel hatte sich ein Nest gebaut, und der Kolibri war gekommen, um es sich anzuschauen. Eines Tages regnete es. Der Kolibri, der kein Nest hatte, flog zum Webervogel: »Öffne mir«, bat er, »ich lege mich auch ganz unten hin.« Zuerst wollte ihn der Webervogel nicht einlassen, aber als der Kolibri versprach: »Freund, gleich morgen baue ich mir ein eigenes Haus«, gab er nach und ließ ihn ein.
Am nächsten Tag aber hatte der Kolibri sein Versprechen längst vergessen. Bald darauf regnete es wieder. Auch diesmal kam der Kolibri zum Webervogel und bat: »Freund, laß mich doch ins Haus!« Der Webervogel gewährte ihm noch einmal Unterschlupf, aber am Tag darauf verschloß er sein Nest, so fest er konnte. Und als er den Kolibri rufen hörte: »Freund, öffne mir!« gab er zurück: »Nein, heute wirst du draußen übernachten müssen, ich verweigere dir den Zutritt. Scher dich fort!« – »Ach bitte, bitte, mach doch auf!« jammerte da der Kolibri, »morgen werde ich ganz bestimmt bauen!« Aber der Webervogel blieb fest: »Nein, meine Geduld ist zu Ende«, sprach er, »ich will nicht!« Der Kolibri bat wieder und wieder, aber der Webervogel meinte nur: »Bisher hast du stets gelogen.«
Da mußte sich der Kolibri unter einen Baum schlafen legen. Aber als der Morgen kam, baute er sich selbst ein Nest.

Warum die Fliegen keinen Schwanz haben

Eines Tages hielten die Tiere auf dem Gerichtsplatz eine Versammlung ab. Da bemerkten sie, daß die Riesenschlange noch nicht da war. Sie beschlossen, die Zwergantilope als Boten zu schicken, um die Riesenschlange zur Versammlung zu holen. Als die Zwergantilope bei der Riesenschlange ankam, blieb sie am Schwanzende stehen. Näher wagte sie sich nicht heran, weil sie fürchtete, die Riesenschlange würde sie verschlingen. Vom

Schwanzende her rief sie: »Alle Tiere sind auf dem Gerichtsplatz versammelt. Auch du bist eingeladen!« Dann lief sie eilig davon.

Als die Tiere lange genug gewartet hatten, die Riesenschlange aber immer noch nicht erschien, schickten sie die Manguste. Die machte es aber nicht anders als die Zwergantilope, und so blieb die Riesenschlange auch diesmal aus. Schließlich gab man der Fliege den Auftrag, sie endlich herbeizuschaffen. Die Fliege nun machte zusammen mit ihren Gefährten einen solchen Lärm, daß die Riesenschlange erschrak und verwirrt davonschoß. Sie landete vor dem Eingang des Rattenlochs und schlüpfte hinein.

Als die Ratte die Riesenschlange erblickte, sagte sie sich: »O weh, der Kerl, von dem man sagt, daß er nichts taugt, ist gekommen. Bleibe ich hier, tut er mir und meinen Kindern Böses an.« Und so raffte die Ratte ihre Habe zusammen, nahm ihre Jungen und huschte am anderen Ende ihrer Behausung hinaus. Ein kleines Vögelchen, der Honiganzeiger, sah das und dachte bei sich: ›Die Ratte geht doch sonst nie am hellichten Tag aus. Wie kommt sie denn heute dazu?‹ Er hielt seinen Kopf schief, damit er die Ratte nicht aus den Augen verlor, und so kam es, daß er im Flug die Beine der Schirrantilope streifte. »O weh, man hat auf mich geschossen!« schrie die Schirrantilope auf. »Die Kugel ging mir zwischen den Beinen durch!« Und sie rannte davon, so schnell sie konnte, stieß dabei aber gegen einen Baum, der im Weg stand. Es war ein Ameisenbaum, und die Ameisen fielen herunter, mitten auf den Elefanten. Von den schmerzenden Stichen gepeinigt, stürzte nun auch der Elefant vorwärts und trat auf seiner Flucht aus Versehen auf die große Winkerkrabbe an der Quelle des Baches, und die Winkerkrabbe starb.

Jetzt versiegte die Quelle. Da waren die Tiere furchtbar zornig und veranlaßten sofort eine Untersuchung. ›Wer ist wohl schuld, daß die Winkerkrabbe den Tod fand?‹ überlegten sie. ›Wenn wir es der Krabbe zu verdanken hatten, daß wir bisher trinken konnten, so bekommen wir nun niemals mehr Wasser.‹ Nachdem die Sache vorgetragen war, wußte die Zwergantilope zu berichten: »Der Elefant ist schuld am Tod der Krabbe.« Da rief man den Elefanten vor und fragte ihn: »He, du, was ist in dich gefahren, daß du die Winkerkrabbe getötet hast!« – »Freunde, bringt mich nicht um!« antwortete der Elefant. »Die Ameisen auf dem Baum erhoben ein großes Geschrei und stachen mich. Da fuhr ich aus dem Schlaf und rannte los.« Nun riefen die Tiere eine Ameise vor und wollten wissen: »Wie kommt ihr dazu, den Elefanten zu stechen?« Die Ameise antwortete: »Bringt uns nicht um! Ganz ruhig saßen wir auf dem Baum, da stieß die Schirrantilope plötzlich so heftig gegen den Stamm, daß wir herunterfielen, mitten auf den Elefanten. Und so kam es, daß wir den Elefanten stachen, um ihn aufzuwekken, denn wir durften keine Zeit verlieren. Sind Schirrantilopen auf der Flucht, muß man auf der Hut sein, sonst wird man ohne weiteres totgeschossen.« Die Schirrantilope aber verteidigte sich. »Der Vorsichtige braucht sich nicht zu schämen, heißt es im Sprichwort. Ich merkte, wie mir der Honiganzeiger, husch, zwischen den Beinen hindurchstrich. Da vermutete ich, er eile davon, weil man auf ihn geschossen hatte.«

Nun hieß es: »Honiganzeiger, komm näher! Wie steht es mit dir? Was ist denn dich angekommen?« Er antwortete: »Sehr verehrte Anwesende, hört alle, die ihr hier seid, samt der Schildkröte, dem Richter! Habt ihr schon einmal gesehen, daß die Ratte mit ihren Jungen am hellichten Tag ihr Hab und Gut davonträgt?« Alle erwiderten einstimmig: »Nein!« Und der Honiganzeiger erklärte: »Die Sache kam so. Ich sah die Ratte und ihre Jungen, wie sie ihr Hab und Gut davontrugen. Da floh ich. Und es glückte mir, der Schirrantilope zwischen den Beinen durchzufliegen, damit auch sie gewarnt war, denn das Sprichwort sagt: ›Wenn die Ratte aus dem Loch ist, droht Gefahr‹.«

Die Ratte wurde nach vorn gerufen und man hielt ihr vor: »Du gehst doch sonst nicht am Tage aus, warum denn nun diesmal?« Und die Ratte berichtete: »O liebe Geschwister, bringt mich nicht um! Das kommt alles von der Riesenschlange. Zeit meines Lebens habe ich noch nie eine Riesenschlange in meiner Behausung gehabt. Als sie nun jetzt dahergeschnellt kam und in meine Behausung schlüpfte, da fürchtete ich einfach, daß sie mich und meine Jungen auffressen würde, wenn ich in ihrer

Nähe bliebe. Aus diesem Grund floh ich mit meinen Jungen und nahm all meine Habe mit.« Als nun die Riesenschlange gefragt wurde: »Du bist doch viel zu groß, was hattest du denn in der Behausung der Ratte vor?« gab die ihnen zur Antwort: »Die Fliegen kamen und gaben mir Faustschläge auf die Wangen. Ich schrak aus dem Schlaf, fürchtete mich und schoß davon. Bringt mich Unschuldige nicht um!«

»Komm her«, rief man nun der Fliege zu, »wie kommst du mit deinen Gefährten dazu, auf die Riesenschlange, die doch ruhig schlief, mit Fäusten loszugehen! Haben wir dich das geheißen?« – »Nein«, antwortete die Fliege. »Warum hast du das dann getan?« lautete die nächste Frage. Aber die eingeschüchterte Fliege wagte nicht, auch nur noch ein Wort dazu zu sagen. Daraufhin fällten die Tiere folgendes Urteil: »Weil die Fliege am Tod der Krabbe schuld ist, wird so entschieden. Alle Tiere haben Schwänze. Aber bei dir, Fliege, wird es in deinem ganzen Leben bei so einem stumpfen Leib bleiben. Du bekommst niemals einen Schwanz!« Und deshalb haben die Fliegen keinen Schwanz.

Was Tausendfüßer und Spinne über die Menschen denken

Tausendfüßer und Spinne waren Freunde und gingen oft zusammen aus. Als sie eines Tages im Gespräch beieinander saßen, sprach der Tausendfüßer zur Spinne: »Mein lieber Freund, laß dir von mir sagen, daß die Menschen ganz bestimmt taub sind.« Höflich erkundigte sich die Spinne: »Was kannst du mir von der Taubheit der Menschen berichten?« Da begann der Tausendfüßer zu sprechen: »Nun, folgendes, hör zu. Dem Menschen muß man erst auf dem Körper herumtrampeln, bis er sagt: ›Da ist ein Tausendfüßer.‹ Dabei höre ich doch bei jedem Schritt meine Füße stampfen. Laut wie ein Dampfer, der in Fahrt ist, stampfen sie. Es macht: ›Uch! Uch! Uch!‹ Aber die Menschen bemerken den Lärm einfach nicht.« – »Mein Freund, du sprichst die Wahrheit!« antwortete die Spinne, als sie ihn angehört hatte. Darauf erzählte sie dem Tausendfüßer: »Weißt du, Freund, ich glaube, die Menschen sind nicht nur taub, sondern außerdem noch blind. Habe ich mir nämlich ein Haus gebaut, die Wände, die Veranda, alles ist fertig, dann kommen die Menschen, stolpern über die Schwelle, fallen durch die Tür. Und doch sagen sie nicht: ›Ach, ach, das Netz der Spinne umgibt mich!‹ Mit den Händen zerreißt der Mensch, was ich gebaut habe, und zerstört es völlig. Ich selbst laufe dann immer schnell fort und lasse mich ins Gras fallen. Danach suche ich mir einen anderen Platz für ein neues Netz. Aber ich sage dir, die Menschen sind blind, sie sehen überhaupt nichts.« Und der Tausendfüßer pflichtete ihr bei und nickte.

Das Ohrenschmalz und der Moskito

Ohrenschmalz und Moskito verabredeten einmal, in den Wald zu gehen, um Palmnüsse zu pflücken, denn sie waren beide sehr arm. Als sie in den Wald kamen, sprach der Moskito zum Ohrenschmalz: »Steig auf die Ölpalme!« Aber das Ohrenschmalz lachte und erwiderte: »Moskito, steig du nur hinauf und pflück die Palmnüsse. Ich werde sie dann aufsammeln.« Da stieg der Moskito hinauf. Als nun aber die Palmnüsse nur so herunterpurzelten, wollte das Ohrenschmalz sie nicht einsammeln. Es sagte: »Moskito, sammle du die Palmnüsse, ich will sie nach Hause tragen.« Da stieg der Moskito herab und sammelte alle Palmnüsse ein. Dann sprach er zum Ohrenschmalz: »Komm, trag sie nun heim!« Aber das Ohrenschmalz meinte wieder: »Trag du sie nur, ich werde dir die Last dann abnehmen, wenn wir heimkommen.« Als sie zu Hause ankamen, sprach der Moskito zum Ohrenschmalz: »Komm und nimm mir die Last ab!« Das Ohrenschmalz erwiderte: »Wirf sie einfach ab, ich sammle die Nüsse dann schon wieder ein.« Da warf der Moskito die Palmnüsse so heftig ab, daß sie weithin verstreut wurden und sprach zum Ohrenschmalz: »Komm,

sammle die Palmnüsse ein!« Doch das Ohrenschmalz weigerte sich: »Sammle du nur die Palmnüsse ein. Ich werde sie nachher kochen.« Der Moskito sammelte alle Nüsse ein und bat dann: »Lieber Freund, komm und koche nun die Palmnüsse!« Das Ohrenschmalz drückte sich auch diesmal: »Koche du sie, ich presse dann das Öl aus.« Als es soweit war, wollte das Ohrenschmalz natürlich auch diese Arbeit nicht übernehmen und forderte den Moskito auf: »Preß du doch das Öl aus. Ich werde es in der Faktorei verkaufen.« Als der Moskito schließlich das Öl gewonnen hatte, gab er es dem Ohrenschmalz. Das sprach nun: »Ja, ich will gehen und das Öl in der Faktorei verkaufen.« Es ging hin, verkaufte das Palmöl und erhielt zehn Faden Tuch dafür. Aber dem Moskito wollte es nichts davon abgeben, obwohl der doch die ganze Arbeit verrichtet hatte. Der Moskito verfolgte deshalb das Ohrenschmalz und rief: »Mein lieber Freund, du hast doch überhaupt nicht gearbeitet. Du hast nur das Öl verkauft. Und was gibst du mir nun?« Das Ohrenschmalz aber schlüpfte schnell ins Ohr. Der Moskito wollte ihm folgen und schrie: »Oh, oh.« Da bekam das Ohrenschmalz Angst und rief die Hand zu Hilfe. Die Hand aber jagte den Moskito weg.
Und das tut sie bis heute, denn sie will nicht, daß der Moskito ins Ohr schlüpft, um dem Ohrenschmalz seine Tücher abzujagen.

Die Frau aus der Mpondofrucht

Es war einmal ein Jäger, der hatte stets Erfolg auf der Jagd. Wenn er ein Tier erlegen wollte, brauchte er nicht erst lange zu zielen, sondern konnte gleich drauflosschießen. Aber der Jäger war nicht verheiratet, und so jammerte er jeden Tag: »Gäbe mir Gott doch eine Frau, wie würde ich ihn dann lieben.«
Eines Tages ging er wieder einmal auf die Jagd. Unterwegs stolperte er mit dem linken Fuß. Erfreut rief er: »Wie schön, daß ich links gestolpert bin, gewiß ist das ein Zeichen, daß Gott mir heute mehr helfen wird als früher.« Da erblickte er mitten auf

dem Weg eine Mpondofrucht. Er wollte daran vorübergehen, aber die Mpondo rollte ganz dicht an ihn heran, bis vor seine Füße. Da sprach der Jäger: »Ich muß wohl Gewalt anwenden, die Mpondofrucht will mich nicht vorbeilassen.« Er bückte sich, spaltete sie mit einem kräftigen Hieb in zwei Teile, und – eine Frau kam heraus.

Anfangs fürchtete sich die Frau ohne die schützende Fruchthülle und zitterte. Der Jäger aber sprach zu ihr: »Ich möchte dich heiraten.« – »Und ich möchte dich heiraten«, antwortete ihm die Frau. Dann erklärte sie: »Wenn du mich in die Stadt zu deiner Familie bringst, erzähle keinem, daß ich aus einer Mpondo gekommen bin, das bringt Ärger! Auch du darfst niemals zu mir sagen: ›Du kommst ja nur aus einer Mpondo‹, ich kehre sonst in die Frucht zurück, und du siehst mich nie wieder. Wagt es aber ein anderer, mir das vorzuhalten, töte ich ihn mit meinen eigenen Händen.« Die Frau war stärker als ein Löwe! Der Jäger entgegnete: »Gut, du aber nenne mich nie ›alter Junggeselle‹! Wenn du das sagst, ist es aus zwischen uns.«

Nun begab sich der Jäger mit seiner Frau in die Stadt. Alle Verwandten freuten sich, als die beiden kamen. Er erzählte auch gleich seiner ganzen Familie: »Niemand darf dieser Frau vorhalten: ›Du kommst ja nur aus einer Mpondo‹. Wagt es doch jemand, so mag sie mit ihm tun, was sie will, mich geht es nichts an.«

Eines Tages ging der Jäger in den Wald, um für die Frau Fleisch zu besorgen. In seiner Abwesenheit geriet sie mit einem anderen Mann in Streit. Schließlich drohte jener: »Wenn du jetzt nicht deinen Mund hältst, sage ich, was du nicht hören willst.« Da begann die Frau zu weinen, und als ihr Mann nach Hause kam, berichtete sie ihm: »Während du auf der Jagd warst, drohte mir ein Mann, wenn ich meinen Mund nicht hielte, würde er das sagen, was ich nicht hören will.« Der Jäger wurde sehr zornig und kämpfte mit dem anderen Mann, denn er hielt alles für recht und gut, was seine Frau tat.

Die Mutter des Jägers ließ die junge Frau schwer arbeiten und schimpfte oft mit ihr, denn sie mochte die Schwiegertochter nicht. Eines Tages kam die Frau des Jägers vom Waschen. Ein Rind ging an der Wäsche vorbei und beschmutzte sie. Da ver-

setzte die Frau dem Tier einen so kräftigen Schlag, daß es auf der Stelle starb. Die Schwiegermutter meinte dazu: »Ich glaube, du bist eine Zauberin, die mit Gift tötet, von deinem Schlag kann das Rind doch nicht gestorben sein.« Da packte die Frau der Zorn, und sie tötete Menschen mit ihren bloßen Händen!
Als der Mann von der Jagd kam, erzählte seine Frau ihm alles. Aufgebracht schimpfte er mit seiner Mutter: »Ich habe dir doch gesagt, daß du ihr nie vorhalten sollst, ich hätte nichts rechtes geheiratet. Warum hörst du nicht?« Und seine Frau bat er: »Verzeih der Mutter!« Die Frau folgte ihrem Mann und verzieh der Schwiegermutter.
Nach einigen Tagen ging der Jäger wieder in den Wald. Kaum hatte er seine Frau und die Mutter verlassen, sagte die Schwiegermutter: »Du kommst ja nur aus einer Mpondo, und doch bist du so frech!« Da wurde die Frau zorniger als je zuvor und rief: »Aus einer Mpondo bin ich gekommen, und dorthin kehre ich jetzt wieder zurück!« Ihr Mann war im Wald, als das geschah. Plötzlich zitterte er am ganzen Körper. Er eilte nach Hause und fragte seine Mutter: »Wo ist meine Frau?« Sie antwortete: »Deine Frau war sehr frech, darum hielt ich ihr vor, sie käme ja nur aus einer Mpondo. Darüber geriet sie in Wut und rief, daß sie in die Mpondo zurückginge, denn von dort sei sie ja gekommen.«
Da schrie der Jäger: »O weh!« und machte sich sofort auf die Suche. Überall, wo er auch hinkam, rief er seine Frau. Aus weiter Ferne antwortete sie schließlich: »Hier bin ich!« – »Komm zurück, ich bin von der Jagd heimgekehrt!« rief der Mann ihr zu. Aber sie erwiderte: »Niemals kehre ich wieder!« Noch viele Male forderte der Mann sie auf, zu ihm zurückzukehren, aber die Frau entgegnete stets: »Ich komme nicht wieder! Geh doch und heirate deine Mutter!« Schließlich zauberte sie zwischen sich und ihren Mann ein riesiges Meer. Da weinte der Mann bitterlich und bat: »Laß doch dieses Meer verschwinden!« Aber die Frau wies ihn ab: »Nein, denn ich will dich nicht länger zum Mann haben. Deine Mutter hat mir vorgehalten, ich sei ja nur aus einer Mpondo gekommen.« Und kaum hatte sie das gesagt, war sie endgültig verschwunden. Da kehrte auch der

Mann um. Als er nach Hause kam, jagte er seine Mutter fort. Fünf Tage aß er nicht und wusch sich auch nicht. Er begann sein Äußeres zu vernachlässigen und heiratete nicht wieder, solange er lebte.

Vom Topf, der auf dem Kopf festsitzt

Es war einmal ein Mann, der hatte zwei Frauen, die eine hieß Mbango, die andere Loko, und der Name des Mannes war Tanga. Loko liebte der Mann, aber Mbango konnte er nicht leiden. Tanga pflegte zu allen Versammlungen zu gehen, und weil er der Oberste in diesen Versammlungen war, erhielt er bei jeder Zusammenkunft die Abgaben. Was er bekommen hatte, brachte er nach Hause und gab es Loko. Loko kochte auch für ihn, und wenn er dann aß, gab er der armen Mbango nicht ein bißchen ab. Mbango aber sammelte die Knochen ein und legte sie auf den Hängeboden.
Als sie eine ganze Menge gesammelt und getrocknet hatte, holte sie die Knochen eines Tages herunter, stampfte sie ganz klein und tat allerlei Gewürze dazu, deren Duft man weithin riechen konnte. Dazu kochte sie auch noch Pisang, und als nun ihr Mann zur Versammlung gegangen war, aß sie mit ihrem Kind von dem Pisang und dem duftenden Knochengericht. Es blieb aber eine ganze Menge übrig, und so nahm sie das Essen und versteckte es auf dem Hängeboden. Dann ging sie aufs Feld. Ihrem Kind aber hatte sie zuvor aufgetragen, dem Vater, wenn er aus dem Versammlungshaus käme, nur Pisang zu essen zu geben, und sollte der Vater fragen: »Was duftet hier denn so gut?«, dann durfte es nichts von dem Knochengericht verraten.
Als Tanga nach Hause kam, wollte er essen. Das Kind gab ihm nur den Pisang, wie ihm seine Mutter aufgetragen hatte. Doch Tanga bemerkte den Duft, der vom Boden kam, und er fragte sein Kind: »Was hat denn deine Mutter noch gekocht, daß es hier so gut riecht?« Das Kind gab zur Antwort: »Mutter hat

nichts weiter gekocht.« Als nun Tanga so dasaß, war sein Herz unzufrieden, weil er den guten Duft in der Nase spürte. Er holte eine Leiter, setzte sie an und stieg auf den Boden. Dort suchte er unter den Töpfen, fand auch den richtigen und brachte ihn mit herunter. Nun schöpfte er ein wenig mit dem Löffel und kostete, und das Knochengericht schmeckte ihm überaus gut. Da nahm er noch ein wenig, nahm und nahm und aß es schließlich ganz und gar auf. Als er alles aufgegessen hatte, wollte er sogar noch den Topf auslecken. Aber da glitt ihm der Topf auf den Kopf und saß auch gleich fest. Tanga lief nun mit dem Topf umher und stieß mit dem Kopf gegen den Pfosten des Hauses, daß es krachte, um den Topf zu zerbrechen. Aber der wollte nicht und sagte nur: »Kling-klang!« Da rannte Tanga auf die Straße zu einem großen Stein, der dort lag. Gegen den stieß er mehrere Male, aber der Topf tönte nur, als wollte er sagen: ›Mein lieber Freund, wir trennen uns nicht mehr.‹ Da kehrte Mbango vom Feld zurück und fragte das Kind: »Was ist geschehen, daß der Topf deinem Vater auf dem Kopf sitzt?« Das Kind erzählte nun: »Du hattest mir aufgetragen, dem Vater nichts von dem Topf zu erzählen. Aber er stieg auf den Boden, suchte dort und fand ihn auch, weil das Essen so duftete. Er aß und machte sich dann daran, den Topf auszulecken. Da saß ihm der Topf plötzlich auf dem Kopf.« Mbango ging ins Haus, klopfte mit der Hand auf ihren Schenkel und sprach: »Du, Topf! So gewiß du auf diesem Schenkel gedreht wurdest, sollst du jetzt gleich von Tangas Kopf herunterkommen!« Und wirklich hob sich der Topf langsam von Tangas Kopf. Als Tanga merkte, daß er den Topf los war, packte er Mbango und schlug sie, schlug sie, schlug sie. Da schrie Mbango unter den Schlägen: »O weh, Topf! So gewiß ich dich gedreht habe, setz dich wieder auf Tangas Kopf!« Gleich stülpte sich der Topf wieder fest auf den Kopf des Mannes und bedeckte ihm sogar die Augen. Da hörte Tanga auf, Mbango zu schlagen. Mbango stand auf, und ohne zu zögern, verließ sie das Haus und kehrte zu ihrem Vater zurück. Bald hörte man, daß sie geschieden waren. Der Topf aber sitzt bis heute fest auf Tangas Kopf.

Die Geschenke der alten Frau

Es war einmal ein Mann, der hatte zwei Frauen geheiratet, die ständig im Streit miteinander lagen. Eines Tages begab sich die eine von ihnen in das Haus einer alten Frau, das hinter dem Wald lag. Sie bat die Alte: »Mutter, ich bin eine arme Frau. Hilf mir aus meiner Bedrängnis.« Die alte Frau aber hatte die Pokken, und so sprach sie zu ihr: »Bleib erst einmal hier, bis meine Pocken geheilt sind.« Da pflegte die Frau die Alte, bis sie genesen war.

Eines Tages bekam die Frau großen Hunger und sagte zu der Alten: »Ich bin ja so hungrig.« Da sprach die alte Frau zu ihr: »Geh, nimm Kuhfladen und Sand und schütte beides in einen Topf.« Die Frau tat, wie die Alte sie geheißen hatte, sie füllte beides in einen Topf. Der Kuhfladen wurde zu Rindfleisch und der Sand zu Reis. Nun begannen beide zu essen. Als sie die Mahlzeit beendet hatten, wandte sich die Frau an die Alte: »Meine Mutter, deine Pocken sind geheilt. Ich will nun wieder nach Hause gehen.« Die alte Frau erwiderte: »Ja, ich will dir die Hilfe geben, um die du gebeten hattest.« Sie schickte die Frau zu der Stelle, wo die Eier aufbewahrt wurden, und gab ihr den Rat: »Wenn du hinkommst, werden die Eier anfangen zu reden. Auf keinen Fall darfst du eins von denen mitnehmen, die rufen: ›Nimm mich!‹ Hol dir eins von denen, die ›Nimm mich nicht!‹ rufen.«

Die Frau begab sich zu dem benannten Platz, und wirklich, alle Eier fingen an zu rufen ›Nimm mich!‹ oder ›Nimm mich nicht!‹ Sie nahm eins von denen, die ›Nimm mich nicht!‹ riefen, kehrte zu der Alten zurück, und die erklärte ihr: »Kehre nun nach Hause zurück und laß deinen Mann einen Platz von allem, was darauf wächst, Gras, Sträucher, Bäume, reinigen und wirf dann das Ei auf den Boden. An dieser Stelle wird ein großes Haus stehen!«

Die Frau ging nun nach Hause und tat alles genau so, wie die alte Frau gesagt hatte. Da entstand aus dem Ei ein großes Haus. Nun hatte der Mann diese Frau sehr viel lieber als früher. Als die andere Frau das merkte, ging sie ebenfalls zu der

Alten und sprach zu ihr: »Ich will auch ein Haus von dir.« Die alte Frau erwiderte: »Ja, aber erst mußt du mir die Pocken waschen, die ich auf dem Leib habe.« Das gefiel der jungen Frau gar nicht. Sie war erstaunt, daß sie eine solche Arbeit übernehmen sollte. Zwar machte sie es dann, aber sie wusch die Pokken nicht sorgfältig. Beim Waschen spie sie immer aus. Die alte Frau bemerkte wohl, wie nachlässig die junge Frau alles machte, aber sie sagte nichts dazu. Als die Frau mit dem Waschen der Pocken fertig war, sagte sie: »Ich habe Hunger.« Die alte Frau forderte sie nun auf: »Geh, nimm Kuhfladen und Sand, und schütte beides in einen Topf.« Die Frau mußte sich sehr zusammennehmen, denn es ekelte sie vor dem Kuhfladen. Darum nahm sie Bananenblätter und schob damit Kuhfladen und Sand in den Topf. Der alten Frau gefiel es gar nicht, wie die Junge arbeitete, aber sie ließ mit keiner Miene ihre Unzufriedenheit merken.

Als das Essen fertig war, wollte die junge Frau nichts davon zu sich nehmen. Sie sagte: »Jetzt will ich heimgehen. Ich bleibe nicht länger, wo mich der Hunger tötet.« Da sagte die Alte: »Ja, aber geh zuvor noch dorthin, wo ich meine Eier aufbewahre. Nimm ein Ei, das ruft: ›Nimm mich nicht, nimm mich nicht!‹ Auf keinen Fall darfst du ein Ei nehmen, das ruft: ›Nimm mich!‹« Als die junge Frau hinkam, vernahm sie gleich ein Ei, das rief: »Nimm mich nicht! Nimm mich nicht!« Aber sie hörte auf ein anderes Ei, das rief: »Nimm mich!« Das nahm sie. Als sie nun zu der alten Frau zurückkehrte, wollte sie ihr das Ei nicht zeigen. Die Alte fragte: »Willst du mir nicht das Ei zeigen?« Aber die junge Frau antwortete ihr nicht. Da sprach die alte Frau: »So schlecht, wie du deine Aufgaben erfüllt hast, wirst du auch belohnt werden.«

Nun ging die Frau heim. Zu Hause sagte sie zu ihrem Mann: »Ich glaube, von jetzt ab wirst du mich genauso lieb haben wie die andere, denn ich bringe dir hier auch so etwas mit wie sie. Ruf die Leute zusammen, damit sie einen großen Platz von Gebüsch und Gras säubern.« Nachdem der Platz gereinigt war, warf die Frau das Ei auf den Boden. Aber kein Haus kam heraus, stattdessen sprangen viele Krieger hervor. Die schlugen die Frau und schossen mit ihren Gewehren in das Dorf. Dann

kehrten sie in das Ei zurück. Die Frau warf das Ei noch einmal auf den Boden. Da kamen die Krieger wieder und begannen von neuem zu schießen. So ging es sieben Tage lang. Die Krieger töteten viele, viele Leute. Die wenigen Menschen, die noch übrig waren, gingen zu der alten Frau und fragten sie: »Warum hast du dieser Frau ein solches Ei gegeben?« Die Alte erwiderte: »Die Frau kam in mein Haus und war frech und dreist. Sie hörte einfach nicht auf meine Worte. Als ich sie zu meinen Eiern schickte, sprach ich nämlich zu ihr: »Das Ei, das sagt: ›Nimm mich!‹, das nimmst du nicht, und das Ei, das sagt: ›Nimm mich nicht!‹, das nimmst du.« Sie aber nahm das Ei, das gesagt hatte: ›Nimm mich!‹ Und sie fuhr fort: »Geht nun! Wenn die Krieger euch wieder schlagen wollen, so ruft nur: ›Alte Frau!‹ Dann werden sie euch nichts mehr tun.«

Der Mann, die Frau und der Edimo

Ein Mann und eine Frau lebten in der Stadt der Edimo. Die Frau war schwanger. Ihr Mann wollte aber dennoch in ein anderes Land reisen, um dort Handel zu treiben. Beim Abschied sprach er zu seiner Frau: »Ich reise nun ab und bin nicht da, wenn deine Stunde kommt. Frag trotzdem niemanden: ›Wer hilft mir bei der Entbindung?‹« Die Frau versprach es.
Als dann aber der Mann weit fort war und ihre Stunde kam, da fragte sie doch: »Wer hilft mir nun bei der Entbindung?« Da kam ein Edimo zu ihr und sagte: »Ich will dir helfen.« Der Edimo half der Frau auch wirklich, aber er gab ihr kein Essen. Die Frau hatte Bananen, Yams und vieles andere. Doch wenn der Edimo gekocht hatte, erlaubte er nicht, daß sie aß. So war es jeden Tag. Wollte die Frau etwas essen, so sprach er: »Wenn du ißt, töte ich dich auf der Stelle!« Da mußte die Frau dem Edimo gehorchen.
Auf dem Dach aber saß ein Vogel, der hatte alles mit angesehen und flog in das ferne Land, in dem sich der Mann dieser Frau aufhielt. Als er ihn erblickte, setzte er sich auf ein Dach

und sprach: »Mann, der du jene Frau geheiratet hast, deine Frau hat ihr Kind geboren, aber der Edimo gestattet ihr nicht zu essen.« Der Mann lauschte dem Vogel und dachte: ›Vielleicht hat meine Frau schon geboren und ist jetzt in großer Bedrängnis.‹ Schnell lud er seine Waren ins Boot und machte sich auf zu seiner Frau, um zu sehen, wie es ihr ginge.

Kaum angekommen, stieg er hinauf in die Stadt. Den Edimo traf er nicht in seinem Hause an, denn der war spazierengegangen. Aber seine Frau war da und erzählte ihm: »Jeden Tag kommt ein Edimo zu mir. Jetzt ist er spazierengegangen. Verbirg dich unter dem Bett, dann wirst du ihn sehen.« Der Mann versteckte sich unter dem Bett. Es dauerte nicht lange, da kam der Edimo. »Ich glaube, es ist ein Mann im Haus«, meinte er, »ich rieche etwas.« – »Ach, hier war niemand«, log die Frau und fing an, Essen zu kochen. Aber als sie fertig war, fuhr der Edimo sie an: »Wenn du davon ißt, töte ich dich.« Kaum hatte der Mann das gehört, kam er unter dem Bett hervor und schrie: »Was hast du hier zu suchen!« Überrascht begrüßte ihn der Edimo ganz höflich: »Willkommen, Hausherr!« – »Ich will deine Grüße nicht!« erwiderte ihm der Mann und jagte ihn davon.

Mann und Frau begaben sich später auf ihr Feld. Dort beseitigten sie alles Unkraut, erst nachdem sie alles gründlich gejätet hatten, kehrten sie nach Hause zurück. Als sie nach einiger Zeit wieder aufs Feld kamen, war es, als hätten sie nie zuvor auch nur ein Grashälmchen ausgezupft. Darüber wunderten sie sich, denn sie hatten sich so große Mühe gegeben, aber überall wucherte das Unkraut. Da suchten sie eine Wahrsagerin auf, und zwar die Spinne. Von ihr erfuhr der Mann: »Es ist der Edimo, den du aus dem Haus gejagt hast, der läßt das Unkraut wachsen. Willst du ihn fangen, dann beginne das folgendermaßen: Mach einen Fetisch, der aussieht wie deine Frau und reibe ihn von oben bis unten mit Harz ein. Der Edimo wird kommen und dem Unkraut befehlen: ›Unkraut, wachse!‹, und das Unkraut wächst wieder. Aber dann wird er den Fetisch sehen und ihn anfassen wollen, denn er denkt sicher, daß deine Frau das Feld bewacht. Du kannst all das im Verborgenen beobachten und wirst sehen, was dann geschieht.«

Als der Edimo nun den Fetisch auf dem Feld erblickte, rief er gleich: »Frau, dich werde ich schlagen!«, rannte herbei und verabreichte dem Fetisch eine Ohrfeige. Der Fetisch rührte sich nicht, der Edimo schlug mit der anderen Hand zu, da klebte er mit den Händen fest. Jetzt versetzte er der vermeintlichen Frau einen Tritt, stieß dann mit der Stirne gegen ihre und wollte sich schließlich noch mit dem Bauch gegen sie stemmen, aber was war der Erfolg, seine Füße klebten fest, und er hing an dem Fetisch auch mit der Stirn und dem Bauch. »Warum hast du mich denn nicht gleich gepackt?« fragte er, aber der Fetisch blieb natürlich stumm. Nun trat der Mann aus seinem Versteck. »Was wolltest du hier?« fragte er. Der Edimo log: »Mit diesem Ding spielen.« Der Mann aber ließ sich nicht täuschen und sprach: »Wir haben dir nie etwas getan. Jetzt willst du dich herausreden und die Schuld auf diesen Fetisch schieben. Ich werde dich töten.« – Und der Mann tötete den Edimo und warf ihn dann ins Wasser.

Der Mann Gottes als Meisterdieb

Ein Mann Gottes kam einst in die Stadt der Diebe, und die Diebe verlangten, daß er gleich ihnen stehlen sollte. Aber der Mann Gottes weigerte sich entschieden. Nun drohten sie, ihn zu töten. Da fügte er sich und willigte ein, mit ihnen zu stehlen. Er begann wie die anderen, doch er verstand sich aufs Stehlen ziemlich schlecht. Darum mochten ihn die Diebe nicht und achteten ihn gering. In dieser Lage betete er zu Gott: »Herr, der du mächtiger bist als alle Menschen, soll ich rechtschaffen leben, so laß mein Leben beendet sein. Willst du aber, daß ich am Leben bleibe, so hilf mir, daß ich tun kann, wie diese Leute hier.«

Gott beschloß, ihm zu helfen, und der Mann stahl nun wie alle anderen in der Stadt. Eines Tages ging er zu einem Ort, wo die Diebe oft zu stehlen pflegten. Dort begegnete er einem Mann, der sechzehn Rinder trieb. Zu dem sagte er: »Vater, erlaube, daß ich dir helfe.« Der Mann war einverstanden und ließ den Mann Gottes die Rinder treiben. Nach einer Weile war der Besitzer der Rinder hungrig geworden und eilte voraus. Da trieb der Mann Gottes die Rinder rasch auf einen Seitenweg und brachte sie von da in die Stadt der Diebe. Da waren die Leute von ihm begeistert. Sie schrien vor Freude und meinten: »Jetzt glauben wir, daß dieser Mann ein Kind unserer Stadt ist.«

Am nächsten Tag machte er sich wieder auf den Weg. Diesmal traf er einen alten Mann, der sich mit einer Kiste voller Eier abmühte. Der Mann Gottes sprach zu ihm: »Gib sie her, ich werde dir tragen helfen.« Der alte Mann überließ ihm die Kiste. Als der Alte dann hungrig wurde, betrat er ein Haus. Da kehrte der Mann Gottes mit der Kiste schnell um und eilte auf einem anderen Weg heim. Als er mit seiner Beute in der Stadt anlangte, bewunderten ihn die Diebe noch mehr. Sie sprachen zu ihm: »Jetzt mußt du nur noch eins schaffen, dann schicken wir dich nie wieder zum Stehlen. Wir kennen einen reichen Mann, bei dem kann niemand etwas mitgehen lassen, denn er hat viele kluge Hüter. Geh hin und stiehl die Matte, auf der er schläft!«

Der Mann Gottes war einverstanden. Unterwegs aber steckte er ein Haus in Brand. Die Hüter des reichen Mannes hörten davon und liefen hin, um dem Brand zuzusehen, und auch den Reichen packte bald darauf die Neugier. Nun konnte der Dieb ungehindert ins Haus und stahl die Schlafmatte. Die brachte er in die Stadt der Diebe. Außer sich vor Staunen sprachen da die Diebe: »Von nun an sollst du wirklich nie mehr stehlen müssen, denn du verstehst es besser als wir alle. Die Listen und Schliche des Diebsgewerbes sind dir so vertraut wie die eigene Haut. Einer von uns soll künftig dein Diener sein, und jeden Monat erhältst du von uns eine Summe Geldes.«

Der Hund als Retter

Sieben Mädchen zogen zum Fluß auf Krebsfang, ein Hund begleitete sie. Sie fingen auch eine ganze Menge Krebse, aber es dauerte nicht lange, da verfolgte sie der Jengu, ein Wasserdämon, der in diesem Fluß lebte. Die Mädchen nahmen Reißaus und liefen in den Wald. Dort aber kamen sie vom Weg ab und gelangten zum Haus einer alten Frau. Die Alte empfing sie mit den Worten: »Ich sehe, ich habe Kinder bekommen.« – »Und wir haben wieder eine Mutter«, erwiderten die Mädchen. Nun fragte die alte Frau: »Möchtet ihr etwas essen?« Das wollten die Mädchen natürlich. Aber als das Essen gebracht wurde, warnte der Hund: »Ihr Mädchen, eßt auf keinen Fall davon!« Sie beachteten seine Warnung nicht und wollten auch ihm etwas abgeben. Der Hund aber nahm von den Speisen der alten Frau nichts an, denn wer davon gegessen hatte, dem konnte die Alte die Augen ausstechen. In der Abenddämmerung gab die alte Frau den Mädchen Schlafmatten. Sie legten sich nieder, und der Hund rollte sich in ihrer Nähe zusammen.

In der Nacht, als die Mädchen fest schliefen, schlich die Alte herbei und stach mit einem kleinen Messer einer nach der anderen die Augen aus. Der Hund aber, mit dem sie das Gleiche vorhatte, knurrte sie böse an: »Rr-rr-rr!« Da ließ sie von ihm ab und entfernte sich, um die wilden Tiere zusammenzurufen. Mit ihnen wollte sie sich dann über die Mädchen hermachen und sie auffressen.

Kaum war die Alte fort, bereitete der Hund Bambusmark zu, man nennt es Eyengenge, und das jammerte, als es fertig war, genauso wie die Mädchen. Nun formte der Hund daraus Augen, setzte sie den Mädchen ein, und sie konnten wieder sehen. »Jetzt müssen wir sofort fliehen«, trieb der Hund die Mädchen zur Eile an, »wenn die Alte wiederkommt, will sie euch töten!« Schnell verließen sie das Haus und fanden glücklicherweise auch bald auf den Weg zurück, so daß sie nach Hause zurückkehren konnten.

Als die wilden Tiere kamen und die Mädchen nicht mehr fanden, forderten sie von der Alten die versprochene Beute. »Sie sind entwischt«, antwortete ihnen die Alte. Da wurden die Tiere zornig und sprachen: »Du hast uns belogen, nun werden wir dich fressen!« Die Alte schlüpfte in ihr Haus. Sie schnitt sich einen Arm ab und reichte ihn den Tieren hinaus. Doch kaum hatten die Tiere ihn gefressen, wollten sie mehr haben. Nun schnitt sich die Frau ein Bein ab und gab es den Bestien, aber sie riefen: »Wir wollen mehr!« Da reichte sie ihnen die Brüste heraus, und als sie wieder mehr verlangten, die Ohren, und weil auch das nicht genug war, schnitt sie sich die Nase ab. Aber nun riefen die Tiere: »Von diesen Einzelstücken werden wir niemals satt, wir wollen dich ganz!« Darauf töteten sie die Alte und fraßen sie mit Haut und Haar.

MÄRCHEN DER EKOI UND NYANG

Die Pflanzentöchter

Es war einmal eine Frau, die war sehr sehr alt. Niemals hatte sie ein Kind gehabt. Rund um ihre Hütte wuchsen viele eßbare Pflanzen, die sie angebaut hatte, darunter waren auch Etigi, Etinyung, Ikaw und Etidutwurzeln.

Tag für Tag verließ die Frau ihre Hütte und ging in den Wald, um Nüsse und wilde Früchte zu sammeln, und jedesmal, wenn sie fort war, krochen aus den Pflanzen vier schöne Mädchen, gingen in die Hütte, kochten auf dem Herd, aßen und kehrten dann wieder zu ihren Pflanzen zurück.

Eines Tages kam eine Nachbarin an der Hütte vorbei und hörte darin Stimmen. Sie wußte, daß die alte Frau keine Kinder hatte, und wunderte sich, wer da so fröhlich erzählte. So ging sie auf die Hütte zu und schaute hinein. Zu ihrer Überraschung sah sie vier schöne Mädchen, die sprangen auf und liefen zurück zu ihren Pflanzenbeeten, wo sie verschwanden. Sie ging weiter, als ob sie gar nichts bemerkt hätte, aber am nächsten Tag berichtete sie alles ihrer Nachbarin. »Geh nicht aufs Feld, sondern versteck dich irgendwo«, sagte sie, »und komm dann heimlich zurück. Du wirst ganz gewiß etwas sehen, das dich freut.«

Das brauchte der alten Frau nicht zweimal gesagt zu werden. Sie tat genau, was ihr die Nachbarin geraten hatte. Sie gab vor, wie üblich fortzugehen, aber dann verbarg sie sich in der Nähe ihrer Hütte und kehrte bald zurück. Verstohlen blickte sie hinein, da sah sie vier schöne Mädchen vergnügt kochen und essen. Und bevor sie noch davonlaufen konnten, trat die Alte hervor und bat sie, doch als ihre Kinder bei ihr zu bleiben. Die

Mädchen versprachen, so lange bei ihr zu leben, wie ihnen nicht die Pflanzen, von denen sie stammten, Etinyung, Ikaw, Etidut und Etigi, als Speise gereicht würden. Das versprach die alte Frau und hielt ihr Versprechen getreulich, denn man brauchte ihr nicht zu sagen, wie schlimm es für jemanden in ihrem Alter ist, allein gelassen zu werden.
Die Zeit verging, und sie bemerkte, daß ihre Töchter größer und schöner wurden. Besonders Etinyung, die lieblichste von allen, war so wunderschön, daß der große Ekpenyong Obassi sich in sie verliebte, als er sie eines Tages in der Nähe der Hütte erblickte. Zuerst verweigerte die alte Frau ihre Zustimmung zu dieser Heirat, aber Ekpenyong war nicht davon abzubringen. Immer wieder versuchte er, die Alte umzustimmen, und schließlich hatte er Erfolg. Die alte Frau aber stellte ihm folgende Bedingungen: Etinyung sollte niemals zu Arbeiten gezwungen werden, die von anderen Frauen nicht auch verrichtet wurden, alle vier Tage sollte sie ihre Pflegemutter besuchen, und schließlich, und das war das Wichtigste, niemals dürfe Etinyung in ihr Essen getan werden, darum vertraute sie ihm das Geheimnis von der Herkunft des Mädchens an. Ekpenyong war mit allem einverstanden und kehrte heim, um geeignete Brautgeschenke zu besorgen.
Als er wiederkam, brachte er sechzehn mit Geschenken beladene Sklaven, die der alten Frau als Diener überlassen wurden. Daraufhin wurde ihm Etinyung zur Frau gegeben, und die Diener breiteten Felle und schöne Kleider auf dem Weg von der Hütte bis zum Haus des Paares aus. Singend und tanzend gingen sie fort, und ihre Füße berührten kein einziges Mal den Boden. Ekpenyong war so verliebt in seine Frau, daß er die ganze Zeit bei ihr zubrachte. Eine seiner anderen Frauen aber ärgerte sich darüber. Irgendwie fand sie heraus, daß Etinyung niemals von der Pflanze essen dürfe, deren Namen sie trug, weil sonst ein großes Unglück über sie hereinbräche. Darum pflückte die Eifersüchtige heimlich einige von diesen Pflanzen und mischte sie unter das Essen, das der jungen Frau vorgesetzt wurde. Kaum hatte Etinyung davon gegessen, so sagte sie zu ihrem Mann: »Ich muß auf der Stelle zu meiner Mutter zurückkehren.«

Wie traurig war der Ehemann, als er hörte, daß sie von der verbotenen Pflanze gegessen hatte. Vergeblich bat er sie, bei ihm zu bleiben. Sie erklärte ihm, daß sie ihn verlassen müsse und nicht länger seine Liebste bleiben könne. Während sie zur Hütte ihrer Mutter zurückeilte, sang sie:

»Etigi, Schwester, komm zu mir, wir müssen fort.
Etidut, Schwester, komm zu mir, wir müssen fort.
Ikaw, Schwester, komm zu mir, wir müssen fort.«

Als sie das sang und ihre Schwestern Etigi, Etidut und Ikaw rief, die inzwischen alle drei verheiratet waren, verließen auch sie die Häuser ihrer Männer und kehrten zurück in die Hütte ihrer Pflegemutter. Dort erzählten sie, was geschehen war, und dann verwandelten sie sich wieder in Pflanzen wie vorher.

Wäre die andere Frau von Ekpenyong nicht so grausam gewesen, Etinyung von der verbotenen Pflanze zu essen zu geben, dann hätten alle Frauen, die zu alt sind, um auf die übliche Art Kinder zur Welt zu bringen, auch heute noch die Möglichkeit, wie die alte Frau in unserer Geschichte, doch noch ein Kind zu bekommen.

Als die Pflanzentöchter verschwunden waren, mußte die Pflegemutter zufrieden sein mit den sechzehn Sklaven, die ihr von ihrem Schwiegersohn gebracht worden waren, aber Ekpenyongs Kummer über den Verlust seiner geliebten Frau war größer, als man beschreiben kann.

Warum die Menschen so oft krank werden

Es war einmal ein Mann, der hatte zwei Frauen. Beide gingen mit ihm aufs Feld, um Yams zu pflanzen. Als sie heimkamen, hatte die eine Frau kein Wasser zum Kochen, so ging sie und borgte sich welches von der anderen.

Am nächsten Tag schickte diese Frau ihre Tochter zum Wasserholen, damit sie zurückgeben konnte, was sie geborgt hatte. Es war sehr heiß, und als die Tochter am Fluß anlangte, war der ganz und gar ausgetrocknet. Sie lief weiter und weiter, um nach

Wasser zu suchen, konnte aber keins finden. Schließlich kam sie auf einem Marktplatz an. Sie setzte sich still hin und dachte: ›Vielleicht sollte ich Wasser kaufen.‹
Ein Geist sah das Mädchen zwischen den Ständen sitzen. Er bemerkte, daß sie sehr hübsch war und wollte sie zur Frau haben. So fragte er: »Willst du mit zu mir nach Hause kommen?« Sie willigte ein. Als sie das Haus des Mannes erreichten, fragten seine Leute sie: »Woher kommst du?« Sie antwortete: »Meine Mutter schickte mich Wasser holen.« Ihr Liebster aber sagte: »Wir wollen jetzt keine Fragen stellen, laßt uns nur gleich das Hochzeitsfest vorbereiten.« Kaum war die Hochzeit vorüber, da hörte das Mädchen, wie eine Stimme rief: »Fremdes Mädchen, komm zu mir herüber.« Sie sah auf und gewahrte einen lahmen Jungen an seiner Tür stehen. Sie lief gleich zu ihm, und er sagte: »Wenn dir dein Mann etwas zu essen anbietet, darfst du es nicht essen. Leg es beiseite und iß nur, was ich dir gebe.« Daraufhin gab er ihr ein großes Stück eßbaren Ton. Dann warnte er sie: »Betritt dein Mann in der Nacht dein Zimmer, dann sag zu ihm: ›Ich darf nicht auf einem Bett liegen, sondern muß in der Asche schlafen.‹ Du wirst sehen, daß er Wunden an seinem Körper hat, aber achte darauf, daß du sie nicht berührst. Erlaube niemandem, dein Haar zu kämmen, und wenn du morgens zum Baden gehst, achte auf den Badeplatz. Du wirst aus zwei Quellen Wasser nebeneinander vom Felsen in den flachen Teich fallen sehen. Das Wasser der einen ist schwarz, das der anderen hell und glänzend. Wasche dich nur in dem schwarzen Wasser und bring davon etwas mit nach Haus. Berühre auf keinen Fall das klare Wasser und laß nicht einen einzigen Tropfen davon auf dich fallen, sonst bekäme dein Körper lauter Krankheiten. Wenn du all das befolgst, wirst du wieder wohlbehalten nach Hause zurückkehren können, obwohl dich die Geister, bei denen du gefangen bist, gern bei sich behalten möchten. Hörst du aber nicht auf das, was ich gesagt habe, wird ein großes Unglück geschehen.« Das Mädchen dankte ihm und versprach, all seine Ratschläge zu befolgen.
Eines Tages in der Dämmerung fegte sie das Haus aus, denn sie hielt es stets sehr sauber und ordentlich, da sah sie ein Stück al-

tes Fleisch auf dem Boden liegen und fegte es zwischen die Asche. Dann warf sie alles hinten in den Hof, wo verwelktes Laub und andere Abfälle lagen.
Als es an der Zeit war, heim zu ihrer Mutter zu gehen, begann sie sich zu kämmen. Eine der Geisterfrauen kam und sagte: »Laß mich das für dich tun.« Doch das Mädchen wollte nicht. Noch ein Geist kam, aber sie weigerte sich wieder. Danach ging sie ein letztes Mal hinunter zur Quelle. Als sie zurückkam, fragten die Geister: »Gehst du jetzt nach Hause?«
Sie antwortete: »Ja« und ging ins Haus, um ein kleines Kästchen zu holen. Sie fragten: »Ist das deins?« Sie antwortete: »Es gehört mir.« Da sagten sie ihr Lebewohl.
Der Mann begleitete sie. Als sie die Hälfte des Weges zurückgelegt hatten, fragte er: »Was gefällt dir besser, eine leichte Brise oder ein richtiger Wind?« Und sie antwortete: »Ich liebe eine kleine Brise mehr.« Der Mann wollte nun zurückgehen, aber sie bat: »Nein, bring mich noch bis zum Stadtrand.« So begleitet er sie weiter, bis sie zu dem Fluß kamen. Der war jetzt voll Wasser. So füllte sie ihren Krug und trug ihn heim. Der Mann kehrte zurück, aber von diesem Tage an folgte dem Mädchen eine leichte Brise, wohin sie auch ging. Die Mutter und alle ihre Freundinnen waren sehr froh, sie wieder zu sehen, und das Wasser, das sie mitgebracht hatte, erhielt die andere Frau als Gegenleistung für das, was man so lange vorher von ihr geborgt hatte.
Eines Tages, als die Trockenzeit wieder herrschte, kam die andere Frau, um sich Wasser zu borgen. Die Mutter war nicht da, aber das Mädchen gab ihr alles Wasser, das sich im Hause befand. Die andere Frau befahl nun ihrer Tochter, nach Wasser zu gehen, um das geborgte zurückzugeben.
Das Mädchen ging direkt zu dem Marktplatz und setzte sich hin, wie es das erste Mädchen getan hatte. Der gleiche Mann kam und nahm sie mit sich nach Hause.
Am Wohnort der Geister rief der lahme Junge das zweite Mädchen, wie er es mit dem ersten getan hatte: »Willst du mal zu mir kommen? Ich habe dir etwas zu sagen.« Sie ging zu ihm, und er teilte ihr alles das mit, was er dem ersten Mädchen geraten hatte. Die zweite aber antwortete: »Nein, ich werde

Fleisch essen, wann immer ich welches sehe. Außerdem fürchte ich mich nicht, den Körper meines Mannes zu berühren.«

Als eine Frau kam und anbot, ihr das Haar zu kämmen, stimmte sie sofort zu, und sie wusch sich natürlich auch in der klaren, glitzernden Quelle. Daher wurde ihr Körper ganz von Krankheiten befallen, und schließlich bekam sie Lepra. Als sie sich fertig machte, um zu ihrer Mutter zurückzukehren, ging sie ins Haus, nahm sich eine ziemlich große Kiste und füllte sie mit allem Wertvollen, was sie nur finden konnte. Der Mann begleitete sie nicht, wie er es mit der ersten getan hatte, aber er fragte auch sie: »Was liebst du mehr, eine Brise oder starken Wind?« Sie antwortete: »Den Wind.« Da erhob sich ein starker Wind und blies das Mädchen auf und nieder und warf es gegen die Bäume. Als sie zu Haus ankam, erkannte niemand sie, denn ihr Gesicht und ihr Körper waren so entstellt durch die Krankheit und die Stöße. Sie starb bald und kehrte für immer zu den Geistern zurück.

Dies ist der Grund, warum es so oft Krankheiten gibt: Die Menschen essen schlechtes Fleisch, sie berühren andere, die Krankheiten haben, und baden im klaren Wasser, das sauber bleiben sollte zum Trinken und Kochen. Und noch etwas: Wenn eine Frau ihren Mann verläßt oder wenn der Tod ihn von ihr genommen hat, soll sie sich zur Reinigung nicht in klarem Wasser waschen, sondern in trübem.

Warum der Osingbaum nur noch durch Zauber spricht

Es war einmal ein Ort, in dem alle, die dort lebten, reich waren, bis auf einen Mann, der hatte alles verloren, was ihm sein Vater vererbt hatte. So arm war er, daß weder er noch seine Frau etwas zu essen hatten.

Eines Tages veranstalteten die Bewohner jenes Ortes ein Fest für den Tod. Nun hatte, als der arme Mann noch jung war, sein Vater für ihn den nötigen Preis bezahlt, daß er Mitglied der

Egbo-Gesellschaft werden konnte. So ging er jetzt hin, um sich, wie alle anderen, an dem Fest zu beteiligen, aber die Leute riefen: »Du bist zu ärmlich angezogen, du kannst nicht an unserer Feier teilnehmen!« und trieben ihn weg. Es war gegen Abend, und so lief er heim und legte sich schlafen. Doch bei Tagesanbruch ging er in den Wald, um zu jagen. Den ganzen Tag lang verfolgte er Spuren, aber er fand nichts. Schließlich kehrte er in der Dämmerung hungrig und traurig zurück. Als er sich dem Ort näherte, hörte er in der Dunkelheit Stimmen. Er ging leise weiter und entdeckte sieben Geister, die sich vor einer kleinen Hütte miteinander unterhielten. Er verbarg sich hinter der Hütte und beobachtete die Geister. Jeder von ihnen hielt in der Hand einen Flaschenkürbis, der einen schwarzen Juju enthielt. Damit rieben sie sich ihre Gesichter ein, wobei sie sagten: »Möge mich das unsichtbar machen.« Danach hängte jeder seinen Flaschenkürbis an die Wand der Hütte und machte sich auf den Weg in den Ort.
Als die sieben außer Sicht waren, schlich der Mann in die Hütte und nahm einen der Flaschenkürbisse herab. Er goß ein wenig von dem schwarzen Juju auf seine Hand, rieb sein Gesicht damit ein und sprach die Worte, die er den Geistern abgelauscht hatte. Danach trug er den Flaschenkürbis nach Hause, verwahrte ihn und begab sich zu dem Platz, wo das Fest für den Tod stattfand. Da sah er alle Leute feiern und die Geister mitten unter ihnen. Die anderen wußten nicht, daß die Geister da waren, doch der arme Mann wußte es, denn er hatte ihren Juju benutzt und konnte sie daher sehen.
Einer der reichsten Männer der Stadt stand auf und bot reichlich zu essen an. Dann goß er Rum in ein Glas. Einer der Geister wollte gerade von diesem Getränk kosten, da streckte der arme Mann seine Hand aus und sagte: »Halt, berühre das nicht!« Der Geist hielt inne, und für den Rest des Festes hinderte der arme Mann jeden der Geister, irgend etwas zu essen oder zu trinken. Die Geister fragten einander: »Was kann das sein? Irgend jemand hindert uns, mit den Lebenden zu essen, wie wir das sonst immer taten.«
Bevor die Dämmerung anbrach, mußten die Geister zurück, wohin sie gehörten. Als sie die Hütte erreichten, sagte der An-

führer: »Wir haben unsere Jujus hier gelassen, laßt sie uns mitnehmen.« Da nahmen alle ihre Flaschenkürbisse von der Wand bis auf einen. Der, dessen Juju fehlte, schrie laut auf. Da trat der arme Mann, der den Geistern die ganze Zeit über gefolgt war, vor und sagte: »Ich bin es, der deinen Juju genommen hat.« Der Geist sprach: »Geh und bring ihn mir.« Das tat der Mann, und der Geist fuhr fort: »Nun hole mir einen anderen Flaschenkürbis.«

Als das geschehen war, bereitete der Geist den gleichen Juju für den Mann und sagte: »Nimm ihn mit nach Hause, aber erlaube niemandem, ihn zu berühren, denn wenn das jemand tut, wird der Juju von dir fortlaufen, und du mußt sterben. Hör gut zu, ich will dir sagen, was du tun sollst. Häng ihn in einem Raum deines Hauses auf und verschließe die Tür. Wenn du am nächsten Tag hineinkommst, wirst du sehen, daß er dir schöne Kleider gebracht hat. Danach wird er dir alles geben, was du brauchst, um sehr reich zu werden.«

Der arme Mann tat froh, wie ihm befohlen war. Als er am anderen Tag die Tür öffnete, fand er ein großes Stück prächtigen Stoff. Er schnitt davon ab, soviel er brauchte, und warf es sich um. Als seine Frau vom Feld kam, fragte sie: »Woher hast du denn diesen Stoff? So schönen habe ich noch nie gesehen.« Der Mann antwortete: »Es ist ein Egbo-Geschenk.«

Die Frau dachte: ›Ich muß unbedingt wissen, woher so schöne Sachen kommen.‹ Sie wartete, bis ihr Mann an den Bach zum Baden ging. Kaum war er außer Sicht, so öffnete sie die Tür zu dem Raum, in dem der Juju aufbewahrt wurde und streckte die Hand danach aus. Doch kaum hatte sie den Flaschenkürbis auch nur mit einem Finger berührt, sprang der Juju heraus und floß aus der Tür, zurück zu den Geistern. Gleichzeitig fühlte sie rund um ihren Körper einen stechenden Schmerz, wie von einem Peitschenhieb.

Als ihr Mann heimkehrte, sah er, daß seine Frau einen großen Schnitt quer über Brust und Rücken hatte. Er fragte: »Woher hast du diese Wunde?« Sie antwortete: »Es war dein Juju, der mich schlug.« Da rief der Mann: »Nun hast du mich getötet, denn das Gesetz dieses Juju heißt: Niemand außer dem Eigentümer darf ihn berühren.« Er schickte nach seinem Bruder und teilte ihm mit: »Meine Frau hat mich getötet, denn sie hat meinen Juju berührt.« Danach baute er einen Sarg und legte ihn mit dem prächtigen Stoff aus, den er von dem Juju bekommen hatte, stieg hinein und starb.

Sein Bruder aber rief die Bewohner des Ortes zusammen und forderte: »Diese Frau hat den Tod ihres Mannes verursacht, und ich verlange, daß auch sie sterben soll.«

Die Versammelten riefen die Frau vor und fragten: »Hast du uns irgend etwas zu sagen über den Tod deines Mannes?« Sie antwortete: »Ja, denn seit er den Juju nach Hause brachte, hat er nie mit mir darüber gesprochen, daß niemand ihn berühren darf.« Der Bruder beharrte: »Trotzdem muß die Frau gehängt werden.« Aber der Osingbaum, der dicht beim Haus stand, stieß hervor: »Diese Frau soll nicht hängen. Wenn jemand durch einen Unfall stirbt, kann man nichts machen.«

Obassi Osaw hörte alles, was vorging. Er kam hernieder und stand unter den Leuten. Er hob seine rechte Hand und sagte zu dem Osingbaum: »Weil du Recht sprichst, ohne gefragt zu sein, sollst du von heute an nicht länger sprechen können, wann du es möchtest, sondern nur noch durch die Schalen deiner Samen, wenn sie für einen Zauber benutzt werden.«

Ada, der Waldgeist

Awsang Atikawt war ein großer Jäger und so geschickt, daß er die Jagd nie aufgab, wenn er dem Schwanz eines Tieres erst einmal folgte. Eines Tages klagten die Freunde, mit denen er beisammen saß, wie sehr ihre Felder von Elefanten zerstört worden wären. Atikawt fragte, warum sie die Tiere denn nicht getötet hätten. Aus Furcht, dabei ein Opfer der Elefanten zu werden, erhielt er zur Antwort. Atikawt nannte die Männer Feiglinge. Er würde nicht eher ruhen, bis jeder Elefant erlegt wäre, der es wagen sollte, auf seinen Feldern ein Zeichen zu hinterlassen.

Unter den Anwesenden befanden sich aber auch zwei Elefantenmenschen. Einer der beiden erhob sich nun und sprach zu

Atikawt: »Hör auf, dich zu brüsten! Die Elefanten werden auch deine Felder leerfressen und ungehindert davonziehen.« Da erwiderte Atikawt entschlossen: »Sie sollen es nur versuchen, dann bekommen sie es mit mir zu tun!«

Die Elefantenmenschen blickten einander scharf an. Dann kamen sie überein, die Felder des Jägers zu zerstören und abzuwarten, was geschähe. Bald darauf brachten Atikawts Frauen die Nachricht, Elefanten hätten die Felder verwüstet. Der Jäger packte einen Mundvorrat für unterwegs ein, und nachdem sein Jagdbeutel mit allem versehen war, machte er sich gut bewaffnet auf den Weg.

Bis in die Dunkelheit folgte Atikawt der Elefantenspur. Während der Nacht ruhte er, an einen Baumstamm gelehnt, aber kaum begann es zu dämmern, nahm er die Verfolgung wieder auf. Er lief und lief, bis es dunkel wurde, dann kletterte er auf einen hohen Baum und verbrachte dort die Nacht. Am folgenden Tag holte er die Elefanten an einem breiten Fluß ein.

Als die Elefanten Atikawt mit dem geladenen Gewehr erblickten, nahmen sie sofort wieder menschliche Gestalt an und baten um Schonung. Der Jäger erkannte seine Freunde, die beiden Elefantenmenschen, mit denen er wenige Tage zuvor gestritten hatte, und führte ihnen vor, wie er auf den Stamm eines sehr hohen Baumes schoß. Nachdem die beiden nun gesehen hatten, was für ein großes Stück Holz von dem Schuß weggerissen worden war, flehten sie noch ängstlicher, er möge ihnen nichts antun. Alle Zerstörungen, die sie auf seinen Feldern angerichtet hatten, versprachen sie zu ersetzen. Damit war der Jäger zufrieden, er wandte sich um und kehrte auf dem Weg, den er gekommen war, zurück.

Kaum aber war Atikawt außer Sicht, verwandelten sich die Männer wieder in Elefanten und wandten einen großen Zauber an. Sie ließen einen so heftigten Regenguß herniedergehen, daß der Weg überschwemmt war und der Jäger nicht nach Hause finden konnte. Er lief durch den Wald und hatte sich schließlich verirrt. Nach vielen Stunden befand er sich in einem Teil des Waldes, in dem er vorher nie gewesen war. Als es aufhörte zu regnen, entdeckte er ganz in seiner Nähe ein so prächtiges Haus, wie er noch nie eins gesehen hatte. Es gehörte der

Beherrscherin des Waldes, und rings um das Haus lagen Haufen von menschlichen Schädeln und Knochen.
Der Jäger glaubte sich schon verloren, da hörte er den Ruf: »Awsang Atikawt!« Er antwortete und sah aus einer schmalen Seitentür ein kleines lahmes Mädchen schlüpfen. Es kam auf ihn zu und erklärte, wie leid es ihr tue, daß er an diesen Unglücksort geraten sei. Ihre Herrin, ein Ungeheuer, verschlinge jeden, der sich in der Nähe ihrer Behausung befände. Mit Hilfe der Zaubermittel, über die sie verfüge, könne sie jeden einholen, der zu fliehen versuche. »Und trotzdem«, fuhr das Mädchen fort, »wenn du tust, was ich dir sage, werde ich dich retten und sicher nach Hause bringen. Du darfst aber nichts von dem Essen zu dir nehmen, das meine Herrin dir geben wird.«
Atikawt dankte dem Mädchen und versprach, nicht ohne ihre Erlaubnis zu essen. »Gut«, antwortete die Kleine, »dann nimm das hier«, und gab ihm ein Stück eßbaren Ton. »Iß davon, und was du von meiner Herrin bekommst, wirf irgendeinem Tier vor. Aber achte darauf, daß sie nichts merkt. In der Nacht wird sie dich mit zu sich nehmen. Sei auch da vorsichtig und hör genau hin, wenn sie zu schlafen scheint. Schnarcht sie laut wie ein Sturm, bleib ganz still liegen, dann ist sie nämlich noch wach. Erst wenn ihr Schnarchen das Haus wie ein Donnerschlag erschüttert, weißt du, daß sie schläft. Dann schleich dich hinaus und komm zu mir. Ich werde dir zwei verschiedene Zauberpflanzen geben, die du auf der Flucht brauchen wirst. Preßt du den Saft der ersten auf das Tor, tut es sich auf, und du kannst hindurchgehen. Den Saft der zweiten laß in den Fluß tropfen, er wird austrocknen, und du gelangst an das andere Ufer. Dort darfst du dich aber auf keinen Fall umdrehen, sondern mußt die Zauberblätter über deine Schulter ins Wasser werfen. Es wird steigen und die Furt überschwemmen. So kannst du nicht verfolgt und eingefangen werden.«
In dem Augenblick erklangen Trommeln, erschallten Hörner und alle mögliche Musik war im Abendwind zu hören. Das kleine Mädchen erklärte, daß sich nun ihre Herrin nähere, all die Töne kämen aus ihrem Leib. »Bleib ganz ruhig«, sagte das Mädchen noch, dann eilte sie in ihr Versteck. Atikawt wartete, bebend vor Furcht. Als die Waldbeherrscherin angelangt war,

brach die Musik ab. Sie trat ganz freundlich auf den Jäger zu und bedeutete ihm, er brauche sich nicht zu fürchten, sie wolle ihn zum Mann nehmen, weil sie schon so lange allein lebe. In ihrem prachtvollen Haus bot sie ihm einen Platz an, und Atikawt setzte sich zitternd, seine Angst war nicht geringer geworden. Ada, so war der Name des Waldgeistes, rief nun nach dem lahmen Mädchen. Es schlenderte herbei und gab vor, geschlafen zu haben. In ihrer Waldgeistsprache sagte Ada und wies dabei auf den Gast: »Morgen haben wir eine gute Fleischmahlzeit!« – »So ist es«, antwortete das Mädchen.
Am Abend träufelte Ada Zaubersaft in das Essen des Jägers. Er aber erklärte, in seinem Land sei einem Mann wie ihm nur im Ziegenstall erlaubt, etwas zu essen. Da durfte er sich dorthin zurückziehen. Atikawt warf das Essen den Ziegen vor, und in dem Augenblick, als etwas davon den Boden berührte, loderte eine Flamme auf. Der Jäger blieb ruhig und beobachtete, wie das Feuer wieder erlosch und die Ziegen alles auffraßen. Anschließend kehrte er zu Ada zurück. Sie unterhielten sich noch eine Weile und gingen dann schlafen. Vorher hatte Ada aber noch ein scharf zugespitztes Eisen ins Feuer gelegt. Damit wollte sie Atikawt durchbohren, sobald er eingeschlafen war. Nach einer Weile begann sie zu schnarchen, laut wie ein Sturm, wie das lahme Mädchen es beschrieben hatte. Der Jäger verhielt sich ganz still. Aber als sie kurz darauf schnarchte, daß wie von einem Donnerschlag das ganze Haus erbebte, erhob er sich.
Auf sein Lager packte er Kissen, breitete eine Decke darüber und verließ den Raum, um das kleine lahme Mädchen zu suchen. Von ihr erhielt er die versprochenen Zauberpflanzen. Nachdem die ersten Tropfen aus der Zauberpflanze auf das Tor gefallen waren, hatte es sich vor Atikawt geöffnet, und auch der Saft aus der anderen Pflanze war kaum mit dem Wasser in Berührung gekommen, da hielt der Fluß sein Wasser zurück und erlaubte ihm, hindurchzuschreiten. Atikawt hatte das andere Ufer noch nicht erreicht, da hörte er Donnergetöse aus dem Haus, das er verlassen hatte. ›Jetzt kommt die Waldbeherrscherin‹, dachte er. Am anderen Ufer fühlte er sich erst sicher, als er, ohne sich umzublicken, die Zauberpflanze über

seine Schulter geworfen hatte. Danach wandte er sich um, weil er sehen wollte, was geschah.
Augenblicklich stieg das Wasser, und bald überschwemmten schäumende Fluten die Furt, so daß Atikawt seinen Weg ohne Angst vor Verfolgung fortsetzen konnte.
Gegen Mitternacht erwachte Ada, zog das spitze, inzwischen rotglühende Eisen aus dem Feuer und stieß es durch die Kissen, die Atikawt auf seinen Platz gelegt hatte. Sie fingen sofort Feuer. Nun ratet, ob Ada jetzt wohl wütend war! Wie rasend griffen die Flammen um sich, und der Mann, den sie verschlingen wollte, war entflohen. In heißer Erregung nahm sie die Verfolgung auf, vergaß in ihrer Hast aber die Zauberpflanzen, mit denen sie das Wasser hätte zum Stehen bringen können, und mußte so am Ufer des reißenden Flusses aufgeben. Dem Mann auf der anderen Flußseite rief sie zu: »Was wirst du dort erzählen, Awsang Atikawt, wo du hingehst?« – »Erzählen werde ich«, antwortete der Jäger, »daß ich einer Frau begegnet bin, die allein im Wald lebt und die alle verschlingt, die sie eingefangen hat, einer Frau, die in ihrem Leib Trommeln, blasende Hörner und sogar große Waffen hat, einer Frau, die eine Gefahr ist für jedes menschliche Wesen. Je eher sie getötet wird, desto besser ist es für alle Jäger!« Voller Wut machte Ada kehrt. Atikawt aber setzte seinen Weg fort und wurde zu Hause mit großem Jubel empfangen.
Einige Tage später näherte sich eine wunderschöne Frau der Stadt, in der er lebte. Sie war so kostbar gekleidet, wie man es noch nie gesehen hatte. Auf dem Kopf trug sie eine Kalebasse voller Fleisch. Atikawt trat heraus, um den Gast zu begrüßen und nach seinen Wünschen zu fragen. Da erzählte ihm die Schöne, sie käme aus einer Stadt in der Nähe, die er vor einiger Zeit besucht habe. Sie hätte sich, kaum daß sie seiner ansichtig geworden, sogleich in ihn verliebt. Erst heute sei es ihr gelungen, ihn zu finden, obwohl sie überall nach seinem Namen und seinem Wohnort geforscht habe. Awsang Atikawt lauschte ihrer Schmeichelrede und bezweifelte nicht eines ihrer Worte.
Eine von Atikawts Frauen aber war eine Zauberin. Sie fand heraus, daß es sich bei der Besucherin um keine andere handelte als Ada, die Beherrscherin des Waldes, und rief ihren

Mann zu sich, um ihn zu warnen. So deutlich es ihr möglich war, gab sie ihm zu verstehen, die schöne Fremde sei in Wirklichkeit jene böse Frau, der er vor kurzem erst entkommen konnte, die mit den Trommeln, den Hörnern, Waffen und allen möglichen Gewaltmitteln im Leib. Atikawt aber lachte nur und meinte, wenn seine Frau den Waldgeist Ada gesehen hätte, wüßte sie, daß die Besucherin überhaupt nicht mit diesem Ungeheuer zu vergleichen wäre.
Gegen Abend versuchte Atikawts Frau noch einmal, ihren Mann zu bewegen, die Fremde fortzuschicken, denn sie sei tatsächlich jenes böse Wesen, dessen Grausamkeiten er erst vor wenigen Tagen so eindrucksvoll geschildert hatte. Aber statt ihr zuzuhören, lachte Atikawt noch mehr und hielt seiner Frau vor, sie sei zu eifersüchtig. Einen dritten Versuch unternahm die Frau, als sich Atikawt in der Nacht zu der schönen Fremden legen wollte. Sie nahm ihn beiseite und erklärte ihm, daß er sein Leben verlöre, falls er nicht von seinem Vorhaben abließe, die schöne Besucherin, in Wahrheit Ada, der Waldgeist, würde ihn töten. Aber Atikawt blieb hartnäckig, und die Frau sah, alle Warnungen waren zwecklos. Dennoch beschloß sie, alles zu tun, was in ihrer Macht stand, denn sie war viel zu besorgt, um ihn unbewacht schlafen zu lassen. An dem Platz, wo die Jagdhunde ihres Mannes waren, tat sie, als suche sie etwas, und wählte indessen zwei von den wildesten Hunden aus. Während sie die beiden streichelte und liebkoste, wisperte sie ihnen zu, daß sie in dieser Nacht ihren Herrn bewachen müßten, die Fremde wolle ihm ans Leben. Es waren Zauberhunde, wie die Frau wohl wußte. Als sie nun traurig ins Haus gegangen war, nicht etwa, um zu schlafen – bewahre –, da erhoben sich die Hunde und schlichen dorthin, wo Atikawt an der Seite der Fremden lag.
Einige Stunden verstrichen, und alles blieb still. Ada, denn sie war es ja, nur verwandelt in eine schöne Frau, Ada war sicher, daß es ihr jetzt glücken würde, Atikawt zu töten. Sie schlug sich auf den Leib, da sprang das rotglühende spitze Eisen heraus. Ada holte aus, um den Mann an ihrer Seite im Schlaf zu töten, aber schon bei der ersten Bewegung sprangen die Hunde auf und warfen sich mit fürchterlichem Gebell auf sie. Der Jäger

schrak auf, und Ada, voller Zorn, schlug noch einmal auf ihren Leib, das rotglühende Eisen sprang hinein und war verborgen. Dann tat sie so, als wäre auch sie von den Hunden geweckt worden, und sagte, daß sie mit den Hunden in einem Raum nicht schlafen könne. Also erhob sich Atikawt, schlug die Hunde, die ihm doch das Leben gerettet hatten, und kettete sie auf der Veranda an. Während er sich beeilte, zu seinem Gast zurückzukommen, schlich sich Atikawts zauberkundige Frau aus ihrem Raum, befreite die Hunde und flüsterte ihnen zu, daß sie wachen sollten wie bisher.
Als Ada den Jäger wieder schlafend wußte, erhob sie sich erneut, schlug auf ihren Leib, und das rotglühende Eisen erschien ein zweites Mal. Da sprangen die Hunde durchs Fenster, packten sie und bellten so laut wie zuvor. Von dem Lärm erwachte Atikawt, und in dem Augenblick krähte der Hahn. Dieser Laut versetzte Ada in höchste Erregung, sie sagte zu Atikawt, daß sie sich unverzüglich auf den Weg machen müsse, er möge doch die Hunde einsperren und sie begleiten.
Der Mann war so einfältig, daß er nicht nur alles tat, was sie sagte, sondern auch noch den Raum, in dem er die Hunde gelassen hatte, so fest verschloß, daß niemand an sie herankam, solange er fort war. Unterwegs forderte die Fremde Atikawt auf, voranzugehen, sie wollte ihm folgen. Aber dem widersetzte er sich, und dies war die erste und sehr nötige Weigerung gegenüber der Fremden, der nun, weil Atikawt hinter ihr ging und sehen konnte, was sie vorhatte, die Hände gebunden waren. Aber bald hatte sie sich einen Plan ausgedacht.
Nahe am Weg stand ein Baum, an dem viele Früchte wuchsen. Ada bat den Jäger, hinaufzuklettern und ihr Früchte zu pflükken. Aber kaum war Atikawt ihrem Wunsch gefolgt, ließ sie den Baum durch Zauberkraft wachsen und wachsen, bis er höher war als jeder Baum auf der Welt. Dann schlug sie wieder auf ihren Bauch. Ungefähr zwanzig bewaffnete Männer sprangen heraus, umringten den Baum und schrien zu dem Jäger hinauf: »Nun, flieg doch!« Auch Ada fing an zu prahlen und rief ihm zu: »Du kannst schauen und schauen, wohin du willst, du siehst nur Schlimmes!«
Als Atikawt das alles sah und hörte, fielen ihm die Warnungen

seiner Frau wieder ein, und er verstand nun auch, warum die Hunde in der Nacht so sehr gebellt hatten. Von der Spitze des Baumes aus, wo er sich festgeklammert hatte, sah er seine Stadt und dachte daran, daß er die Hunde auch noch eingesperrt hatte. Er rief nach ihnen und weinte bitterlich über seine Dummheit. Inzwischen befahl Ada ihren Männern, den Baum zu fällen. Da nahmen die Männer ihre Äxte und schlugen auf den Baum ein. Als die Schläge einer nach dem anderen fielen, flog ein Papagei vorüber, sah, was da vorging, und brachte die Kunde eilends in Atikawts Haus. Sie sollten sofort die Hunde loslassen, riet er, sonst würde der, der am Morgen das Haus verlassen hätte, niemals wiederkehren.
Andere hätten verzweifelt aufgegeben, als es einfach nicht gelingen wollte, die Hunde frei zu bekommen, aber Atikawts zauberkundige Frau, die nur zu gut wußte, daß ihr Mann verloren war, wenn die Tiere ihren Herrn nicht rechtzeitig erreichten, nahm einen Stein, schlug auf die Ketten ein, bis sie zerbrachen, und schickte die Hunde dann in die Richtung des Baumes. Sie hatten kaum die Hälfte des Weges geschafft, da fiel der Baum, prallte aber glücklicherweise gegen einen anderen und schlug nicht auf der Erde auf. Ada erteilte den Befehl, auch den zweiten Baum zu fällen, damit Atikawt endlich in ihre Macht geriete. Wieder machten sich die Männer an die Arbeit, und als auch dieser Baum fiel, hatten die Hunde den Platz erreicht. Der wildeste von allen, er hieß Oro Njaw, warf sich sofort auf Ada, die anderen stürzten sich auf die Männer und zwangen sie zur Flucht. Viele wurden getötet, nur wenige vermochten zu entkommen. Ada selbst wurde in Stücke gerissen.
So endet die Geschichte von Awsang Atikawt, dem berühmten Jäger, und Ada, der schrecklichen Beherrscherin des Waldes, die in ihrem Leib alle Musik der Welt trug und auch alle Waffen, die je geschmiedet wurden. Und wir sehen, die Verschwörung der zwei Elefantenmenschen, die Felder des Jägers zu zerstören, hat uns einen großen Dienst erwiesen: den Tod von Ada, der Beherrscherin des Waldes, hat sie herbeigeführt. Atikawt muß tatsächlich ein großer Jäger gewesen sein, denn er hat den Wald von einem so grausamen Ungeheuer befreit.

Warum ein Mörder auf die gleiche Weise wie sein Opfer sterben soll

Es war einmal ein Mann, der hatte zwei Frauen, Menge Njum und Menge Marri. Menge Njum gebar nach sieben Monaten eine Tochter, Menge Marri aber blieb kinderlos. Das Mädchen wuchs sehr schnell heran. Nach fünf Monaten konnte es schon allein laufen. Als das Kind eines Tages in das Haus von Menge Marri traf, jagte sie die Kleine fort und sprach: »In meinem Haus will ich keine Kinder haben.« Jedesmal, wenn Menge Njums Tochter kam, verjagte Menge Marri das Kind.

Einmal war der Vater des Mädchens auf die Jagd gegangen. Menge Njum sprach vor sich hin: »Aufs Feld müßte ich gehen und etwas Eßbares holen. Feuerholz brauchten wir auch, aber es ist niemand da, der auf das Kind achtgeben könnte.« Das hörte die Kleine und sagte: »Wir werden vor Hunger sterben, wenn du nicht aufs Feld gehst. Also mußt du gehen. Wäre Menge Marri deine Freundin, könnte ich bei ihr bleiben. Aber sie kann dich nicht leiden, darum bleibe ich lieber allein.«

Die Mutter eilte also aufs Feld und trug alles zusammen, was nötig war. Bei ihrer Rückkehr traf sie ihre Tochter wohlbehalten zu Hause an, nichts war ihr geschehen. Daher begab sie sich auch am nächsten Tag wieder auf ihre Felder. Diesmal aber kam Menge Marri ins Haus ihrer Rivalin und sprach zu dem Mädchen: »Laß uns in den Wald gehen und im Fluß Fische fangen.«

Die Kleine willigte ein, und nachdem sie eine Weile gelaufen waren, kamen sie zu einem Fluß, in dem es viele Fische gab. Da nahm Menge Marri ihre kleine Begleiterin und schleuderte sie in den Fluß. Sie wollte auf diese Weise das Wasser stauen. Ein blauer Vogel, der auf einem hohen Baum am Flußufer saß, rief aus: »Niemals vorher sah ich, daß eine Frau die Tochter einer anderen ins Wasser wirft, um es zu stauen! Wenn du ein

Wehr brauchst, warum schneidest du dir keine Stöcke zurecht?«
Die böse Frau bewarf den Vogel mit Steinen, als sie seine Worte hörte, aber er flog davon. Menge Marri fing nun viele Fische, und als sie genug hatte, zog sie die Ertrunkene aus dem Wasser und warf sie sich über die Schulter. Auf den Kopf hob sie sich den Korb voller Fische. Bald wurde ihr diese doppelte Last zu schwer. Also setzte sie die Fische ab, trug den Körper ein Stück weiter, legte ihn dann ab und kehrte um, die Fische zu holen. So verfuhr sie, bis sie schließlich zu Hause ankam. Nun trug sie die Ertrunkene in Menge Njums Haus und kehrte wieder in ihrs zurück, um die Fische zu säubern.
»Komm, nimm mir die Last ab!« rief Menge Njum ihre Tochter, als sie vom Feld zurückgekehrt war. Das Mädchen gab keine Antwort. Da ließ die Mutter alles fallen, stürzte ins Haus und sah das tote Kind. Da begann sie bitterlich zu weinen. Kurze Zeit später kehrte der Mann von der Jagd heim und fragte: »Was ist denn hier geschehen? Als ich ging, war meine Tochter kerngesund, wie ist es möglich, daß ich sie zwei Tage später tot finde?« Da flog der blaue Vogel herbei, setzte sich aufs Dach und sang: »Niemals vorher sah ich, daß eine Frau die Tochter einer anderen ins Wasser wirft, um es zu stauen!« Der Mann hieß seine Frau, mit dem Weinen aufzuhören, und sagte: »Wir wollen dem blauen Vogel lauschen.« Und der blaue Vogel fuhr fort mit seinem Gesang: »Dort ist die Frau, die eure Tochter ins Wasser warf, um den Fluß zu stauen!« In dem Augenblick ging Menge Marri vorbei, aber der Vater des Mädchens konnte einfach nicht glauben, daß der Vogel sie gemeint hatte.
Am nächsten Morgen sagte Menge Njum zu ihrem Mann: »Unser Kind ist tot, laß es uns begraben.« – »Wir wollen tun, wie du gesagt hast«, erwiderte der Mann, »aber, bei meinem Leben, ich werde herausfinden, wer sie getötet hat!« Und während die beiden nun das Mädchen begruben, flog der blaue Vogel wieder herbei und sang: »Menge Marri war es, sie nahm das Kind mit zum Fluß, um es zu ertränken, dann brachte sie den Leichnam ins Haus. Menge Marri hat eure Tochter getötet!«
Da riefen die Eltern alle Leute zusammen und klagten Menge Marri des Mordes an ihrer Tochter an. Schließlich gestand sie

die Tat. »Weil ich kein Kind hatte, habe ich das Mädchen getötet«, sprach sie. Darauf beschloß die Versammlung das Urteil: Menge Marri muß auf die gleiche Weise sterben wie das Mädchen. Und von diesem Tag an muß jeder, der einen anderen ermordet, auf die gleiche Weise sterben wie sein Opfer.

Wie das Haar sich rächte

In alten Zeiten lebten der Magen und das Haar in der gleichen Stadt. Das Haar trat einmal eine Handelsreise an und ließ seine Frauen allein zurück. Während dieser Zeit kam der Magen und schlief mit jeder von ihnen. Als das Haar zurückkam, rief es seine Frauen, sie sollten ihm ein Bett zurechtmachen, aber sie weigerten sich und sagten: »Wenn du uns eine große Kalebassenschale voll Essen kochst und uns ein paar von den schönen Kleidern gibst, die du mitgebracht hast, dann erzählen wir dir, was hier im Haus geschehen ist.« Das Haar tat, was sie wünschten, und die Frauen sagten: »Jetzt wollen wir dir alles erzählen, wie versprochen. Während du auf Reisen warst, kam der Magen her und hat mit jeder von uns geschlafen.« Das Haar wurde furchtbar wütend, ging in sein Zimmer und verkündete laut, wie es sich am nächsten Tag rächen wollte. Die Ratte in ihrem Loch hörte, was das Haar vorhatte, rannte zum Magen und rief: »Mach dich fertig, du darfst nicht länger hier bleiben. Das Haar kommt, um sich für das zu rächen, was du mit seinen Frauen getan hast.«
Früh am anderen Morgen verließ der Magen sein Haus, um sich vor seinem Feind in Sicherheit zu bringen. Er war noch gar nicht weit gekommen, da hörte er ihn hinter sich. Er rannte los, so schnell er konnte, bis er schließlich einen Mann einholte, der die Straße entlangging. Zu dem sagte er: »Würdest du so nett sein und den Mund öffnen?« Der Mann tat, worum er gebeten wurde, und der Magen spazierte hinein. Als das Haar heran war, fragte es den Mann: »Hast du den Magen vorbeikommen sehen?« – »Nein«, erwiderte der Mann, »was ist denn los?« Da erzählte ihm das Haar, was sich zugetragen

hatte, und der Mann meinte: »Aha! Darum wollte der Magen sich so dringend verstecken. Er ist jetzt in meinem Körper.« Das Haar sagte: »Ich glaube dir nicht.« Trotzdem neigte es den Kopf und hielt sein Ohr an den Bauch des Mannes. Es hörte darin etwas vor Angst beben und wußte nun, wo sein Feind war.
Da nahm das Haar Zähne, setzte sie in den Mund des Mannes und sprach zu ihnen: »Wenn mein Feind versucht, hier herauszukommen, beißt ihn und laßt ihn nicht entkommen.« Es selber ließ sich in der Nase des Mannes nieder, außerdem rings um beide Augen, damit sein Feind auch da nicht hinaus konnte, und schließlich über dem Mund als Schnurrbart, um so über die Zähne wachen zu können. Seitdem ist es nun so: Fällt jemandem ein Haar ins Essen, und er verschluckt es, muß er es sogleich wieder erbrechen. Haar und Magen haben nämlich ihren Streit bis heute noch nicht beigelegt und können sich darum nicht vertragen.

Sieben Jahre im Mutterleib

Vor langer Zeit machte Obassi einmal einen Mann und eine Frau und setzte sie in eine Hütte, die er eigens für die beiden gebaut hatte. Schon nach wenigen Monaten glaubte die Frau, daß sie ein Kind bekommen würde. Trotzdem blieb sie sieben Jahre kinderlos. Als diese Zeit um war, begab sich der Mann eines Tages auf die Jagd. Er ging weit weg von ihrer Hütte und blieb viele Tage und Nächte fort. Als er zurückkam, sah er in der Hütte einen Jungen sitzen.
Während der Mann nämlich auf der Jagd war und seine Frau in den Wald ging, um Feuerholz zu holen, fühlte sie unterwegs, daß ihre Zeit gekommen war. Sie legte die Hände um einen Baum und hielt sich daran fest. Aber statt eines winzigen Säuglings – bewahre – kam da ein Junge zum Vorschein, der fast so groß war wie sie selbst. Sogleich nahm er seine Mutter bei der Hand und führte sie zur Hütte, denn sie war sehr schwach nach einer solchen Geburt.

Als der Mann bei seiner Rückkehr den Jungen sah, fragte er ihn, woher er komme. »Ich bin dein Sohn, Vater«, antwortete das Kind. »Wie ist das möglich?« fragte der Mann. »Meine Mutter hat mich geboren, deine treue Frau«, antwortete der Junge. »Weil ich aber wußte, daß du einen Helfer brauchst, wollte ich sieben Jahre lang nicht kommen und verbrachte die Zeit, in der man unbeholfen ist, im Leib meiner Mutter. Jetzt bin ich stark genug, um euch beiden zu helfen.« Der Mann vermochte die Geschichte des Jungen kaum zu glauben und hatte große Angst. Er meinte, er müsse nun, nachdem ihm etwas derart Seltsames widerfahren sei, sterben. ›Vielleicht‹, dachte er, ›ist der Junge von den Geistern gesandt worden, um mich zu holen.‹ So wanderten seine Gedanken umher, obgleich auch seine Frau ihm versicherte, daß der Junge wirklich sein Sohn sei.

Vier Tage lang blieb der Junge zu Hause und kümmerte sich um seine Mutter. Am fünften Tag bat er seinen Vater, ihm ein Buschmesser zu geben, damit er in den Wald gehen könne.

In einer Hand hielt er das Buschmesser und in der anderen ein zweifach geschliffenes Messer, das Isawm genannt wurde. Das zweite war ein Zaubermesser. Es zeigte die Richtung jeder beliebigen Stelle an, die der Besitzer erreichen wollte. Beabsichtigte er zum Beispiel, zu einer Stadt im Süden zu gelangen, hätte sich das Messer, sobald es nach Osten, Norden oder Westen gerichtet worden wäre, von selbst in Richtung Süden gedreht und erst dann still gehalten.

Auf seinem Weg stellte der Junge von Zeit zu Zeit Fallen auf und wanderte so eine lange Strecke, bis es für ihn Zeit war, umzukehren. Auf dem Rückweg fand er in den Fallen viele Vögel. Die brachte er seinen Eltern, und sie dankten ihm sehr. Am nächsten Tag zog er wieder aus, um Fallen zu stellen, und als er eben heimkehren wollte, hörte er von fern Musik, wie sie bei einem Ringkampf gespielt wird.

Der Junge, der ein begeisterter Ringkämpfer war, eilte nach Hause und erzählte seinen Eltern, daß er die Ringkampfmusik gehört habe und am anderen Morgen aufbrechen würde, um herauszufinden, woher sie käme. Seine Eltern rieten ihm, nicht zu gehen, aber er war nicht davon abzuhalten und lief los, das Isawm in der Hand.

Als er wieder in dem Teil des Waldes angelangt war, in dem er die Musik vernommen hatte, blieb er stehen und lauschte, aber es blieb ganz still. Mit Hilfe seines Isawm fand er dennoch den Weg und lief weiter und weiter, bis er, nachmittags gegen drei Uhr etwa, die Musik wieder hörte. Das Zaubermesser hatte ihn direkt in die Gegend geführt, wo die Musik erklang. Von den Tönen angespornt, flog er vorwärts wie mit Flügeln und befand sich bald am Fuße eines sehr steilen Berges, von dessen Gipfel die lang gesuchte Musik hell und klar ertönte. Die Oberfläche des Berges aber war so glatt, der Berg noch dazu so steil, daß kein Sterblicher ihn ohne Hilfe hätte ersteigen können. Der Junge aber machte sich ans Werk. Mit dem Isawm hieb er zwei Löcher für die Füße, und dann weiter oben zwei neue, und stieg so immer höher, bis er den Gipfel erklommen hatte. Da sah er die Leute, die in dieser Höhe wohnten, und auch sie sahen ihn.

Sofort beteiligte der Junge sich am Ringkampf. Die besten aller Ringer, es waren sieben an der Zahl, der Neuangekommene bezwang sie alle! Obassi hörte den Kampfeslärm und kam sogleich, um nach der Ursache zu forschen, denn es war seine Stadt. Er sah den Jungen, erkannte ihn als jenen, den er zu dem armen Ehepaar gesandt hatte, und bedeutete ihm näherzutreten. Erst sieben Tage waren seit der Geburt des Jungen vergangen, aber er war schon erwachsen. Obassi sprach: »Du hast alle anderen besiegt, daher will ich dich als meinen Sohn annehmen.« Der junge Mann war so wunderschön, daß sich die Hauptfrau Obassis sofort in ihn verliebte. Zuerst wies der Jüngling sie ab, aber es dauerte nicht lange, da geriet er in Versuchung und ging törichterweise auf ihre Werbungen ein. Obassi wußte von alledem, denn nichts bleibt ihm verborgen. Er fragte die Frau, ob sie gestehe, was sie getan habe, aber sie leugnete alles. Dann fragte er seinen Adoptivsohn, der gab seinen Fehler zu, und Obassi vergab ihm daraufhin sogleich.

Nach einer Woche trug der junge Mann Obassi vor, er wolle gern seine anderen Eltern besuchen und dann wiederkommen. Obassi willigte ein und gab ihm ein reiches Geschenk für seine

armen Eltern mit. Zufrieden machte sich der junge Mann auf die Reise.
Als er die Hälfte des Weges zurückgelegt hatte, hörte er auf einmal einen Laut im Gebüsch. Die Zweige wurden auseinandergebogen, und hervor trat jene Frau, die der junge Mann in der Stadt auf dem Berg verlassen hatte. Sie hatte die Unterhaltung zwischen Obassi und ihrem Liebsten gehört und war jenem eilig gefolgt. Der junge Mann, der nun einmal die Vorzüge, eine Frau zu haben, kennengelernt hatte, war beglückt, daß er sie mitnehmen konnte, und kehrte daher niemals wieder zu Obassi zurück. Daß seine Frau mit dem Burschen davongegangen war, wußte Obassi, aber nachsichtig dachte er: ›Vielleicht kommt er zurück und bittet um Vergebung, wie er es schon einmal tat.‹ Als der junge Mann aber ausblieb, sandte Obassi lange Zeit später seine Krieger, um ihn zu bestrafen.
Nun hatte Obassi dem Jungen aber, nachdem er ihn zu sich genommen hatte, alle guten und bösen Jujus gezeigt, und als die Krieger bei ihm erschienen, wandte der ungeratene Sohn einen starken Zauber an und gebot ihnen, gegeneinander zu kämpfen. So kehrte sich jedes Kriegers Hand gegen den Nachbarn, und sie kämpften gegeneinander, bis sie tot dalagen, einige wenige ausgenommen. Die Überlebenden kehrten zurück zu ihrem Herrn und berichteten, was ihnen widerfahren war. Als Obassi dies vernommen hatte, packte ihn ein großer Zorn, und er wandte sich von den Menschen ab. Wäre dieses Paar nicht gewesen, so könnten wir noch heute jederzeit zu Obassi laufen und um Verzeihung bitten, was immer an Bösem wir auch getan hätten, aber seit dem Fehltritt dieser beiden ist dieser Weg, Vergebung zu erlangen, für immer versperrt.

Warum man Nkundakfedern trägt

Ekandem, die Tochter von Obassi Nsi, war schön wie die Sonne. Als für sie die Zeit gekommen war, sich ins Mädchenhaus zu begeben, bewarben sich die reichsten und vornehmsten Männer im Lande um sie. Ekandem aber sagte, sie wolle keinen von ihnen heiraten, weil nicht einer ihr an Schönheit gleichkäme, und so hörte denn auch ihr Vater auf, sie zu bedrängen und forderte nicht länger, daß Ekandem den Bewerbern ihre Gunst schenke.

Bald war es Ekandem aber leid, nicht mehr umworben zu werden. Da schickte sie ihre Dienerin, ein Mädchen, drei Jahre jünger als sie selbst, mit dem Auftrag zum Marktplatz, einen Ehemann ausfindig zu machen. Zwei Tage lang bemühte sich das Mädchen, aber sie kam jeden Abend zurück, ohne daß es ihr gelungen war, jemanden zu finden, der wert gewesen wäre, Ehemann ihrer Herrin zu werden. Ekandem war traurig, aber sie bat die Dienerin, es ein drittes Mal zu versuchen. Das Mädchen, zwar nur eine Untergebene, aber zugleich Ekandems vertraute Freundin, stimmte zu.

Am dritten Morgen, bald nachdem das Mädchen auf dem Marktplatz angekommen war, sah es einen jungen Mann näherkommen. Er war so schön, daß die Leute ihre Waren vergaßen, weder an Kaufen noch Verkaufen dachten, sondern nur noch ihn anschauten. Außer Ekandem Obassi selbst war bisher niemand gesehen worden, der mit ihm an Schönheit und Reiz zu vergleichen gewesen wäre. Das junge Mädchen eilte sofort zu seiner Herrin und berichtete ihr, daß sie zu guter Letzt doch einen Bräutigam gefunden hätte. Ekandem beauftragte sie, sofort zum Markt zurückzugehen, sich dort hinzustellen, wo der Mann vorüberkommen mußte, und ihm, sobald er erschiene, zu sagen, daß ihre Herrin nach ihm rufen ließe. Anschließend sollte das Mädchen ihn sofort zu ihr bringen.

Bald darauf führte die Dienerin den jungen Mann in das Mädchenhaus. Was feierte man da für ein fröhliches Fest. Eine Ente wurde geschmort und zu Fufu gegessen. Lange saßen die beiden bei ihrem Mahl, und dann begannen sie das Liebesspiel. Als der Morgen graute, wollte der Mann sich verabschieden, um nach Hause zurückzukehren, aber Ekandem sprach: »Wenn du gehst, komme ich mit dir.« – »Das darfst du nicht«, wehrte ihr Liebster ab, »denn ich bin ein schlechter Mensch. Mein Name ist schrecklich: Ita Ne Echi, Häuptling der Schädel. Meine Heimat ist so furchtbar wie mein Name. Hör gut zu! Mein Land nennt man Mfam Ane Achi, Land der Schädelmenschen. Ich bin es nicht wert, angeschaut oder gar irgendwo geduldet zu werden.« Doch Ekandem erwiderte auf seine Warnung nur: »Niemals will ich mich von dir trennen. Es ist zwecklos zu versuchen, mein Herz von dir zu entfernen. Ob du schlecht bist oder nicht, das kümmert mich nicht. Ich komme mit dir und will bis zum Tode bei dir bleiben. Sieh, wie sehr ich dich liebe: Meine Eltern sind aufs Feld gegangen, aber ich warte nicht auf ihre Rückkehr, um ihre Erlaubnis einzuholen oder sie wenigstens noch einmal zu sehen, bevor ich gehe. Ich bin bereit, sofort mit dir aufzubrechen.« – »Ich weiß, wie sehr du mich liebst«, erwiderte der Mann. »Ich liebe dich nicht weniger, aber ich bin ein furchtbarer Mensch, Ita Ne Echi ist mein Name! Wenn du mit mir kommst, wirst du es bereuen!« Ekandem aber wollte allen Warnungen zum Trotz nicht bleiben, und so rüsteten sie zusammen mit der kleinen Dienerin zum Aufbruch. Auf dem Weg in das weit entfernte Land von Ita Ne Echi trennten sich erst die Hände, dann die Füße und nach und nach die anderen Körperteile des Mannes ab. Sie kehrten zurück zu jenen, von denen er sie geliehen hatte, um als so überwältigende Schönheit zu erscheinen. Als Ekandem diese wundersame Verwandlung wahrnahm, begann sie doch, sich die Rückkehr zu wünschen. Nach einer Weile war von ihrem Geliebten nur noch der Schädel übrig, der über die Erde sprang und dabei ein Geräusch verursachte, das wie eine zur Erde fallende Kokosnuß klang. So erfuhr Obassis Tochter die Wahrheit seiner Worte. Ein Schädel ist tatsächlich nicht dazu da, daß man ihn ansieht, und noch viel weniger, daß man mit ihm lebt.

Nur zu gern wäre Ekandem jetzt umgekehrt, aber mit der Schönheit, die ihr Liebhaber an die eigentlichen Besitzer zurückgegeben gezwungen war, verschwanden auch seine Güte und Freundlichkeit. Er war nun so bösartig und brutal wie alle Schädelmenschen und wollte sie nicht mehr umkehren lassen. Vergebens flehte sie ihn an. Er sagte nur: »Dein Bitten ist zwecklos. Ein Zurück gibt es nicht mehr. Du wirst jetzt mit mir kommen zum Land der Schädel. Ich habe niemals behauptet,

daß ich besser wäre, als ich bin. Du hast dich geweigert, meine Warnungen anzunehmen, nun mußt du erdulden, was du gewählt hast.«
Arme Ekandem! Was konnte sie tun? Versuchte sie umzukehren, sah sie, daß der Rückweg versperrt war und dort Dunkelheit herrschte, während es vor ihr noch hell und klar war. So mußte sie gegen ihren Willen vorwärts gehen. Es war furchtbar anzusehen, daß anstelle ihres Liebhabers ein Schädel neben ihr dahinsprang. Bei ihrer Ankunft im Land der Schädelmenschen erschraken sie und die kleine Dienerin ganz furchtbar über den Empfang, der ihnen bereitet wurde. Aus jedem Winkel der Stadt rollten die Schädel herbei. Sie sprangen in die Luft und fielen mit einem schrecklichen Krachen zur Erde zurück. Heftig schlugen sie gegeneinander, und den beiden Zuschauerinnen schien es, als sei dies eine Beratung der Schädelmenschen. Niemand in der ganzen Stadt konnte sich vor diesen springenden Schädeln retten. Es war tatsächlich ein schauderhafter Anblick.
Als sich die Schädel nun bei Ita Ne Echi zu bedanken begannen, daß er ihnen ein solches Festmahl von frischem Fleisch gebracht hatte, stieg die Furcht der beiden ins Unermeßliche. Wie zitterten die arme Ekandem und ihre Dienerin davor, daß sie auf der Stelle getötet und aufgegessen werden könnten! Und immer wieder schrien die Schädel durch die Öffnungen, wo die Nase sitzen müßten, der eine rief dieses, der andere jenes. Plötzlich forderte ein Schädel die anderen auf, mit dem Lärm Schluß zu machen, und sagte, daß die Mädchen viel zu schön wären, um getötet und verspeist zu werden. Sie sollten vielmehr Abia-Nkpaw, dem Herrscher über das Schädelvolk, zur Frau gegeben werden. Die anderen Schädel stimmten ihm zu und dankten ihm für den guten Einfall. Nun erwies sich Abia-Nkpaw aber als ein Riese. Sein Bett war siebzig Fuß lang, sein Haus einhundertzwanzig Fuß hoch. Aber so schreckenerregend er auch war, Ekandem zog ihn doch dem Ita Ne Echi vor. Sie willigte daher in die Heirat ein, ja sie war sogar froh, die Frau dieses Herrschers zu werden, und begab sich in sein Haus.
In jener Nacht sang sie das Lied:

»Obassi erzwang von jemandem Land,
Ekandem Obassi ist nun Abia-Nkpaws Frau.
Obassi erzwang von jemandem Land.«

Dieses Lied schien die Schädel zu erregen. Sie gerieten in Bewegung und verloren jedes Maß. Im Tanz sprang ein Schädel oft über eine Meile hin und zurück. Ist das nicht merkwürdig?
Als Ekandems Eltern an jenem Abend von ihrem Feld zurückgekommen waren, konnten sie weder ihre Tochter noch deren Dienerin finden. Sofort begannen sie nach den beiden zu suchen und versprachen jedem eine große Belohnung, der etwas über ihren Verbleib aussagen konnte, aber es war alles umsonst.

Als Frau des Herrschers Abia-Nkpaw fürchtete Ekandem sich nun weniger. Sie durfte in der Stadt gehen, wohin immer es ihr gefiel, denn für die Schädel war es ziemlich sicher, daß sie den Heimweg nicht wiederfinden konnte. Eines Tages war Ekandem mit ihrer Dienerin zu einer Quelle unterwegs, um Wasser zu holen. Beim Näherkommen hörte Ekandem den Ruf eines Vogels, man nennt ihn Nkundak. Sie wußte genau, daß dieser Vogel ein Freund ihres Vaters war. Er rief: »Kawkaw, kawkaw, kru kru kru kru kru kru kru!« – »Nkundak!« rief sie ihm zu, »Nkundak, wo bist du?« – »Wer ruft nach mir?« fragte der Vogel. »Ich bin Ekandem Obassi, die Tochter deines Freundes Obassi Nsi«, antwortete sie schnell. Da stürzte der Vogel hernieder, breitete seine Schwingen über die beiden Mädchen und forderte sie auf, sich jede an einem seiner Flügel gut festzuhalten. Dann flog der Nkundak mit den beiden Mädchen zu seinem Haus und setzte sie dort ab, um sich zu Obassi Nsi zu begeben und ihm die gute Nachricht zu bringen.

Obassi war vor Freude außer sich, als er die beiden verlorenen Kinder im Haus des Nkundakvogels vorfand. Immer wieder dankte er dem Vogel und forderte ihn auf, sich zu wünschen, was er auf der ganzen Welt am liebsten hätte, er sollte es als Belohnung für die Tat erhalten. Und der Nkundak wünschte sich, daß sein Gefieder das aller anderen Vögel an Pracht übertreffen möge.

Da bemalte Obassi die Schwanzfedern des Nkundaks mit schwarzen und hellgelben Streifen, Brust und Flügel färbte er mit einem herrlichen Blau, und auf den Kopf setzte er ihm einen wunderschönen Kamm. Außerdem verlieh er ihm eine sehr starke Stimme, die seine Feinde in Schrecken versetzt, wenn sie sein ›Kawkaw kru kru‹ vernehmen. Und bis zum heutigen Tag gelten die Federn des Nkundaks, die jemand beim öffentlichen Tanz im Haar trägt, als Zeichen der Tapferkeit. Kein Mann wagt sie zu tragen, bevor er nicht, absichtlich oder dazu herausgefordert, einen Feind getötet hat. Für jeden getöteten Feind darf eine Schwanzfeder getragen werden. Es ist wahr, der Nkundak ist ein berühmter Vogel im Lande der Ekoi, und alle Leute, die in dieses Land kommen, legen Wert darauf, ihn zu sehen.

Wie Bäume und Tiere auf die Erde kamen

Die Erde hatte einst eine Tochter des Himmels geheiratet und der Himmel eine Tochter der Erde. Als sich nun die Tochter des Himmels anschickte, auf die Erde zu gehen, gab der Vater seinem Kind mit auf den Weg: »Wenn du auf die Erde kommst, hol kein Wasser, koch keine Speisen, arbeite nicht auf dem Feld, such kein Feuerholz –, verrichte überhaupt keine Arbeit.« Und außerdem überließ er ihr noch zwei Sklavinnen.

Nachdem die Tochter des Himmels aber auf der Erde angelangt war, begann die Erde sie zu plagen. Sie tötete die beiden Sklavinnen der Himmelstochter und sprach zu ihr: »Alle Arbeiten, von denen dein Vater gesagt hat, daß du sie nicht verrichten sollst, wirst du heute tun!« Als sich die Himmelstochter dann das Gefäß mit dem Essen auf den Kopf gesetzt hatte und eben losgehen wollte, fiel es herunter. Da fing sie an zu weinen und stieg wieder in den Himmel. Ihr Vater erkundigte sich nach der Ursache ihres Kummers, und die Himmelstochter erzählte, was ihr die Erde angetan hatte.

Der Himmel wurde darüber sehr zornig und sandte die Tiere, sie sollten gegen die Erde kämpfen. Aber kaum hatten die

Tiere das Gras gesehen, fingen sie an zu fressen und vergaßen völlig, weshalb der Himmel sie gesandt hatte.
Lange wartete der Himmel, aber die Tiere kamen nicht zurück. Da schickte er die Bäume aus. Doch als die Bäume unter sich den Boden spürten, begannen sie darauf zu wachsen und vergaßen ebenfalls, warum sie gekommen waren. Jetzt packte den Himmel ein gewaltiger Zorn, und mit einem riesigen Lärm begab er sich selbst auf die Erde, um sie zuzudecken, aber die Bäume ließen ihn nicht herankommen. Und so wurde der Streit zwischen Himmel und Erde zur Ursache dafür, daß wir Bäume und Tiere auf der Erde haben.

Das Bußgeld des Stachelschweins

Der Elefant hatte einst mit der Frau des Stachelschweins Ehebruch begangen. Da sandte das Stachelschwein die anderen Tiere, beim Elefanten das Bußgeld einzufordern. Bevor sie sich auf den Weg machten, riß es sich noch einen Stachel aus und gab ihnen den mit.
Als die Tiere beim Elefanten anlangten, erklärte er ihnen: »Das Stachelschwein – kenne ich nicht!« Da wiesen die Tiere den Stachel vor und sagten: »Schau her, das ist sein Haar.« Der Elefant sah den Stachel und sprach: »Dieser Mann ist stärker als ich, schon seine Haare sind ja viel gewaltiger als meine! Kommt in zwei Tagen wieder, dann zahle ich Buße.« Daraufhin kehrten die Tiere heim.
Nachdem die zwei Tage verstrichen waren, wollte das Stachelschwein unbedingt mit zum Elefanten. »Geh nicht«, rieten die Tiere ab, »wenn der Elefant sieht, wie klein du bist, wird er dich nicht mehr fürchten, und du bekommst dein Geld nicht. Sieht er dagegen nur den Stachel, zahlt er die Buße.« Das Stachelschwein aber setzte seinen Willen durch und ging mit.
Als die Tiere wieder beim Elefanten angekommen waren, holte er die üblichen fünfundsiebzig Schillinge herbei. Aber ehe er sie übergab, fragte er noch: »Das Stachelschwein ist

wohl nicht mitgekommen?« Und ehe die anderen es verhindern konnten, trat das Stachelschwein vor und sprach den Elefanten an: »Sieh mich an, Herr!« Der Elefant, der nun sah, wie winzig das Stachelschwein war, hob den Fuß, um es zu zerstampfen. Vom Bußgeldzahlen wollte er nun nichts mehr wissen. Da rannte das Stachelschwein, was es konnte, und schlüpfte schnell in einen Termitenbau. Und damit der Elefant sie nicht töten kann, leben Stachelschweine seitdem in Termitenbauten. Seitdem fragt man aber auch einen Mann, der Buße fordert, weil jemand mit seiner Frau Ehebruch begangen hat, oder der seine Frau deshalb sogar in das Haus ihres Vaters zurückschickt: ›Gehst du das Bußgeld des Stachelschweins einfordern?‹

Warum Hunde Stachelschweine jagen

Das Perlhuhn hatte Eier gelegt und ging nun fort, um sich Futter zu suchen. Bei seiner Rückkehr saß der Hund auf den Eiern. Da fing das Perlhuhn an zu singen: »Wer sitzt auf meinen Eiern?« Während es so sang, kam das Huhn. Das Perlhuhn fragte, ob es jenes Tier kenne, aber das Huhn wußte nicht, was das für ein Tier war. Darauf begann das Perlhuhn wieder zu singen. Nun kam die Antilope vorbei, und das Perlhuhn richtete an sie die gleiche Frage. Aber auch die Antilope antwortete, sie kenne das Tier nicht. So ging das weiter, bis alle Tiere vorbeigekommen waren, nur das Stachelschwein hatte noch nichts gesagt. Da bat das Perlhuhn das Stachelschwein, es möge ihm doch helfen. »Wenn du mir gibst, was ich wünsche, werde ich dir helfen«, versprach das Stachelschwein. Hierauf schenkte das Perlhuhn ihm einen roten Hut, ein Tuch und ein Kleid. Nun riet das Stachelschwein dem Perlhuhn, es solle Palmnußfasern suchen, sie in eine Kalebassenschale legen und rufen: »Oh, oh, oh!« Dann werde der Hund schon herauskommen.

Das Perlhuhn tat wie geheißen, und der Hund kam auch. Da rannte das Perlhuhn zum Nest und setzte sich auf seine Eier.

Und als der Hund zurückkam, ließ ihn das Perlhuhn nicht wieder auf das Nest. Der Hund wurde darüber sehr ärgerlich. Er nahm sich vor, die Eier aufzufressen, sobald das Perlhuhn das nächste Mal fortginge.
Seit dieser Zeit jagt der Hund auch das Stachelschwein, denn das hatte ihn überlistet.

Zwei listige Freunde

Fledermaus und Ratte waren gute Freunde, aber beide viel zu arm, als daß sie sich Frauen hätten kaufen können. Nun besaß der Elefant eine Tochter, die jedes von den Tieren gern zur Frau genommen hätte, wäre sie nur nicht so teuer gewesen. Da versprach die Ratte, der Fledermaus zu helfen, die Elefantentochter zur Frau zu bekommen. Sie grub einen unterirdischen Gang bis zu der Stelle, wo man den Vater der Fledermaus begraben hatte. Dort versteckte sie sich und gab der Fledermaus den Auftrag: »Ruf alle Tiere, sie sollen sich am Grab deines Vaters versammeln. Dann forderst du den Elefanten auf, dir seine Tochter zur Frau zu geben. Weigert er sich, rufst du deinen Vater – in Wirklichkeit natürlich mich – zum Zeugen an, daß er dem Elefanten das Mädchen schon bezahlt hätte, und daß sie nur deshalb noch bei ihm sei, weil dein Vater gestorben wäre. Also frag den Elefanten, und wenn er seine Tochter nicht herausgeben will, werde *ich* mit ihm reden. Gibt er nicht zu, daß ich seine Tochter schon bezahlt hatte, fordere ich ihn auf, das hier vor uns allen zu bezeugen.« Als sich nun alle Tiere am Grab des Vaters der Fledermaus eingefunden hatten, schüttelte sich die Ratte heftig in ihrem Loch und rief dann dem Elefanten drohend zu: »Gib meinem Sohn die Frau. Solltest du dich weigern, werde ich herauskommen!« Da fürchteten sich der Elefant und die anderen Tiere gewaltig, und der Elefant gab seine Tochter heraus. So verhalf die Ratte der Fledermaus zu einer Frau.
Der Elefant hatte aber noch eine zweite Tochter. Nun dachte die Fledermaus: ›Hat mein Freund mir eine Frau verschafft,

muß ich ihm ebenfalls zu einer verhelfen.‹ Sie schlug darum dem Elefanten vor, alle Tiere zu einem Wettkampf einzuladen. Jeder sollte versuchen, einen Stein an das gegenüberliegende Ufer des Flusses zu werfen. Die Tiere kamen zusammen, und der Elefant verkündete: »Wem es gelingt, einen Stein auf die andere Seite des Flusses zu werfen, der soll meine zweite Tochter heiraten.« Da bemühten sich die Tiere eines nach dem anderen, aber kein Stein flog bis ans gegenüberliegende Ufer. Nun bat die Fledermaus ihren Schwiegervater: »Ruf doch die Ratte, damit auch sie es versucht.« Da rief der Elefant die Ratte und schickte die Fledermaus, Palmwein aus seinem Haus zu holen, den wollte der Elefant mit seinen Freunden trinken. Die Ratte nahm Aufstellung, um ihren Stein zu werfen. Unbemerkt von den anderen aber schlüpfte ihr die Fledermaus in die Achselhöhle, und als die Ratte ihren Wurf tat, flog die Fledermaus bis ans gegenüberliegende Ufer. Wenig später brachte sie dem Elefanten den Palmwein und bemerkte: »Hatte ich nicht gesagt, daß du die Ratte rufen sollst?« Der Elefant hielt Wort und gab seine zweite Tochter der Ratte zur Frau. Und so hatte auch die Fledermaus ihrem Freund zu einer Frau verholfen.

Der pfiffige Schuldner

Der Schildkrötenmann ging einmal zum Wildschwein und bat es, ihm Geld zu leihen. Er versprach, das Geliehene nach zwei Wochen zurückzubringen. Da gab ihm das Wildschwein das Geld. Als die Frist verstrichen, der Schildkrötenmann aber nicht wieder aufgetaucht war, machte sich das Wildschwein auf, um sein Geld zurückzuholen. Der Schildkrötenmann aber sah das Wildschwein rechtzeitig kommen und sagte zu seiner Frau: »Schnell, verwandle mich in deinen Pfeffermahlstein!« Die Frau tat es. Als das Wildschwein eintrat, fragte es die Schildkrötenfrau: »Wo ist dein Mann?« Die erwiderte, sie wisse es nicht. Da wurde das Wildschwein zornig, ergriff den Mahlstein der Schildkrötenfrau und warf ihn fort. Die Frau

fing nun an zu schreien, worauf der Schildkrötenmann herbeigelaufen kam. Er fragte sie: »Warum weinst du denn?« Die Frau sagte ihm, das Wildschwein habe ihren Mahlstein fortgeworfen. Gerade dieser Stein aber war ja der Schildkrötenmann selber gewesen. Er forderte nun das Wildschwein auf: »Such den Mahlstein meiner Frau und bring ihn zurück, dann werde ich dir auch dein Geld geben.«
Das Wildschwein suchte lange nach dem Stein, konnte ihn aber nicht finden. Da sprach der Schildkrötenmann zu ihm: »Bringst du den Mahlstein nicht wieder, gebe ich dir auch dein Geld nicht zurück.«
So kommt es, daß das Wildschwein in der Erde wühlt. Es sucht den Pfeffermahlstein der Schildkrötenfrau.

Warum das Schaf mit dem Kopf nickt

Der Leopard und die Schildkröte waren einst Freunde. Als nun die Bakwabäume Früchte trugen, konnte es der Leopard nicht erwarten, daß sie reif wurden, sondern aß alle seine Früchte schon vorher auf. Nachdem dann aber die Bakwafrüchte der Schildkröte reif waren, ging er des öfteren auch dorthin und aß. Er stellte es natürlich so an, daß die Schildkröte nichts davon merkte. Eines Tages aber beobachteten die Schildkrötenkinder, als sie vom Wasser kamen, wie der Leopard ihre Früchte pflückte. Sie liefen heim und erzählten es ihrem Vater. Der hörte sich das an, nahm ein paar Seile und ging, den Leoparden zu suchen. Als er ihn fand, sprach er zu ihm: »Mein Freund, warum hast du mir nichts davon gesagt, daß du meine Bakwafrüchte pflückst, bist du denn ein Dieb?« Der Leopard erwiderte: »Ich dachte, du wärst ohnehin nicht damit einverstanden.« Da sprach die Schildkröte: »Freund, du hast etwas getan, was nicht recht war. Wenn du wieder einmal Früchte gepflückt hast und vom Baum herunterkletterst, so sollst du dabei den Kopf nach unten halten.« Als der Leopard dann aber wirklich mit dem Kopf voran vom Baum kletterte, wie die

Schildkröte gesagt hatte, band sie ihn an dem Baum fest und ging nach Hause.
Der Leopard bat alle Tiere, die vorbeiliefen, ihn doch loszubinden. Aber sie weigerten sich. Schließlich kam auch ein Schaf mit seinen sieben Jungen vorbei. Der Leopard rief ihm zu, es möge ihn doch befreien. Aber das Schaf erklärte: »Ich binde dich nicht los, denn du würdest ja nur meine Jungen fressen.« Sogleich versicherte der Leopard, er wolle die Schäfchen bestimmt nicht anrühren. Da befreite das Schaf den Leoparden. Nun schlug der Leopard vor, das Schaf solle an der Spitze laufen, seine Kinder in der Mitte, und er selbst wolle als letzter gehen. Das Schaf war damit einverstanden. Während sie so dahingingen, packte der Leopard ein Junges, warf es in den Wald und rief: »Eine wilde Mangofrucht vom Baum des Elefanten ist heruntergefallen. Ich gehe, um sie aufzulesen und zu essen.« In Wahrheit fraß er das Schafsjunge auf, ohne daß dessen Mutter etwas merkte. Und so machte er es wieder und wieder und fraß sechs Junge auf. Das Mutterschaf aber merkte nichts. Als er sich nun an das siebente heranmachte, rannte das davon und lief vor seiner Mutter her. Da merkte nun das Schaf, daß der Leopard seine Jungen gefressen hatte. Es begab sich zur Fledermaus und sprach: »Mein Freund, der Leopard, hat alle meine Kinder aufgefressen, und nun bin ich zu dir gekommen, damit du, die du doch in List und Betrug Bescheid weißt, Rache für mich übst.« Die Fledermaus war einverstanden.
Als sich der Leopard wieder einmal zu seinem Schwiegersohn auf die Reise machte, rief er die Fledermaus, damit sie ihn begleite. Die Fledermaus hatte eine Tasche bei sich. Am Rande des Dorfes, das ihr Ziel war, sagte der Leopard zur Fledermaus: »Nimm den Löffel aus deiner Tasche und laß ihn hier liegen.« Als sie weitergingen, flog die Fledermaus aber heimlich zurück und nahm den Löffel an sich, ohne daß der Leopard es merkte. Dann kamen sie in das Haus des Schwiegersohnes. Der schlachtete ein Huhn, bereitete es zu und setzte es dem Leoparden vor. Der dachte nun, daß er alles allein aufessen könne, während er die Fledermaus nach dem Löffel schickte. Aber als er ihr auftrug zurückzugehen und den Löffel zu holen, zog sie ihn hervor und reichte ihn dem Leoparden. Ärgerlich

sprach er: »Hatte ich dir nicht gesagt, daß du ihn am Weg liegenlassen solltest? Nimm das Essen, ich mag nichts mehr davon.« Damit schob er das Essen von sich und überließ es der Fledermaus. Die aß alles auf, während der Leopard vom Hunger geplagt wurde. Leise sprach er darum zu seiner Tochter: »Besorge für mich etwas anderes zu essen. Stelle es aufs Feuer und weck mich, wenn es gar ist. Aber paß auf, daß die Fledermaus nicht auch aufwacht.« Die aber hatte alles mit angehört. Die Leopardentochter kochte nun Bohnen und wartete, daß es Nacht wurde. Als es zu dunkeln begann, nahm die Fledermaus das Gewand des Leoparden und zog es sich an. Dann trug sie den Leoparden auf ihren Schlafplatz und legte sich selbst auf den seinen. Im Glauben, es wäre ihr Vater, weckte die Leopardentochter nun die Fledermaus, und die aß die Bohnen auf. Der Leopard aber merkte nichts. Nachdem die Fledermaus satt war, steckte sie dem Leoparden ein paar Bohnen in den Mund. Sie zog auch sein Gewand wieder aus und legte es an seinen Platz zurück. Dann nahm sie noch eine Nuß, aß sie und behielt einen Rest davon im Mund.

Als der Leopard aufwachte, rief er seine Tochter und verlangte das Essen. Die Tochter entgegnete: »Mein Vater, hast du nicht schon gegessen?« Er schüttelte den Kopf. Da riefen sie die Leute aus dem Dorf herbei, um den Streitfall zu entscheiden. Während die Leute nun berieten, stand die Fledermaus auf und bat, man solle zwei Krüge voll Wasser und zwei Schalen herbeibringen. Nachdem das geschehen war, sagte die Fledermaus, sie und der Leopard müßten nun nur ihren Mund ausspülen, dann werde man sehen, wer Bohnen gegessen hätte. Der Leopard spülte seinen Mund aus und spie das Wasser in eine Schale, und ebenso tat die Fledermaus. Da lagen in der Schale des Leoparden die Bohnen, die ihm die Fledermaus während der Nacht in den Mund gesteckt hatte. Die Leute wußten das natürlich nicht, ja nicht einmal der Leopard ahnte etwas davon. In der Schale der Fledermaus aber sah man Reste einer Nuß. Da mußte der Leopard zugeben, daß er das Essen verzehrt und es nur wieder vergessen hatte.

Als die Leute gegangen waren, jagte der Leopard die Fledermaus davon. Sie sollte allein heimkehren. Auf ihrem Weg ge-

langte sie an den Fluß, in dem die Jungen des Leoparden zu baden pflegten. Sie ließ sich zur Erde fallen und verwandelte sich in ein Amulett. Auf seiner Heimreise kam auch der Leopard an der Stelle vorbei. Er sah das Amulett und dachte, es gehöre seinen Kindern. Darum hob er es auf und steckte es in die Tasche, die er bei sich trug. Gleich verwandelte sich das Amulett wieder in die Fledermaus und aß alles Fleisch auf, das der Leopard eingepackt hatte. Daheim angekommen, rief der Leopard Frau und Kinder und wollte ihnen zeigen, was ihm der Schwiegersohn mitgegeben hatte. Daß die Fledermaus schon alles aufgegessen hatte, wußte er ja nicht.
Er öffnete die Tasche, da flog die Fledermaus heraus und setzte sich einem der Leopardenkinder auf den Kopf. Als der Leopard entdeckte, daß die Tasche leer war, wurde er furchtbar zornig. Er nahm ein Messer und befahl seinem Kind, ganz still zu halten, hob das Messer in die Höhe, um der Fledermaus den Kopf zu spalten. Die aber flog davon, der Leopard traf den Kopf seines Kindes und tötete es. Die Fledermaus setzte sich nun einem anderen Leopardenkind auf den Kopf. Wieder befahl der Leopard: »Halte still und rühr dich nicht, daß die Fledermaus nicht davonfliegt. Ich muß sie töten, denn sie ist schuld am Tod deines Bruders.« Das Kind verhielt sich ganz ruhig. Der Leopard hob das Messer, wieder flog die Fledermaus davon, und wieder tötete der Leopard sein eigenes Kind. So ging es fort, bis der Leopard alle seine sieben Kinder und seine Frau getötet hatte!
Die Fledermaus aber flog weiter und setzte sich auf eine kleine Kalebasse, die der Leopard hoch oben in einer Palme aufgehängt hatte. Als der Leopard das sah, band er sich ein starkes Seil als Haltegurt um den Leib, nahm sein Messer und kletterte auf die Palme, um der Fledermaus endlich den Garaus zu machen. Oben angekommen, schlug er zu. Aber die Fledermaus hatte sich inzwischen längst auf dem Seil niedergelassen, mit dem der Leopard sich am Stamm der Palme hielt. Der Leopard zerschlug erst die Kalebasse, erhob das Messer von neuem, um die Fledermaus auf dem Seil zu treffen. Natürlich flog sie davon. Der Leopard aber zerhieb seinen Haltegurt, fiel vom Baum und war tot.

Da ging die Fledermaus zum Schaf und berichtete ihm alles. Als das Schaf hörte, daß die Fledermaus die sieben Kinder des Leoparden und ihn selbst mitsamt seiner Frau getötet hatte, freute es sich sehr und begann zufrieden mit dem Kopf zu nikken. Seitdem nickt das Schaf beim Laufen immer mit dem Kopf, es denkt an die Rache, die von der Fledermaus am Leoparden geübt worden war, weil er die Jungen des Schafs gefressen hatte.

Vom Mann, der die Sprache der Hühner verstand

Ein Jäger hatte einmal eine Schirrantilope angeschossen, die daraufhin in einem Loch im Boden verschwand. Er folgte ihr – und stand auf einmal in der Totenstadt. Dort sah er die Antilope wieder, auf die er geschossen hatte. Der Mann, dem sie gehörte, wusch ihr das Blut vom Körper ab. Dabei klagte er immer wieder, man hätte ihm beinahe das Schaf getötet. Als er nun den Jäger erblickte, fragte er ihn, woher er komme und ob er es etwa gewesen sei, der das Schaf beinahe getötet hätte. Der Jäger winkte erschrocken ab.

Nach einer Weile sah der Jäger ein Kind, dem das Kopfhaar sehr dicht wuchs. Er holte ein Messer aus der Ledertasche und fing an, dem Kind die Haare zu scheren. Als die Leute aus der Totenstadt sahen, was für feine Figuren er aus dem Haar herausrasierte, da freuten sie sich und riefen alle anderen herbei, damit auch sie den Mann sehen könnten, der es verstand, so schöne Frisuren zu machen. Er mußte nun allen Leuten solche Figuren ausrasieren und war darum sehr beliebt. So blieb er zwei Monate in der Totenstadt. Seine Angehörigen aber hatten ihn vergessen und meinten, er sei gestorben.

Als der Jäger nun nach Hause zurückkehren wollte, zeigten ihm die Geister einen Zug von Wanderameisen, dem er folgen sollte, bis er wieder in seine Heimatstadt käme. Sie geboten ihm auch: »Da, wo du hingehst, lache niemals, auch wenn du ein Huhn reden hörst! Verrate keinem Menschen etwas davon.

Sagst du etwas, wirst du sterben.« Denn der Jäger hatte in der Totenstadt die Hühnersprache kennengelernt. Er folgte nun den Wanderameisen, bis er in seine Heimat kam. Als seine Leute ihn sahen, freuten sie sich sehr, daß er noch am Leben war.

In der Stadt, in der er wohnte, gab es einen Einäugigen, der in einem Haus auf der anderen Straßenseite lebte. Eines Tages war der Einäugige dabei, Palmkerne aufzuklopfen. Ein Huhn kam mit seinen Kücken heran, um von den Kernen zu fressen, aber der Einäugige jagte sie immer wieder davon. Als das Huhn das merkte, sprach es zu seinen Jungen: »Geht ihr hinüber auf die Seite, wo das blinde Auge ist! Ich gehe auf die Seite, wo er sehen kann. Wenn er mich nun gesehen hat und fortjagt, dann verzehrt ihr die Kerne, bis keine mehr da sind.«

Als der Jäger hörte, was das Huhn sagte, fing er an zu lachen. Der Einäugige dachte, er lache ihn aus. Der Jäger wehrte ab: »Nein, ich lache dich doch nicht aus.« – »Du lügst, du lachst mich doch aus!« beharrte der Einäugige. Dann fing er an zu streiten und rief alle seine Angehörigen dazu. Schließlich sprach der Jäger: »Wenn ich sterbe, so ist der Einäugige an meinem Tod schuld. Habt ihr das gehört?« Sie bejahten das, und darauf erzählte er, wie das Huhn seine Kinder auf die Seite geschickt hatte, wo das erblindete Auge war. »Da habe ich gelacht«, schloß er. Aber kaum hatte er das gesagt, da starb der Jäger.

Kolibri und Elefantenkalb

Ein Elefantenkalb kam einmal zu einem jungen Kolibri und schlug ihm vor, gemeinsam Larven zu sammeln. Als sie losgingen, meinte der Elefant zum Kolibri: »Du bist der Kleinere, darum könntest du auf die Palme steigen und für uns die Larven aus dem Mark holen.« Der Kolibri war einverstanden, stieg hinauf und begann mit der Arbeit. Aber die Larven, die er herauszog, fraß das Elefantenkalb unten alle auf, nur die Köpfe legte es auf den Boden.

Als der Kolibri nachsehen kam, fand er nur Köpfe. Er fragte den jungen Elefanten, wo denn die Larven seien, die er gesammelt habe. Da erwiderte das Elefantenkalb: »Die Larven sind auf den Boden gefallen und in zwei Teile zerplatzt. Den einen Teil konnte ich nicht mehr sehen, und der andere, der Kopf, ist hier.« Da meinte der Kolibri: »Nun steige ich nochmal hinauf und suche andere, aber jedesmal, wenn ich eine Larve herabwerfe, werde ich nachsehen, ob sie entzwei geht.« So konnte nun der Kolibri feststellen, daß die Larven gar nicht zerplatzten und sprach zum Elefantenkalb: »Freund, wieso ist denn diese Larve nicht auch zerplatzt?« In seinem Zorn fesselte er das Elefantenkalb und legte es dorthin, wo die stechenden Wanderameisen vorbeiziehen. Die Elefantenkuh hörte davon, befreite ihr Kind und begann den Kolibri zu beschimpfen: »Kolibri, du bist ja die Magerkeit selbst!« Darauf erwiderte der Kolibri: »Du Elefant mit deinen Klumpfüßen! Du mit deiner Haut voller Schwielen!« Da wurde der Elefant furchtbar wütend und schrie den Kolibri an: »Ich verlange, daß du alle anderen Vögel zusammenrufst, in drei Tagen werden wir einen großen Kampf miteinander austragen.«
Als der Tag des Kampfes gekommen war, stellten sich die Säugetiere auf der einen Seite auf und die Vögel auf der anderen. Der Hund begann mit der Zwergtaube zu ringen, und als er sie zu Boden geworfen hatte, fraß er sie auf. Schon sehr lange tobte der Kampf, als der Kolibri fragte, wer gegen ihn antreten wolle. Der Elefant nahm die Herausforderung an. Als die beiden zu kämpfen begannen, schlüpfte der Kolibri in den Rüssel des Elefanten und hackte mit seinem scharfen Schnabel darin herum. Da dauerte es nicht mehr lange, und der Elefant fiel nieder. Jubelnd lärmten die Vögel: »Der Kolibri hat den Elefanten bezwungen!« So hatten die Vögel schließlich gesiegt.

Amaranga

Es war einmal ein Mann, der heiratete eine Frau, und sie gebar zwei Kinder. Das eine war ein Junge, aber er war lahm, das andere ein Mädchen mit Namen Amaranga. Als der Mann nun noch eine Frau heiratete, forderte die zweite: »Wenn du Amaranga nicht tötest, magst du mir geben, was du willst, Essen oder etwas anderes, ich werde nichts anrühren.« Eines Tages ging die Mutter Amarangas aufs Feld. Da tötete ihr Mann das Mädchen und gab es seiner Nebenfrau, damit sie es verzehre. Der Lahme bekam eine Hand, die nahm er und sagte zu seinem Vater: »Vater, ich muß austreten. Trag mich hinaus.« Der Vater trug ihn hinaus. Auf dem Rückweg versteckte der Junge die Hand unbemerkt im Gebüsch.

Nachdem Amaranga getötet worden war, flog ein Vogel zu dem Feld, auf dem Amarangas Mutter Maniokknollen häufelte, setzte sich auf einen Baum und fing an zu singen:

»O Amaranga, Amaranga.
Sie haben das Fett der Amaranga ausgelassen, Amaranga.
Sie haben Amaranga gebraten, ja gebraten, Amaranga.
Sie haben sie einer anderen Frau gegeben, Amaranga.«

Amarangas Mutter hörte den Gesang und sprach zu dem Vogel: »Kleiner Vogel, wenn du mir etwas zu sagen hast, so komm herunter und setze dich auf meinen Kopf.« Da setzte sich der Vogel auf ihren Kopf. Die Frau aber fuhr fort: »Kleiner Vogel, wenn du mir etwas Wahres zu berichten hast, komm her und setze dich auf meine Hand.« Da kam der Vogel, setzte sich auf ihre Hand und sang wieder das Lied. Als Amarangas Mutter ihn angehört hatte, erschrak sie sehr. Sie verließ das Feld und kehrte heim. Zu Hause bat der lahme Junge sie: »Mutter, ich muß austreten. Trag mich hinaus.« Seine Mutter trug ihn hinaus, und er zeigte ihr Amarangas Hand. Auch erzählte er ihr alles über seinen Vater und die Nebenfrau. Da wußte die Mutter, daß Amaranga wirklich getötet worden war und stimmte eine große Totenklage an. Eines Tages sagte sie zu der Nebenfrau: »Laß uns im Fluß baden gehen. Es gibt dort eine schöne Stelle zum Schwimmen.« Am Fluß angekommen, zog sie ihren goldenen Ring ab und sagte: »Sieh hier meinen Ring. Ich werfe ihn jetzt ins Wasser und hole ihn dann wieder heraus. Danach werfe ich ihn noch einmal hinein, und dann darfst du ihn holen.« Für sich selbst warf sie den Ring nahe beim Ufer ins Wasser und holte ihn auch wieder heraus. Als aber die Nebenfrau an die Reihe kam, warf sie ihn in die Mitte des Flusses. Die Nebenfrau ging ins Wasser, um den Ring zu suchen und kam dabei ums Leben. Ob ein Fisch sie verschluckt hat oder ein Krokodil sie fraß – kein Mensch weiß es.

Bei ihrer Heimkehr fragte ihr Mann, wo denn die Nebenfrau sei. »Sie spielt am Wasser mit anderen Mädchen«, antwortete die Frau. Drei Tage wartete der Mann auf die Nebenfrau. Dann glaubte er, die Frau sei zu ihrem Vater zurückgekehrt. Darum wandte er sich an Amarangas Mutter: »Komm, rasiere mich. Ich will mich ankleiden und zu meinem Schwiegervater gehen, damit er mir sagt, warum er meine Frau wieder zu sich genommen hat.« Während die Frau ihn nun rasierte, fragte sie ihn: »Mein Mann, welche Stelle muß man bei einem Menschen durchschneiden, damit er sofort stirbt?« – »Hier an der Kehle«, bedeutete ihr der Mann. Sie rasierte weiter. Als sie aber an die Kehle kam, schnitt sie mitten durch, so daß der Mann tot zu Boden fiel. Da legte sich der Grimm in ihrem Herzen, denn sie hatte nun für Amarangas Tod Vergeltung geübt.

Wie die Antilope Ndip Elefantenzahn heiratete

Der Elefant rief eines Tages alle Tiere zu sich. Als sie versammelt waren, verkündete er: »Ich habe euch etwas zu sagen, hört zu: Ich habe hier eine Palme. Wer es schafft, hinaufzuklettern, der soll meine Tochter Ndip Elefantenzahn zur Frau bekommen.«

Als die Tiere das vernahmen, waren sie gleich voller Eifer bei der Sache. Sie schickten die Antilope in den Wald, Lianen zu suchen. Die ging und sammelte dicke und dünne Lianen. Nachdem sie genug zusammengetragen hatte, versah sie die dicken

Lianen mit Einschnitten. Dann nahm sie alle auf und brachte sie zu den Tieren, die dünnen Lianen legte sie unten hin und die dicken obenauf.
Zuerst kam der Schimpanse, wählte sich eine dicke Liane aus und begann damit an der Palme hinaufzuklettern. Dabei sang er:

»Ich stieg an der Palme des Elefanten hinauf, kpangdang,
Ich heiratete meine Frau, kpangdang,
meine Frau Andang,
meine so dumme Frau.«

Da riß die Liane, und er fiel auf die Erde. Nun versuchten es die anderen Tiere, aber ihnen erging es ebenso. Schließlich war die Antilope an der Reihe. Sie suchte sich eine dünne Liane heraus und stieg damit die Palme hinauf. Dabei sang sie, genauso wie es die anderen Tiere getan hatten. Oben angekommen, pflückte sie eine einzelne Palmnuß aus der Traube und warf sie hinunter. Sogleich stürzten sich alle Tiere darauf. Dann schlug sie tüchtig Palmnüsse ab, bis nur noch eine Traube übrig war. Die legte sie vor sich hin und rief den Tieren zu: »Seht her, ich werfe euch jetzt die letzte Traube herunter!« Als alle hochschauten, holte sie Pfeffer aus der Tasche und streute ihn den Tieren in die Augen. Dann stieg sie schnell vom Baum und ging mit der Elefantentochter davon. Wie wütend waren da die Tiere, daß die Antilope sie um die Frau betrogen hatte!
Nach einiger Zeit versammelten sie sich beim Elefanten und beredeten ihn: »Tu, als ob du gestorben wärst; kommt dann die Antilope zu deiner Totenfcicr, werden wir ihr die Frau wieder wegnehmen.« Der Elefant willigte ein. Da sandten sie der Antilope folgende Nachricht: ›Der Elefant ist gestorben; alle Tiere sind zur Totenfeier versammelt. Auch du mußt kommen mit deiner Frau Ndip Elefantenzahn.‹
Die Antilope machte sich auf den Weg und nahm auch ihre Frau mit. Aber auf halber Strecke sagte sie zu ihr: »Bleib du hier und lausche. Sobald du die Worte hörst: ›Oho, ein kleines Tier kneift seine Hinterbacken zusammen‹, oder wenn du hörst: ›Kind des Berges, steig den Berg hinauf‹, dann mach dich aus dem Staub. Singe ich aber: ›Steig den Berg herab, komm her‹, dann ist der Elefant tatsächlich gestorben.«

Die Antilope ging nun allein weiter, betrat das Trauerhaus und setzte sich unmittelbar hinter den Elefanten. Dann zog sie dem großen Stacheltier ein paar Stacheln heraus und stach damit den Elefanten in sein Hinterteil. Da preßte der Elefant die Hinterbacken zusammen. Die Antilope ging nun in den Hof und sang, wie sie es mit ihrer Frau verabredet hatte: »Kind des Berges, steig den Berg hinauf, steige langsam, langsam!« Die anderen Tiere wußten aber nicht, was es damit auf sich hatte. Hierauf stach sie den Elefanten noch unzählige Male in sein Hinterteil, so daß er schließlich aufsprang und die anderen Tiere wütend anschrie: »Die Antilope sticht mich fortwährend in den Hintern, und ihr wollt zuschauen?« Da schlüpfte die Antilope hinaus und floh.

Zwei Monate später benachrichtigte der Elefant die Tiere, daß sie zusammenkommen sollten, um Dachmatten zu flechten. Alle kamen, nur die Antilope nicht. Sie ließ ausrichten, die anderen sollten nur beginnen und ihren Teil liegenlassen. Am dritten Tag ging sie von zu Hause los, um das Flechtmaterial abzuholen. Unterwegs suchte sie sich ein paar Lianen. Beim Elefanten angekommen, zeigte man ihr die Mattenblätter. Sie wußte nicht, daß ein wildes Tier zwischen den Blättern versteckt war. Trotzdem rief sie: »Blätterbündel, du, Blätterbündel!« Keine Antwort. Darauf sagte sie: »Der Elefant hat mich wissen lassen, wenn du mir keine Antwort gibst, so brauche ich dich nicht zu tragen.« Dann sprach sie es noch einmal an, und diesmal erhielt sie eine Antwort. Da holte die Antilope die Lianen hervor, verschnürte das Bündel fest und ging damit nach Hause. Wann immer sie an einen Bach oder Fluß kam, legte sie das Bündel hinein. Wann immer sie einen Knüppel fand, schlug sie damit auf das Bündel los, bis sie zu Hause anlangte. Dort flocht sie die Matten und lieferte sie beim Elefanten ab.

Ein andermal wünschte der Elefant, daß alle Tiere kommen und sein Feld bestellen sollten. Die Antilope aber ging nicht, sondern ließ wieder ausrichten, die anderen sollten nur beginnen und ihren Teil übriglassen. Die Tiere bestellten nun das Feld. Auf dem übriggebliebenen Teil aber versteckten sie Raubtiere. Bei Tagesanbruch machte sich die Antilope auf, um ihren Anteil zu bestellen. Sie nahm auch Streichhölzer und Petroleum mit. Auf dem Feld angekommen, rief sie: »Feld, Feld!« Das Feld gab keine Antwort. Da sprach sie: »Der Elefant hat gesagt, wenn du mir keine Antwort gibst, so brauche ich dich nicht zu bestellen.« Sie rief noch einmal, und diesmal bekam sie eine Antwort. Da goß sie das Petroleum über das Feld, zündete ein Streichholz an und warf es darauf. Sogleich brannte alles lichterloh, und die wilden Tiere verbrannten mit. Nun ging sie zum Elefanten und berichtete ihm, sie hätte das Feld bestellt, und abgebrannt hätte sie es auch. Da schlug der Elefant die Sprechtrommel, so daß alle Tiere zu ihm kamen, und dann verkündete er ihnen: »Laßt die Antilope in Ruhe, denn sie ist euch doch allen überlegen.«

Die Rohrratte und der Breibaum

Während einer Hungersnot suchte die Rohrratte einmal einen Geist auf. Sie traf aber nur dessen Kind an, der Geist selber war in den Wald gegangen. Die Rohrratte fragte nun: »Was hat deine Mutter dir denn zu essen dagelassen?« Das Kind zeigte darauf der Rohrratte, was es hatte. Die Rohrratte riß die Mahlzeit an sich und verschwand. Das Kind saß nun da und mußte hungern. Als das Kind des Geistes wieder einmal allein zu Hause war, nahm ihm die Rohrratte ebenfalls alles weg, was an Eßbarem im Hause war, na, und so ging das eine ganze Weile.
Eines Tages hatte das Kind nur rohe Maniokknollen. Als die Rohrratte kam, machte sie sich sogleich daran, sie zu schälen, stellte die Knollen dann aufs Feuer, und als sie weich waren, stampfte sie Brei daraus. Die Rohrratte war eben dabei, den Brei aufzutragen, da sah sie den Geist aus dem Wald zurückkommen. Schnell griff sie sich einen Breikloß und rannte davon. An einer glitschigen Stelle rutschte sie aus und fiel hin. Aber weil der Geist sie verfolgte, ließ sie den gestohlenen Breikloß liegen und flüchtete weiter.
Zwei Wochen wagte sich die Rohrratte nun nicht aus dem Haus, dann aber zog es sie doch zu dem Brei. Sie mußte nach-

sehen, ob er noch da war. Als sie die Stelle wiedergefunden hatte, entdeckte sie, daß der Breikloß inzwischen zu einem Baum herangewachsen war, der Früchte trug, natürlich Breiklöße. Da fing sie an zu singen: »Brei, fall herab! Ich will dich mitnehmen. Auch Anyi, meine Frau, und Abang, mein Sohn, sollen davon essen.« Da regnete es Brei vom Baum, und die Rohrratte aß, was sie konnte, und ließ weder für Abang noch für Anyi etwas übrig.

Was Anyi zu Hause gekocht hatte, ließ die Rohrratte stehen. So ging das nun etliche Tage. Und weil Vater Rohrratte nun gar nichts mehr von dem Essen nahm, das seine Frau Anyi gekocht hatte, beauftragte sie ihren Sohn, doch herauszufinden, wovon sein Vater immer so satt wäre. Abang durchlöcherte darauf die Tragetasche, mit der sein Vater in den Wald zu gehen pflegte, und füllte sie mit Asche. Als sich der Vater das nächste Mal auf den Weg machte, fiel beim Gehen Asche auf den Weg, und Abang brauchte nur dieser Spur zu folgen, um ebenfalls zu dem Breibaum zu gelangen. Dort aber verbarg er sich, damit ihn sein Vater nicht sah. Vater Rohrratte sang sein Lied, es regnete Brei, und er aß. Abang, der all das beobachtet hatte, schlich sich davon und erzählte alles seiner Mutter.

Diesmal trat Vater Rohrratte nach seiner Heimkehr vom Breibaum zusammen mit anderen Tieren eine Reise an. Aber während der ganzen Zeit blieb er in seinem Herzen bei dem Brei, den er zurücklassen mußte. Eine Woche hielten sich die Tiere in dem Dorf auf, das sie besuchen wollten, dann traten sie den Heimweg an. Kaum war Vater Rohrratte wieder von der Reise zurück, bereitete er eine Soße zu, die wollte er mit in den Wald nehmen, um endlich wieder eine wohlschmeckende Breimahlzeit zu halten. Daß Anyi und ihr Sohn Abang während seiner Abwesenheit längst beim Breibaum gewesen waren und allen Brei gegessen hatten, wußte er natürlich nicht.

Die Rohrratte lief also zum Breibaum, Aber wie groß war ihr Erstaunen! Nur ein einziger Kloß hing noch am Baum! Sie sang ihr Lied, aber kein Breiregen kam hernieder. Sie sprang, so gut sie konnte, um den Breikloß abzureißen, aber sie kam nicht an den Zweig heran. Da lief das Chamäleon vorüber. Die Rohrratte rief es heran und schlug vor: »Mein Freund, klettere doch bitte auf den Baum und pflück den Breikloß ab, wir essen ihn dann gemeinsam.« Das Chamäleon war einverstanden, wollte aber die Soße mit hinaufnehmen, um beides erst einmal zu kosten. Wäre der Brei nämlich sauer, so meinte es, ließe es ihn gleich oben. Aber als es auf dem Baum war, aß das Chamäleon Brei und Soße ganz allein auf.

»Gib mir doch auch ein bißchen Brei ab«, bettelte da die Rohrratte. Aber das Chamäleon höhnte nur: »Wenn Klettern so eine Kleinigkeit ist, warum bist du dann nicht selbst auf den Baum gestiegen?« Die Rohrratte versteckte sich nun in der Nähe des Baumes, und als das Chamäleon dachte, sie wäre nach Hause gegangen, stieg es herab. Da packte die Rohrratte das Tier, warf es zu Boden und trampelte auf ihm herum.

Seht ihr, so ist es gekommen, daß das Chamäleon so schmal und hoch ist, nicht mehr so schön rund wie früher.

MÄRCHEN DER BAMUM, BALI UND WUTE

Die Schildkröte als Schnelläufer

Die Antilope begegnete einmal der Schildkröte und fragte sie: »Du sitzt immer auf dem gleichen Fleck. Womit beschäftigst du dich eigentlich?« Die Schildkröte erwiderte: »Ich bin Schnelläufer!« Ungläubig fragte die Antilope: »Kannst du denn schneller laufen als ich?« – »Ja, freilich!« gab die Schildkröte zurück. Die Antilope, die das nicht glauben mochte, schlug nun einen Wettlauf vor. Die Schildkröte willigte ein: »Laß uns morgen miteinander laufen!«

Wieder allein, nahm die Schildkröte all ihre Weisheit zusammen; sie rief ihre Brüder und ihre Kinder und ging mit ihnen auf das Feld, dorthin, wo sie am anderen Tag mit der Antilope den Wettlauf austragen wollte. Sie stellte ihre Leute am Rand des Weges auf, einen nach dem anderen, so daß sie bis zu der Stelle, die als Ziel bestimmt war, eine lange Reihe bildeten. Alle mußten sich zusammenkauern, und die Schildkröte erklärte, was sie zu tun hätten, wenn sie mit der Antilope um die Wette liefe. Dann kehrte sie zurück an den Platz, an dem der Wettlauf beginnen sollte.

Am anderen Morgen kam die Antilope, und der Wettlauf begann. Kaum hatte die Antilope ein paar ordentliche Sätze gemacht, blieb die Schildkröte zurück. Nach einiger Zeit wandte sich die Antilope im Dahinjagen um und fragte: »Wo ist denn die Schildkröte?« Da antwortete eine junge Schildkröte, die am Wege kauerte: »Hier bin ich!« Nun rannte die Antilope noch einmal so schnell und fragte dann wieder: »Wo bist du,

Schildkröte?« Diesmal antwortete ein Kind der Schildkröte: »Hier bin ich!« Jetzt strengte sich die Antilope an, noch schneller zu laufen, aber auf einmal fiel sie zu Boden. Eine junge Schildkröte, die dort wartete, sagte zu ihr: »Antilope, steh auf, wir wollen laufen!« Doch die Antilope blieb liegen, sie konnte nicht mehr. So hat die Antilope den Wettlauf verloren. Noch heute glaubt sie, daß die Schildkröte ihr im Laufen überlegen sei – dabei ist es die Klugheit, in der die Schildkröte die Antilope übertrifft.

Warum man Fremden nicht trauen soll

Eine Frau, die ihrem Mann davongelaufen war, hatte sich entschlossen, wieder zu ihm zurückzukehren. Auf ihrem Weg kam sie an einen Fluß, der über die Ufer getreten war. So, wie sie war, das Kind auf der Hüfte und den Korb auf dem Kopf, konnte sie nicht hindurch. Ein Mann, der auch ans andere Ufer wollte, war schon mitten im Fluß. Da rief die Frau ihm zu: »Schwager, warte doch und stütze mich, damit ich durch den Fluß komme!« Der Mann gab keine Antwort. Sie rief noch einmal: »Warte doch und nimm mir das Kind ab! Es ist ein schönes Mädchen und soll einmal deine Frau werden.« Weil die Frau nicht nachließ mit ihren Bitten, kehrte der Mann um, nahm ihr das Kind ab und trug es über das Wasser.

Am anderen Ufer trug er es weiter. Er ging voraus, und die Frau lief hinterher. Schließlich kamen sie zu dem Gehöft, in dem die Frau zu Hause war. Der Mann wollte ihr nun das Kind reichen, aber die Frau sagte: »Du hast mir so viel Gutes getan und willst jetzt an meinem Haus vorbeigehen? Komm mit hinein. Ich will dich meiner Mutter vorstellen.« Der Fremde war einverstanden. Die Frau kehrte das Haus, machte Feuer und fing an zu kochen.

Einige Zeit danach kam ihr Mann und sah, daß die Tür zum Haus der Frau offenstand. Verwundert fragte er: »Wer ist dort im Haus?« Da erzählte man ihm, daß seine Frau, die davonge-

laufen war, wiedergekommen sei. Sie habe ein Kind mitgebracht und ein Mann sei auch bei ihr. Er befahl: »Ruft den Mann und die Frau her!« Dabei dachte er, der Mann wäre ein Bruder seiner Frau, der sie zurückgebracht hätte. Nun wandte er sich an die Frau: »Woher kommst du mit dem Kind auf dem Arm?« Da erklärte sie: »Dies ist der Mann, der mich aufs Feld gelockt hat, und das hier ist sein Kind!«
Dem fremden Mann wurde ganz heiß, er wollte fliehen. Aber sie banden ihn, schlugen ihn mit Peitschen und brachten ihn zum König. Der König ließ ihn noch einmal schlagen und machte ihn dann zu seinem Sklaven.
Der Tod ist barmherziger als das Leben.

Die Brüder Mongwäd und Tengwäd

In einer Stadt lebten einmal zwei Brüder. Der eine hieß Mongwäd, der andere Tengwäd. Die beiden hatten auch eine Schwester mit Namen Nkura. Eines Tages überfielen Feinde die Stadt. Die Brüder flohen, Nkura aber wurde gefangengenommen und von den Feinden verschleppt.
Beide Brüder wurden Jäger. Aber während Tengwäd alles Fleisch, das er erbeutete, heimbrachte und der Familie überließ, schenkte Mongwäd seine Beute stets den Vögeln des Waldes. Tengwäd wurde darum natürlich von allen geschätzt und verehrt. Mongwäd dagegen warfen die Angehörigen vor, er halte nicht zur Familie und sei überhaupt ein schlechter Mensch.
Eines Tages machte sich Mongwäd wieder auf in den Wald, diesmal aber nicht zur Jagd. Er rief alle Vögel herbei, denen er Fleisch geschenkt hatte, und bat jeden um eine Feder. Da riß sich jeder Vogel eine Feder aus und gab sie Mongwäd. Der nähte sich davon ein Gewand und zog es an. Er sah aus wie ein fremder großer Vogel. Dann flog er davon, um seine Schwester zu suchen.
Zuerst kam er in eine große Stadt. Dort setzte er sich auf einen

Baum und fing an zu singen: »O bang bang, ko ko ko lot, Nkura!« Die Bewohner sprachen: »Habt ihr den fremden Vogel gehört? Was für ein sonderbares Lied er nur singt?! Wir wollen ihn fangen!« Aber Mongwäd flog davon in eine andere Stadt. Wieder setzte er sich auf einen Baum und fing an: »O bang bang, ko ko ko lot, Nkura!« Die Bewohner kamen zusammen und sagten zueinander: »Dieser sonderbare Vogel ruft nach Nkura, der Frau unseres Königs!« Nun war Mongwäd froh und sagte sich: ›Jetzt habe ich meine Schwester gefunden. Sie ist in dieser Stadt die Frau des Herrschers geworden. Schon immer war sie ja ein schönes Mädchen!‹
In der Nacht begab er sich zu ihr. Nkura erschrak sehr, als der fremde Vogel in ihr Haus kam. Aber Mongwäd sprach: »Erschrick nicht! Ich bin dein Bruder! Ich habe dich gesucht und will dich nun wieder zur Mutter bringen. Die Sehnsucht nach dir hat sie beinahe getötet!« Dann nahm er seine Schwester auf den Arm und flog mit ihr auf einen nahen Baum. Dort schliefen sie ein. Am anderen Morgen wurden sie durch ein großes Geschrei geweckt: »Nkura, die schöne Königsfrau ist nicht mehr da! Der fremde Vogel ist schuld daran!« Dann sah ein Mann sie auf dem Baum sitzen. Er eilte zum König, und der schickte sogleich hundert Männer mit hundert Äxten. Die sollten den Baum fällen. Aber Mongwäd nahm seine Schwester fest in den Arm und flog davon. Da fiel der Baum auf die hundert Männer und erschlug sie alle.
Endlich langte Mongwäd mit seiner Schwester in der Heimat an. Alle freuten sich, als sie das schöne Mädchen sahen, und die Mutter weinte.
Mongwäd aber sagte: »Wer hat jetzt am meisten zur Familie gehalten? Tengwäd oder ich?« Da lobten ihn alle und sagten: »Du bist deinem Bruder noch überlegen, denn deine Klugheit ist ebensogroß wie deine Liebe!«

Das Mädchen in der Trommel

Ein junges Mädchen wollte heiraten. Da riet ihm seine Mutter: »Wenn du fortgehst, so geh den schmutzigen Weg, folge nicht dem sauberen!« Aber die Tochter folgte dem gereinigten Weg und kam in das Haus von Nesi. Nesi nahm sie, steckte sie in seine Trommel und spazierte damit umher.
Da begegnete er einer Frau, die bei der Feldarbeit war. Er fragte sie: »Was gibst du mir zu essen, wenn ich die Trommel so schlage, daß sie redet und du es hörst?« Die Frau gab ihm eine Banane. Darauf sagte Nesi: »Bumbum, ich schlage, sie redet.« Das Mädchen in der Trommel sang nun: »Meine Mutter hat gesagt, wenn ich mich verheirate, soll ich den schmutzigen Weg entlanggehen. Aber als ich fortging, nahm ich den sauberen Weg und kam in das Haus von Nesi. Nesi, der mich bedroht, Nesi, ach stürbest du doch! Nesi!«
Nesi ging weiter und traf zwei andere Frauen. Er fragte sie: »Was gebt ihr mir, wenn ich meine Trommel so schlage, daß ihr sie reden hört?« Die Frauen gaben ihm Erdnüsse. Darauf sagte Nesi: »Bumbum, ich schlage, sie redet.« Als Nesi das gesagt hatte, fing das Mädchen wieder an, sein Lied zu singen. Oh, da merkten die Frauen, daß es ihre Tochter war, die da in Nesis Trommel sang. Sie lobten Nesi: »Du kannst wunderschön trommeln«, und sie gaben ihm auch Süßkartoffeln, damit er noch einmal trommle. Nesi nahm die Süßkartoffeln, doch als er sie aß, würgte es ihm im Hals. Er bat nun die Frauen, sie möchten ihm Wasser zu trinken geben. Da nahmen die Frauen eine leere Wasserkalebasse, durchbohrten den Boden und gaben sie Nesi, damit er sich damit Wasser zum Trinken schöpfe. Nesi ging zur Wasserstelle, doch so oft er auch schöpfte, die Kalebasse blieb leer.
Inzwischen holten die Frauen ihr Kind aus der Trommel und versteckten es. Sie fingen eine Schlange und Grashüpfer und setzten sie in Nesis Trommel. Als Nesi von der Wasserstelle zurückkam, fragte er die Frauen, ob er noch einmal trommeln solle. Doch sie lehnten ab, noch einmal wollten sie das Lied nicht hören.

Da ging Nesi weiter. Er kam an einen anderen Ort und wandte sich wieder an eine Frau: »Wenn du mir Zuckerrohr zu essen gibst, schlage ich meine Trommel, so daß sie redet und du es hörst.« Die Frau gab ihm das Zuckerrohr, und er aß es. Dann sprach er: »Bumbum, ich schlage, sie redet.« Da fing die Schlange an zu zischen. Nesi drohte: »Wenn du nicht singst, dann bringe ich dich um!« Doch die Schlange zischte wieder. Da nahm Nesi die Trommel und ging damit ins Gras, um das Mädchen zu töten. Kaum hatte er die Trommel geöffnet, schlüpfte die Schlange heraus und tötete Nesi.

Vom Mädchen, das einen Leoparden heiratete

Ein Häuptling hatte eine Tochter. Viele Männer kamen, um sie zu heiraten. Aber sie weigerte sich stets. Schon zahlreiche Bewerber hatte sie abgewiesen. Schließlich verlor ihr Vater die Geduld. Er fing eine Termite, trocknete sie und sagte zu seinem Kind: »Der Mann, der erkennt, daß dies eine Termite ist, wird dich heiraten.« Viele Männer kamen und erkannten es nicht. Da erschien der Sohn eines Herrschers aus einer anderen Stadt und erkannte als Termite, was man ihm zeigte. Der Vater des Mädchens bestimmte: »Weil jener Mann erraten hat, daß es eine Termite war, bekommt er dich zur Frau.« Als die Tochter das hörte, freute sie sich, denn der Mann gefiel ihr. Der Häuptling verheiratete also sein Kind mit jenem Mann.

Bevor der Mann mit seiner Frau fortzog, sprach er zu ihr: »Nimm weder ein Messer noch ein Feuerzeug mit!« Die beiden gingen los und gelangten in einen großen Wald. Da fragte der Mann seine Frau: »Wenn ich jetzt etwas Außergewöhnliches tue, fürchtest du dich dann?« Sie verneinte. Der Mann verschwand im Gras, und als er wiederkam, hatte er sich verwandelt, er war ein Leopard geworden. Die Frau aber fürchtete sich nicht und ging mit dem Leoparden weiter, immer weiter, bis tief hinein ins Grasland.

Auf einmal erblickte die Frau zwei Häuser. Im Hof waren Blumen gepflanzt. Der Leopard sprach zu ihr: »Bleib hier im Haus! Wenn du aus dem Schlaf erwachst, stehen Essen und Wasser für dich bereit. Du brauchst nur zu essen. Frage nicht nach dem, der es hingestellt hat!« So sprach der Leopard, ging fort und ließ die Frau allein.

Als es Nacht geworden war und die Frau schlief, schrak sie auf, weil ein Mann bei ihr auf dem Bett war. Aber als es Tag wurde, sah die Frau niemanden mehr. Während sie sich darüber wunderte, wurde sie schwanger und gebar das Kind schon in der nächsten Nacht. Als sie es gebar, war es dunkel im Haus, so daß sie den, der das Kind fortnahm, nicht sehen konnte. Sie lebte nun wie vorher und wurde noch einmal schwanger. Wieder gebar sie in der darauffolgenden Nacht, und wieder nahm jemand das Kind, ohne daß sie ihn sah.

Eines Tages kam der Leopard. Sie sagte ihm, daß sie ihren Vater und ihre Mutter besuchen wolle. Der Leopard war einverstanden. Er schärfte ihr aber ein: »Wenn du zurückkommst, so bring kein Messer und kein Feuerzeug mit! Komm mit leeren Händen zurück!« Die Frau begab sich zu ihren Eltern. Dort erzählte sie ihrer Mutter, daß ihr Mann sich in einen Leoparden verwandelt habe und daß nachts ein Mann bei ihr auf dem Bett gewesen wäre, den sie, als es hell geworden war, nicht mehr gesehen hätte. Ihre Mutter riet ihr: »Wenn du wieder fortgehst, nimm ein kleines Messer und ein Feuerzeug mit!« Die junge Frau entgegnete: »Nein! Mein Mann hat mir gesagt, ich soll nichts mitbringen.« Aber die Mutter rief aus: »Dieses Kind! Du bist närrisch! Du tust am besten so, wie ich dir sage.« Sie gab ihr ein Feuerzeug und ein Messer und erklärte ihr: »Nimm das Messer und steck es neben dein Bett! Wenn er in der Nacht kommt, wird er sich damit in den Fuß stechen. Dann hör gut zu, wie er schreit. Wenn er so schreit: ›Au, au‹, so weißt du, daß er ein Mensch ist. Schreit er aber so: ›Hu, Hu‹, so weißt du, daß es ein Tier ist.«

Die Frau tat, wie ihre Mutter gesagt hatte, und steckte das Messer neben ihr Bett. Ihr Mann kam, stach sich in den Fuß und schrie: »Au, au!« Da wußte seine Frau, daß er ein Mensch war. Der Mann jedoch wurde zornig und fragte: »Warum hast du das getan? Habe ich dir nicht gesagt, du sollst kein Messer mitbringen?« Als die Frau das hörte, fing sie an zu weinen, ergriff den Fuß ihres Mannes und gestand ihm ihre Schuld. Er sagte: »Tu das niemals wieder!«

Zwei Monate waren vergangen, da kam der Mann eines Nachts wieder und legte sich zu seiner Frau aufs Bett. Nach einer Weile erwachte die Frau, als sie das Schnarchen hörte, stand auf und schlug Feuer und leuchtete auf das Bett. Da entdeckte sie, daß ihr Mann wunderschön aussah. Sie sprang auf und faßte nach ihrem Mann. Er fuhr aus dem Schlaf, schlug sich an die Brust und rief: »Lösch das Feuer, lösch das Feuer!« Zornig fragte er: »Warum hast du das getan?«, ging noch in der Nacht fort und ließ die Frau allein zurück.

Am Morgen trat die Frau aus dem Haus – kein Wasser war geholt, zu essen war auch nichts vorbereitet. So saß sie nun da, ohne alle Mittel. Sie fing wieder an zu weinen: »Meine Mutter hat mich betrogen, meine Mutter hat mich betrogen!« Dann erhob sie sich und machte sich auf die Wanderschaft, um den Leoparden zu suchen. Sie lief und lief, stieg schließlich auf einen Berg, sah dort ein Haus, und als sie hineinkam, da war es das Haus, in dem sich der Leopard aufhielt. Der Leopard hatte aber eine Braut. Da fragte die Frau die Schwiegermutter des Leoparden nach Arbeit. Die Schwiegermutter wollte wissen, welche Art Arbeit sie suche. Die Frau antwortete: »Welche Arbeit du mir auch gibst, ich werde sie annehmen.« Die Schwiegermutter schlug sie ständig, alle Tage, und der Leopard ließ es geschehen.

Nach sechs Monaten verkündete die Schwiegermutter, sie werde ihre Arbeiterin nun umbringen. Als der Leopard das hörte und auch sah, wie die Frau leiden mußte, wurde er furchtbar traurig, denn er hatte sein Frau sehr geliebt. Er überlegte, wie er sie retten könnte. Schließlich tötete er die Schwiegermutter und auch seine Braut. Dann ging er zusammen mit seiner Frau fort.

Als die Frau aus dem Haus trat, liefen zwei Kinder herbei, die sie freudig begrüßten. Das eine sagte: »Mutter, bist du da?« Sie konnte kaum antworten. Da sprach ihr Mann: »Das sind unsere Kinder, du hast sie geboren. Weißt du nun, wohin Ungehorsam führt?« – »Ja«, erwiderte die Frau, »meine Mutter hat mir schlecht geraten. Jetzt habe ich meine Zunge abgerieben.«

Der Schuster und die vierzig Räuber

Es waren einmal ein Mann und eine Frau, die waren sehr arm. Da machte sich der Mann eines Tages auf und ging in eine andere Stadt. Dort nähte er Schuhe, und das Geld floß ihm reichlich zu. So konnte er wieder nach Hause zurückkehren. Unterwegs hörte er vierzig Räuber laut redend näherkommen. Der Mann hatte sich in jener Stadt ein Pferd gekauft und fürchtete nun, daß die Räuber ihm sein Geld wegnehmen würden. Er steckte dem Pferd einige Münzen in die Ohren, und da waren die Räuber auch schon heran.

Sie fragten ihn: »Was hast du bei dir?« Der Mann beteuerte, daß er nichts bei sich hätte, nur das Pferd. »Steig ab!« forderten ihn die Räuber auf. »Aber warum denn?« erwiderte er und gab dem Pferd einen Schlag. Das Pferd machte einen Satz, und die Münzen, die ihm der Mann in die Ohren gesteckt hatte, fielen auf die Erde. »Woher kommt das Geld?« Wollten die Räuber wissen. Der Mann sagte: »So ist mein Pferd nun einmal. Wenn es schnell läuft, verliert es immer Geld.« Da verlangten die Räuber, er solle ihnen das Pferd verkaufen. Der Mann aber weigerte sich. Wenn er einmal kein Geld hätte, stiege er aufs Pferd. Beim schnellen Lauf verlöre es viel Geld, das hebe er auf und kaufe sich Sachen dafür. Überließe er das Pferd ihnen, was sollte er dann in der Not tun? Die Räuber erhoben nun ein großes Geschrei. Und so verkaufte der Mann ihnen das Pferd schließlich für einen Sack Geld. Dabei sagte er: »Jeder soll das Pferd eine Woche reiten, aber sprecht erst dann darüber, was das Pferd tut, wenn alle geritten sind.«

Eines Tages saßen die Räuber beisammen und redeten miteinander: »Was hat das Pferd getan?« fragte einer den anderen. »Bist du geritten, ist Geld heruntergefallen?« Der eine sagte nein, der andere sagte nein. Da verabredeten sie, jenem Mann das Pferd zurückzubringen.

Als der Mann sie kommen hörte, überlegte er bei sich, daß sie wohl kämen, um ihn zu töten. Er rief seine Frau und trug ihr auf: »Wenn diese Leute kommen, werde ich mich hinter dem

Haus verstecken.« Während er das sagte, setzte er einen kleinen Hund ins Haus und fügte hinzu: »Fragen sie: ›Wo ist denn dein Mann?‹, dann antworte: ›Er ist spazierengegangen.‹ Sage ihnen ferner, sie brauchten sich nicht zu bemühen, du schicktest den kleinen Hund, mich zu rufen.«

Die Frau gab dem kleinen Hund einen Klaps und befahl ihm: »Geh und rufe den Vater!« Der Mann hörte das, kam und begrüßte die Räuber. Sie fragten, wer ihn gerufen habe, und er antwortete: »Der kleine Hund rief mich.« Die Räuber wunderten sich: »Was, ein Hund als Bote? Verkaufe ihn uns!« Aber der Mann sagte nein. Dieser Hund wäre ihm wie sein eigenes Kind. Die Räuber erhoben ein großes Geschrei. Da verkaufte er ihnen den Hund für einen Sack Geld. Dabei forderte er: »Jeder soll den Hund eine Woche bei sich haben. Was der Hund tut, darf aber keiner seinen Gefährten erzählen, bis der Hund bei allen gewesen ist.«

Eines Tages saßen die Räuber wieder beisammen und fragten einander: »Hast du den Hund geschickt? Ist er gegangen?« Der eine sagte nein, der andere sagte nein. Da nahmen sie den Hund und brachten ihn dem Mann zurück. Der rief seine Frau und sprach: »Ich werde bald sterben. Bleib zu Hause und laß es dir gut gehen!« Als er sich so verabschiedet hatte, steckten ihn die Räuber in einen Sack, nähten die Öffnung zu und nahmen ihn mit, um ihn ins Wasser zu werfen. Unterwegs wurden sie müde, und die Müdigkeit wurde schließlich so groß, daß sie sich auf die Erde legten und einschliefen.

Ein anderer Dieb hatte ein Schwein und Stoff gestohlen. Der Mann in dem Sack hörte das Schwein bei dem Dieb quieken. Nun begann er heftig zu weinen und klagte: »Sie wollen, daß ich die Tochter eines Häuptlings heirate, aber das will ich auf keinen Fall.« Der Dieb fragte ihn: »Bist du närrisch? Ich heirate die Häuptlingstochter!« Er band den Sack auf, der Mann kroch heraus, der Dieb schlüpfte hinein, und der Mann band den Sack wieder zu.

Als die Räuber aus dem Schlaf erwachten, glaubten sie, es wäre noch jener Mann in dem Sack, dabei war es inzwischen ein anderer. Sie hoben den Sack auf und warfen ihn ins Wasser. Die Räuber warteten noch einen Tag und sagten dann zueinan-

der: »Dieser Mann ist sehr klug. Laßt uns in sein Haus gehen und nachsehen, ob er dort ist oder ob wir ihn so ins Wasser geworfen haben, daß er nun tot ist.«
Als sie hinkamen, erblickten sie den Mann in seinem Haus. Da fragten sie: »Wir haben dich doch ins Wasser geworfen. Wie kommst du hierher?« Er lachte und sprach: »Ihr seid wirklich dumm! Ihr habt mich ja in das Wasser meines Ahnen geworfen. Kommt und seht euch das Schwein an, das er mir gab, und den Stoff! Er hat mir gesagt, wenn ich etwas brauche, solle ich nur kommen. Geld ist dort reichlich vorhanden.«
Als die Räuber das hörten, staunten sie und baten den Mann: »Können wir uns nicht zusammen zu deinem Ahnen begeben?« Der Mann war einverstanden und versicherte: »Wenn wir zu ihm gehen, werdet ihr mit viel Geld zurückkommen.« Aber er stellte noch folgende Bedingung: »Wer von euch zuerst ins Wasser geht, soll nicht eher herauskommen, bis alle hineingegangen sind.« Sein Ahne gäbe ihnen dann die Sachen, die sie sich wünschten. Die Räuber stiegen einer nach dem anderen ins Wasser und kamen alle um. Der Mann aber kehrte vergnügt nach Haus zurück.

Warum Sonne und Mond einander meiden

Sonne und Mond waren früher einmal Freunde. Eines Tages aber sprach die Sonne zum Mond: »Wir sind im Laufe der Jahre recht schmutzig geworden. Ich finde, es wäre gut, einmal wieder zu baden.« – »Recht hast du«, meinte der Mond, »ich mache mit!« Darauf schlug die Sonne vor: »Ich bade im Oberlauf des Flusses und du im Unterlauf. Wenn du das Wasser zischen und brodeln hörst, weißt du, daß ich hineingestiegen bin.« Der Mond war einverstanden. Da wanderte die Sonne flußaufwärts zu der bezeichneten Stelle und befahl ihren Leuten, Brennholz zu schlagen und herbeizuschaffen. Andere erhielten den Auftrag, Termitenbauten zusammenzutragen. Nachdem beides geschehen war, hieß die Sonne sie ein großes

Feuer entfachen und die Termitenbauten hineinwerfen. Die rotglühenden Termitenbauten mußten die Leute dann auf Befehl der Sonne ins Wasser schleudern. Das gab nun ein gewaltiges Zischen und Brodeln. Dampf stieg auf und erfüllte weithin die Luft.
Als der Mond das sah und hörte, glaubte er, die Sonne hätte entsprechend ihrer Vereinbarung gehandelt, und stieg mit allen seinen Leuten in den Fluß. Sogleich überlief ihn ein kalter Schauer und – alle Wärme und aller Glanz waren verschwunden. Traurig stieg der Mond aus dem Wasser.
Bald darauf rief die Sonne ihm zu: »Bist du fertig?« Und der Mond antwortete: »Es ist alles erledigt.« – »Wir wollen zur Stadt zurückkehren«, meinte nun die Sonne. Sie erschien mit ihren Begleitern in strahlendem Glanz, wärmer und herrlicher leuchtend als je zuvor.
Als der Mond das sah, wurde er noch trauriger und fragte die Sonne: »Warum hast du mich betrogen?« – »Warum hast du denn nicht ein wenig überlegt?« erwiderte sie. »Du hast mich betrogen«, beharrte der Mond. Aber die Sonne entgegnete nur: »Ach, hör schon auf!«
Fünfzig Jahre waren seitdem vergangen. Die Sonne hatte die alte Geschichte längst vergessen, nicht aber der Mond. Eines Tages bemerkte er zur Sonne: »Warum sind unsere Leute in letzter Zeit nur so aufsässig? Sie gehorchen gar nicht mehr so wie früher!« – »Das macht mir ebenfalls Sorgen«, erwiderte die Sonne. »Wäre es nicht am besten«, schlug darauf der Mond vor, »wir töten unsere Leute?« Die Sonne war einverstanden, und der Mond bestimmte nun: »So gehe ich flußaufwärts und töte dort meine Leute, du aber gehst flußabwärts und bringst deine Leute dort um.«
Als die vereinbarte Zeit herangekommen war, begab sich jeder an den bezeichneten Platz. Der Mond befahl seinen Leuten: »Fertigt schnell so viele Rotkugeln, wie ihr könnt, mehr als tausend!« Als das geschehen war, ordnete er an: »Werft sie alle ins Wasser.« Da färbte sich das Wasser rot wie Blut. Die Sonne sah das rote Wasser heranfließen und glaubte, der Mond hätte das Vorhaben ausgeführt. Da brachte sie alle ihre Leute um.
»Sind deine Leute tot?« rief ihr der Mond zu. Und die Sonne

antwortete: »Ja, sie sind tot.« – »Hast du auch keinen vergessen?« vergewisserte sich der Mond noch einmal. »Nicht einer ist mehr am Leben«, erklärte die Sonne. »Wir wollen jetzt zur Stadt zurückkehren«, rief nun der Mond, »ich bin ebenfalls soweit.«
Als die Sonne den Mond mit allen seinen Leuten kommen sah, fragte sie ihn: »Warum hast du mich betrogen?« Der Mond entgegnete: »Findest du denn so etwas nicht schön?« – »Keineswegs!« gab die Sonne zur Antwort, »du hast sehr böse gehandelt!« – »Nein, ich habe durchaus nichts Unrechtes getan!« erwiderte ihr der Mond. »Hast du vergessen, was du mir vor Jahren zugefügt hast?« Die Sonne erklärte, sie könne sich nicht mehr daran erinnern. Da sprach der Mond: »Ich ziehe meine Bahn, aber ich leuchte nicht mehr warm wie einst, weil du mich betrogen hast. Heute nun traf dich die Vergeltung: Du hast all deine Leute getötet und mußt jetzt allein deine Bahn ziehen. Ich aber habe ein großes Gefolge. Darüber freut sich mein Herz.«
Seit dieser Zeit meiden Sonne und Mond einander.

Warum der Leopard Ziegen frißt

Früher waren Leopard und Ziege Freunde, aber wegen ihrer harten Stirn und ihrer Hörner fürchtete der Leopard die Ziege auch und war stets darauf bedacht, sich ihre Freundschaft zu erhalten. Eines Tages schlug er der Ziege vor: »Wir sollten zum Schmied gehen und uns Hacken für die Feldarbeit anfertigen lassen.« Die Ziege war einverstanden und meinte: »Geh du voraus, ich komme morgen nach.« Der Leopard machte sich also auf den Weg und traf den Schmied auch an. Der aber bat: »Hilf mir erst bei der Feldarbeit.« Der Leopard stimmte zu, und gemeinsam arbeiteten sie fleißig auf dem Feld. Als sie ins Dorf zurückkehrten, kochte die Frau des Schmiedes Fleisch und setzte es dem Leoparden vor.
Nun begann der Schmied, die Hacken anzufertigen. Als er das

Eisen ins Feuer legte, sahen sie die Ziege kommen. Der Leopard fürchtete sich so sehr, daß er zum Schmied sprach: »Leg meine Hacke weg, mach zuerst eine Hacke für die Ziege.« Der Schmied erfüllte ihm die Bitte. Der Ziege aber war schon die Hitze des Feuers unbehaglich, und als der Schmied dann noch kräftig mit dem Hammer auf das glühende Eisen schlug, so daß die Funken nur so stoben, lief sie erschrocken hinaus, so sehr fürchtete sie sich vor dem Feuer. »Daß die Ziege so furchtsam ist«, wunderte sich der Leopard, »hätte ich nicht gedacht. Ich hielt sie immer für sehr stark.« Und an den Schmied gewandt, fuhr er fort: »Leg die Hacke für die Ziege nur beiseite und mach meine zuerst fertig.« Da fragte der Schmied: »Warum plagst du mich denn so, erst dies, dann das!« – »Ich plage dich doch nicht«, entgegnete der Leopard, »ich möchte mich nur nicht noch zwei Tage hier aufhalten.«
Der Schmied legte also die Hacke für die Ziege beiseite und schob die für den Leoparden ins Feuer. Er arbeitete fleißig und hatte bald zwei Hacken für den Leoparden angefertigt. Der nahm sie und ging davon. Nun arbeitete der Schmied an den Hacken für die Ziege. Als drei davon fertig waren, verabschiedete sich die Ziege und machte sich auf den Heimweg. Was sie nicht wußte, war, daß der Leopard ihr auflauerte. Etwas abseits vom Wege lag er versteckt und wartete. Kaum war die Ziege heran, sprang er vor und packte sie. Zehn Wunden riß er ihr an Armen und Beinen. Die Ziege schrie ganz fürchterlich. Das hörte der Schmied und eilte mit seinen Leuten herbei. Der Leopard sah ihn kommen, griff sich die drei Hacken der Ziege und floh in den nahen Wald. Als der Schmied und seine Leute die Ziege so schwer verwundet fanden, fragte man sie: »Wer hat dir das angetan?« – »Der Leopard«, antwortete die Ziege. Nun kamen noch andere Leute hinzu. Sie betrachteten die Ziege genauer und sagten: »An den Armen und Beinen hat der Leopard die Ziege verletzt, hätte er sie auch gewürgt, sie wäre nicht mehr am Leben!« Der Leopard, der sich in der Nähe versteckt hatte, hörte die Worte und dachte bei sich: ›Sieh an, die Menschen würgen die Tiere. Das versuche ich auch. Das nächste Mal werde ich die Ziege an der Gurgel packen.‹

Die Wunden der Ziege waren bald geheilt, und so machte sie sich eines Tages auf den Weg zu ihrem Feld. Der Leopard lag auf der Lauer. Als die Ziege arglos daherkam, sprang er vor, packte sie an der Gurgel und würgte sie. Die Ziege war gleich tot. Der Leopard schleppte sie in den Wald und fraß sie dort auf. Er merkte, wie gut das Ziegenfleisch schmeckte, und ging von nun an öfters aus, um Ziegen und Zicklein zu erjagen. Seinen Jungen aber schärfte er ein: »Wollt ihr ein Tier fangen, packt es am Hals. Bekommt ihr es dort zu fassen, verliert es all seine Kraft!« Das blieb seither festes Gesetz für den Leoparden und alle seine Verwandten.

Wie es dem Leoparden erging

Der Tukur, der Leopard und noch andere Tiere gingen einmal zum Spiel. Ein Mädchen, das sie dort trafen, verliebte sich in den Tukur, und er nahm es zur Frau. Nach einiger Zeit bat der Tukur die Zwergantilope: »Bring doch meine Frau zu mir ins Dorf.« Und so machten sich die Zwergantilope und die junge Frau auf den Weg. Auf einem Berg begegneten sie dem Leoparden. »Her mit deinem Fell und dem von der Frau des Tukurs!« herrschte er die Zwergantilope an. Da fuhr den beiden der Schreck in die Glieder.

Ungefähr zu der Zeit war es dem Tukur eingefallen, seiner Frau zu folgen. Auf jenem Berg hatte er sie eingeholt und fragte: »Was tust du denn hier?« – »Der Leopard will uns nicht vorbeilassen«, antwortete ihm die Verängstigte. Da hob der Tukur, der einen Felsspalt erblickt hatte, drohend seinen Speer und schleuderte ihn dort hinein. Der Leopard wandte sich zur Flucht. Ein paar faule Eier, die der Tukur ihm nachwarf, trafen ihn im Genick. Als er mit der Pfote dorthin faßte und den üblen Geruch wahrnahm, flüchtete er Hals über Kopf in einen hohlen Baumstamm und von dort auf den Baum. Rasch verstopfte nun der Tukur die Öffnung mit Laub, so daß dem Leoparden dieser Weg versperrt war, und rief ihm dann zu: »Meinen Speer lasse ich hier stecken. Springst du herunter, bist du ein toter Mann, bleibst du oben, stirbst du ebenfalls!« Danach zog der Tukur sich zurück.

Nach einer Weile sah der Leopard eine Zibetkatze mit ihren vier Jungen des Weges kommen. »Sei doch so gut und zieh den Speer heraus«, bat er sie flehentlich, »damit ich herunterspringen kann.« Die Zibetkatze tat ihm den Gefallen, und mit einem Satz war der Leopard wieder auf dem Boden. »Bleib, wo du willst!« rief die Zibetkatze ihm nun zu, »laß mich mit meinen Jungen in Ruhe.« Der Leopard aber entgegnete: »Nein, nein! Wir gehen zusammen.« Sprach's und verschlang sogleich zwei der vier Jungen. Und es dauerte nicht lange, da hatte er auch die beiden anderen aufgefressen. Die Zibetkatze floh, und der Leopard verfolgte sie.

Auf ihrer Flucht traf die Zibetkatze den Tukur. »Verkriech dich in diesen Spalt«, riet er ihr. Und kaum war die Zibetkatze hineingeschlüpft, war der Leopard heran und fragte: »Wo ist meine Beute!« Der Tukur zeigte ihm das Versteck und schlug vor: »Hol ein Stück Holz, wir machen Feuer und braten die Zibetkatze.«

In der Abwesenheit des Leoparden knüpfte der Tukur eine feste Schlinge und reichte sie der Zibetkatze mit den Worten: »Wenn der Leopard seine Pfote in den Spalt steckt, halt sie mit der Schlinge fest.« Bald war der Leopard wieder zurück, langte in den Spalt, um die Zibetkatze zu erwischen, aber die fing seine Pfote in der Schlinge und hielt fest, während der Tukur dem Leoparden einen Keulenschlag auf den Kopf gab. Aber bei diesem Schlag riß der Leopard seine Pfote mit einem so kräftigen Ruck aus der Schlinge, daß er den Tukur zu Boden stieß.

Erschrocken heuchelte nun der Tukur: »Was dir zustößt, sei auch mein Los. Versuch doch noch einmal, die Zibetkatze zu packen, damit wir ihr den Garaus machen können.« Der Leopard fiel darauf herein und folgte dem Vorschlag des Tukurs. Diesmal aber hatte die Zibetkatze den Leoparden fest in der Schlinge, und der Tukur versetzte ihm einen solchen Schlag mit der Keule, daß er tot war.

Wie der Sporenkuckuck den Löwen beschämte

Der Sporenkuckuck und der Löwe waren Freunde. Eines Tages schlug der Sporenkuckuck seinem Freund vor: »Wir sollten eine Reise unternehmen und uns jeder eine Frau suchen.« – »Da hast du recht«, stimmte der Löwe zu, und sie traten die Reise an. Fünfzehn Tage waren sie unterwegs, bis sie in dem Dorf, das ihr Ziel war, eintrafen. Einen Monat hielten sie sich dort auf, der Sporenkuckuck nahm sich eine Frau und der Löwe heiratete ebenfalls.

Als die vier Wochen vergangen waren, meinte der Sporenkuckuck: »Wir sollten in unser Dorf zurückkehren.« – »Gewiß«, erwiderte der Löwe, »aber es wäre gut, eine Nachricht vorauszuschicken, damit zu unserem Empfang Bier bereitet wird.« – »Es ist nur kein Bote da«, überlegte der Sporenkuckuck, »wer könnte wohl die Nachricht überbringen?« – »Ich kann meine Stimme erheben«, schlug der Löwe vor. – »Sollte deine Stimme wirklich bis in dein Dorf dringen?« Der Sporenkuckuck zweifelte. »Aber gewiß!« versicherte ihm der Löwe. »Ich glaube, du lügst«, sagte da der Sporenkuckuck, »mein Ruf dringt bis ins Dorf, dir wird das nicht gelingen.«

Der Löwe wollte es nun auf einen Versuch ankommen lassen. Er ließ ein gewaltiges Brüllen ertönen – es verhallte ohne Antwort. Nun rief der Sporenkuckuck: »Ku-kuck!« Die Angehörigen seiner Sippe gaben den Ruf weiter, so daß er in einem Tag das Dorf erreichte. Noch zwei Mal brüllte der Löwe, so laut er konnte, aber aus seiner Sippe war niemand in der Nähe, der den Ruf gehört hatte und weitergeben konnte. Beim Sporenkuckuck hatte ein einziger Ruf genügt, seine Frauen begannen Bier zu brauen.

Löwe und Sporenkuckuck machten sich nun auf den Weg und langten nach fünfzehn Tagen wieder an der Stelle an, wo ihre Wege sich trennten. Der Löwe forderte den Sporenkuckuck auf, doch mit ins Löwendorf zu kommen. Aber der Sporenkuckuck erklärte: »Es ist besser, wir gehen erst zu mir«, und der Löwe willigte schließlich ein. Nun ließ der Sporenkuckuck sein

›Ku-kuck‹ noch einmal in Richtung seines Dorfes ertönen, seine Leute hörten es und zogen ihm in großer Schar zur Begrüßung entgegen. Sie geleiteten Löwe und Sporenkuckuck ins Dorf, wo Bier und Speisen bereitstanden.
Zwei Tage später begaben sich die beiden ins Dorf des Löwen. Aber als sie dort eintrafen, befanden sich alle Leute auf dem Feld, es war die Zeit der Maisernte. Niemand war zum Empfang erschienen, und Bier war auch nicht gebraut worden. Da schämte sich der Löwe furchtbar, und als die Leute endlich vom Feld heimkehrten, fragte er: »Warum habt ihr denn kein Bier gebraut?« – »Herr, einen Boten, der deine Ankunft angekündigt hätte, haben wir nicht gesehen«, erhielt er zur Antwort. »Hast du nicht behauptet, deine Stimme wäre so gewaltig, daß deine Leute sie bis hierher hören könnten?« fragte nun der Sporenkuckuck. »Warum haben sie denn dein Brüllen nicht vernommen?«
Da wäre der Löwe vor Scham am liebsten im Boden versunken.

Die gesattelte Hyäne

Eines Tages behauptete der Tukur, daß er die Hyäne zu seinem Pferd machen könne. Der Maulwurf hatte das gehört und hinterbrachte es ihr. Da trug die Hyäne ihm auf: »Bestell dem Tukur, er soll sich in fünf Tagen auf dem hohen Berg einfinden.« Der Maulwurf benachrichtigte den Tukur, und er erklärte, daß er kommen werde.
Nach fünf Tagen rief die Hyäne alle Tiere auf dem hohen Berg zusammen. Dort warteten sie auf den Tukur, aber der ließ sich nicht blicken. Schließlich verkündete die Hyäne, daß sie ihn holen wolle, und machte sich auch gleich auf den Weg.
Der Tukur, dem zu Ohren gekommen war, daß die Hyäne zu ihm unterwegs war, sprach zu seiner Frau: »Wenn die Hyäne nach mir fragt, sagst du, ich sei krank.« Nicht lange danach traf die Hyäne im Dorf des Tukurs ein und erkundigte sich nach ihm. »Der Tukur ist krank«, teilte ihr dessen Frau mit. Da trat

die Hyäne ins Haus des Tukurs und mahnte ihn: »Die Zeit ist um!« Der Tukur klagte nun, daß er zu schwach sei und nicht gehen könne. »Macht nichts, ich werde dich tragen«, erbot sich da die Hyäne. Mühsam erhob sich der Tukur und meinte: »Gut wär's, wenn ich dich satteln und dir Zaumzeug anlegen würde.« Die Hyäne hatte nichts dagegen, und so sattelte der Tukur sie und legte ihr Zaumzeug an. Kaum war er damit fertig, begann der Tukur von neuem zu sprechen: »Meinen Mantel sollte ich anziehen, den Helm aufsetzen und die Sporen anlegen.« Auch dagegen erhob die Hyäne keinen Einwand, und so erschien der Tukur kurz darauf in dieser Aufmachung. »Aber eine Peitsche fehlt noch«, fügte er jetzt hinzu, »denn du wirst viel schneller laufen, wenn ich dich damit ein wenig traktiere.« Und so griff er nach seiner Peitsche, schwang sich auf den Rücken der Hyäne und schlug so heftig auf sie ein, daß die Hyäne schnell wie ein Pferd davonjagte. Bald hatten sie den Platz erreicht, auf dem die Tiere versammelt waren. Da stieß der Tukur der Hyäne die Sporen so tief in den Leib, daß die Hyäne sich aufbäumte und lief und lief – bis sie tot umfiel. Nun schleppte der Tukur die Hyäne in sein Haus, und der Tukur und seine Frau hatten eine reichliche Mahlzeit.

Der Tukur und der Falke oder Lügen haben kurze Beine

Der Tukur besuchte einmal seinen Freund, den Falken. Um ihn gebührend bewirten zu können, flog der Falke rasch in den Wald, Perlhühner zu fangen. Er streute Durrha auf den Boden und ließ sich dann auf dem nächsten Baumwollbaum nieder. Es dauerte nicht lange, da sammelten sich die Perlhühner und fraßen von der Durrha. Der Falke stieß herab und erbeutete zwei von ihnen. Ins Dorf zurückgekehrt, trug er seiner Frau auf, die Perlhühner zu kochen. Der Tukur verzehrte alle beide und lud darauf den Falken ein: »Besuch mich doch in zwei Tagen auch einmal!«

Als die beiden Tage vorüber waren, begab sich der Falke zum

Tukur. »Gedulde dich ein Weilchen«, bat der Tukur seinen Gast und lief in den Wald, um ebenfalls Perlhühner zu fangen. Wie der Falke streute auch er Durrha auf den Boden und kletterte dann auf einen Baumwollbaum. Kaum sah er die Perlhühner kommen, sprang er herunter, aber die Perlhühner stoben erschrocken davon, und der Tukur ging leer aus.
Ärgerlich über seinen Mißerfolg kehrte er zum Falken zurück und behauptete: »Perlhühner gibt es nicht mehr.« – »Das glaube ich nicht«, erwiderte der Falke, »es gelingt dir nur nicht, sie zu fangen, weil du nicht fliegen kannst. Aber warum denkst du dir deshalb Lügen aus? Warte, ich werde Perlhühner holen – dann aber kehre ich in mein Dorf zurück.« Er fing drei Perlhühner, brachte sie dem Tukur und sprach: »Da siehst du es, drei Perlhühner habe ich erbeutet. Aber mit unserer Freundschaft ist es vorbei. Mit einem Lügner will ich nicht länger befreundet sein!«

Das Mädchen und die Kröten

In einem Dorf lebte einmal eine Mutter mit ihrer Tochter. Eines Tages wollte die Mutter aufs Feld gehen. Sie gab ihrer Tochter Mais und sagte: »Mahle ihn.« Außerdem schüttete sie Kerne hin, die sollte das Mädchen reiben, und schließlich reichte sie ihr noch einen Krug, darin sollte sie Wasser holen.
Zuerst ging das Mädchen Wasser schöpfen. Als sie mit dem Wasserkrug ins Haus trat, sprang eine Kröte hinein. Das Mädchen holte die Kröte heraus, aber nach kurzer Zeit saß die Kröte doch wieder im Wasser. Nun fing das Mädchen die Kröte und schnitt sie in zwei Teile. Da krochen auf einmal viele, viele Kröten heran. Da ließ die Kleine den Wasserkrug stehen und lief aus dem Haus. Sie lief und lief, da begegnete ihr der Leopard und fragte: »Was hast du denn?« – »Die Kröten sind hinter mir her«, antwortete das Mädchen. »Setz dich zu mir«, beruhigte der Leopard es, und das Mädchen setzte sich. Da kamen auch schon die Kröten und fragten den Leoparden: »Hast du nicht ein Mädchen gesehen?« Kaum hatte die Kleine das ge-

hört, floh sie weiter. Die Kröten fielen nun über den Leoparden her und bissen ihm alle Zähne aus. Da machte auch der Leopard, daß er fort kam.
Das Mädchen traf nach einiger Zeit den Büffel, und auch der fragte: »Was fehlt dir?« – »Es kommen so viele Kröten, die wollen mich fangen«, berichtete das Mädchen. Da lud der Büffel das Kind ein: »Komm, setz dich.« Ein wenig später sah der Büffel die Kröten von allen Seiten anrücken. Sie fingen ihn und gruben ihm beide Hörner aus. Da lief der Büffel fort.
Das Mädchen hatte sich längst zur Flucht gewandt und lief nun dem Elefanten über den Weg. »Was gibt es?« erkundigte sich der Elefant, und das Mädchen erklärte: »Die Kröten verfolgen mich.« Da forderte auch der Elefant die Kleine auf: »Setz dich, das möchte ich mir ansehen.« Aber als all die Kröten ankamen, vom Elefanten wissen wollten, ob er nicht ein Mädchen gesehen hätte, und ihm seine beiden großen Stoßzähne herauszogen, ergriff auch der Elefant die Flucht.
Das Mädchen war, kaum daß die Kröten ihre Frage an den Elefanten gestellt hatten, eilends davongerannt und wurde nun von einem Schwarm Webervögel angehalten, die sich erkundigten: »Weshalb rennst du denn so?« – »Die Kröten sind im Anmarsch!« gab das Mädchen zurück«, und die Webervögel riefen ihr zu: »Komm doch zu uns auf den Baum«. Da kletterte das Mädchen hinauf und ruhte sich auf einem Ast aus. Als die Webervögel sahen, wie viele Kröten da herankrochen, flogen sie auf und ließen das Mädchen allein. Schnell stieg die Kleine vom Baum und lief weiter. Endlich traf sie mit dem Turako zusammen. Wie die anderen fragte auch der Turako: »Warum beeilst du dich so?« und erfuhr darauf von den Kröten, die das Mädchen verfolgten. »Setz dich nur hin«, sprach der Turako, und als die Kröten kamen, spießte er eine nach der anderen auf und verschlang sie. Zwar blieben noch eine Menge übrig, aber die machten, daß sie fortkamen, als sie sahen, wie viele Kröten der Turako schon getötet hatte.
Der Turako fragte nun das Mädchen: »Woher kommst du?«, und die Kleine erzählte: »Aus dem Dorf komme ich, meine Mutter gab mir den Auftrag, Wasser zu holen. Ich habe eine

Kröte getötet, und sogleich kamen viele, viele Kröten und wollten mich umbringen.« Der Turako sagte darauf: »Kehr nun in dein Dorf zurück.« Und das Mädchen war gerettet.

Die zwei Hörner

Eine Hungersnot war ausgebrochen, und der Tukur sprach zu seiner Familie: »Ich gehe in die Steppe, um zu sterben, aber vielleicht finde ich auch eßbare Früchte.« Dann machte er sich auf den Weg. An einem Teich hörte er eine alte Frau lachen: »Ha, ha, ha!« Da warf der Tukur seine Angel ins Wasser und zog ein Horn heraus. Er betrachtete es eine Weile und sprach dann zu dem Horn: »Bist du ein Horn, das Essen kocht, dann koche für mich. Bist du aber ein Horn, das schlägt, so schlage mich.« Da kochte das Horn eine große Menge Essen, und der Tukur füllte sich nach Herzenslust den Magen. Als er satt war, steckte er das Horn in seinen Sack und kehrte ins Dorf zu seiner Frau zurück. Dort sprach er wieder zu seinem Horn: »Bist du ein Horn, das Essen kocht, dann koche für meine Frau.« Das Horn kochte, und alle aßen und aßen, bis sie genug hatten. Eines Tages, der Tukur war auf dem Feld, tauchte der Mekir im Dorf auf. Als er die Kinder des Tukurs so vergnügt spielen sah, fragte er: »Bei uns herrscht Hungersnot, wie könnt ihr da spielen, als ob nichts wäre?« Da erzählte der Junge des Tukurs: »Mein Vater hat etwas im Haus, das kocht uns Essen, soviel wir nur wollen.« Sofort trat der Mekir ins Haus des Tukurs, fand das Horn und sprach: »Bist du ein Horn zum Schlagen, dann schlage mich, bist du aber ein Horn, das Essen kocht, so koche mir etwas.« Das Horn kochte eine reichliche Mahlzeit, und der Mekir ließ es sich gut schmecken. Als er endlich satt war, nahm er das Horn an sich und lief in sein Dorf zurück.
Als der Tukur vom Feld zurückkam, suchte er vergeblich nach dem Horn. Da begab er sich wieder zu jenem Teich, warf seine Angel aus – und wahrhaftig, er holte wieder ein Horn heraus. Wie das erste redete er es an: »Bist du ein Horn, das schlägt, so schlage mich, bist du aber ein Horn, das Essen kocht, so koche

etwas für mich.« Da schlug das Horn so kräftig auf den Tukur ein, daß dieser schließlich ganz jämmerlich bettelte: »Ich bitte dich, laß ab von mir. Komm aber mit in mein Dorf und schlag meine Frau.« Das Horn ließ nun ab vom Tukur, und der steckte es in seinen Sack und kehrte ins Dorf zurück. Dort holte er das Horn hervor und sprach: »Bist du ein Horn zum Schlagen, so schlage meine Frau, meine Kinder und alle Leute hier im Dorf.« Da prügelte das Horn drauflos und ließ niemanden aus. Es schlug so lange auf die Frau des Tukurs, dessen Kinder und die anderen Dorfbewohner ein, bis der Tukur endlich gebot: »Es ist genug. Laß ab jetzt, aber noch jemand wird kommen, den du schlagen wirst.«
Nach einiger Zeit tauchte der Mekir wieder im Dorf des Tukurs auf und fragte den Jungen erstaunt: »Ihr spielt ja immer noch so vergnügt?« – »Weißt du denn nicht«, antwortete da der Sohn des Tukurs, »daß mein Vater wieder ein Horn hat, das Essen kocht, viel mehr als das erste?« – »Wo steckt es?« wollte der Mekir sofort wissen. »Am gleichen Platz wie das vorige«, gab ihm der Junge Auskunft. Der Mekir stürzte ins Haus, fand das Horn und sprach es sofort an: »Bist du ein Horn, das schlägt, so schlage mich. Bist du aber ein Horn, das Essen kochen kann, so koche mir etwas.« Da schlug das Horn mit voller Kraft auf den Mekir ein. Der ließ alle seine Sachen, auch das Horn, das er bei seinem ersten Besuch gestohlen hatte, liegen und lief davon, so schnell er konnte.

Der Mann und die Büffelfrau

Ein junger Mann arbeitete auf seinem Feld, da tauchte plötzlich eine Büffelherde auf und fraß von seinem Mais. Als der Mann die Büffel bemerkte, bat er: »Freßt den Mais auf dieser Seite des Feldes, laßt den auf der anderen Seite für mich übrig. Mein Vater, meine Mutter und auch mein Bruder geben mir nichts, und wenn ich Hunger habe, möchte ich von dem Mais essen.« Die Büffel hörten ihn an und schienen seiner Bitte Ge-

hör zu schenken, denn sie entfernten sich vom Feld und kehrten zum Wasser zurück. In Wirklichkeit aber waren die Büffel junge Mädchen, und nur wenn sie Mais haben wollten, verwandelten sie sich in Büffel.
Eines Tages sprach eines der Büffelmädchen zu seinem Vater und zu seiner Mutter: »In drei Tagen möchte ich fortgehen und einen Mann heiraten.« – »Gut, wir werden dir einen Mann suchen«, erklärten ihre Eltern und fügten hinzu: »Hast du dich aber in jenen jungen Mann verliebt, den wir auf dem Feld trafen, zu dem kannst du gehen.«
Zwei Tage später bereitete das Mädchen ein gutes Essen, Gemüse, Fleisch und Fufu, packte es in einen Korb und machte sich auf den Weg. Wie beim vorigen Mal traf sie den jungen Mann bei der Feldarbeit. Als er das Mädchen sah, forderte er sie auf: »Komm in mein Haus.« Das Mädchen folgte ihm und setzte ihm dort das Essen vor, das sie zubereitet hatte. Der junge Mann ließ es sich schmecken, aber das Mahl war so reichlich, daß er nicht alles aufessen konnte. Nun erkundigte sich das Mädchen, ob er noch Vater und Mutter habe. »Laß uns doch zu ihnen gehen«, schlug der junge Mann vor. Sein Vater und sein Bruder freuten sich, daß der junge Mann nun eine Frau hatte, und halfen ihm, ein großes Haus für sie zu bauen.
Als die Erntezeit herankam, heiratete der junge Mann noch eine zweite Frau. Eines Tages kochten die beiden Frauen für die Feldarbeiter. Die neue Frau hatte eine gute Soße bereitet, aber der Fufu war ihr nicht gelungen, die erste Frau dagegen hatte beides gut gekocht. Sie trugen nun das Essen aufs Feld. Unterwegs bat die erste Frau die zweite: »Gib ein Weilchen auf mein Essen acht, ich muß austreten gehen.« Die Frau versprach das, aber als die andere fort war, nahm sie deren Essen und lief fort. Die erste Frau kam zurück, merkte den Betrug und rief der Neuen nach: »Gib meinen Fufu zurück! Du hast das ja nur getan, weil deiner nicht so gut gelungen ist!« Ihr Mann, der das gehört hatte, schämte sich vor den anderen und stellte die erste Frau zur Rede: »Wie kannst du so etwas sagen! Jetzt soll die andere Hauptfrau sein, du aber bekommst zur Strafe Schläge.« Heftig schlug er auf sie ein. Als die Feldarbeiter das sahen, machten sie ihm Vorwürfe: »Warum tust du

das?« fragten sie. »Bevor dieses Mädchen zu dir kam, hattest du überhaupt keine Frau, und nun behandelst du sie so schlecht.«
Nach einiger Zeit gebar die erste Frau ein Kind und mußte daher längere Zeit zu Hause bleiben. Da schlug ihr Mann sie wieder. Sie ließ sich nun drei Flaschen und einen kleinen Krug bringen, füllte die Gefäße mit Muttermilch und sprach zu ihrer jüngeren Schwester, die mit bei ihr lebte: »Bleib mit dem Kind hier, ich will zu meiner Mutter zurückkehren, denn mein Mann liebt mich nicht mehr.« Danach ging sie weg.
Am Abend kochte die zweite Frau. Der Fufu war gut, die Soße aber schmeckte nicht. Als sie ihrem Mann die Mahlzeit gebracht hatte, rief der seine Freunde: »Kommt, ich lade euch zum Fufuessen ein.« Die Männer ließen sich nicht lange bitten. Aber als sie gekostet hatten, merkten sie, daß die Soße nicht gut bereitet war. Da sprachen sie zu ihrem Freund: »Du hattest eine Frau, die Fufu und Soße gleich gut kochen konnte, die Neue aber versteht sich nicht darauf.« Er erwiderte: »Es ist wahr, daß ich sie geschlagen habe, war nicht recht.«
Als die Muttermilch verbraucht war, nahm die Schwester der Frau das Kind und machte sich ebenfalls auf den Weg zu ihrer Familie. Am Fluß sang sie, um ihre Schwester herbeizurufen. Die hörte den Gesang und kam. »Dein Mann wird nachkommen«, teilte ihr die jüngere Schwester mit. »Ich weiß«, antwortete die ältere, »in vier Tagen werde ich wieder zurückkehren«. Sie wollte sich von der jüngeren Schwester verabschieden, aber die bestand darauf, mit ihr zu kommen, und so gingen beide hinunter ans Wasser.
Bald darauf kam auch der Mann. Als die Angehörigen seiner Frau ihn bemerkten, verwandelten sich alle in Büffel. Die junge Frau hob ihren Mann auf die Hörner und setzte ihn auf einem Baumast ab. Nun stießen die Büffel alle mit ihren Hörnern gegen den Baum, auf dem der Mann saß, aber er blieb oben. Lange rannten die Büffel so gegen den Baum, aber schließlich ließen sie davon ab und verwandelten sich wieder in Menschen. »Diesmal haben wir nur gespielt, also hab keine Angst«, sprachen sie und fuhren fort, »aber wir erlauben nicht, daß du die Frau schlecht behandelst!« – »Es ist wahr, ich habe

Unrecht getan«, bekannte da der Mann. »Es soll vergessen sein«, antworteten die Büffelleute. »Wenn du die Frau liebst, kehre mit ihr zurück.« – »Laßt mich noch zwei Tage bleiben«, bat der Mann. Zwei Tage später ging er mit seiner Frau wieder in sein Dorf, und kaum waren sie angekommen, entließ er die andere Frau.

Der kluge Enkel

Ein Junge bat einmal seine Großmutter um ein Messer, weil er Ruten schneiden wollte, aber die Großmutter gab ihm keins. Da nahm der Junge eine Scherbe und schnitt sich damit Ruten. Zu Hause überzog er sie mit einer klebrigen Masse und stellte sie dann im Gras auf. Bald war ein Vogel daran kleben geblieben. Der Junge brachte ihn nach Hause und bereitete ihn zu. Die Großmutter aber nahm sich den Vogel und aß ihn einfach auf. Da sprach der Junge zu ihr: »Als ich dich um ein Messer bat, hast du mir keins gegeben. Wie kannst du da jetzt meinen Vogel essen? Du mußt ihn mir bezahlen!« Da schenkte die Großmutter dem Jungen ein Messer.

Mit seinem Messer begab sich der Junge auf eine Reise. Unterwegs traf er Männer, die dabei waren, ein Flüßchen zu stauen. Sie hatten aber nur stumpfe Pflöcke. »Warum wollt ihr das Wasser mit diesen stumpfen Pflöcken stauen. Nehmt mein Messer und spitzt sie an.« Die Leute ließen sich das Messer geben, spitzten die Pflöcke an, aber nach einer Weile zerbrach es. Da sagte der Junge: »Ihr habt mein Messer zerbrochen und müßt es mir nun bezahlen.« Da schenkten ihm die Leute Trinkwasser, und der Junge setzte seinen Weg fort.

Bald darauf traf er andere, die sammelten eßbare Früchte. Die Leute waren schrecklich durstig, hatten aber kein Wasser dabei. Der Junge bot ihnen an: »Ihr dürft ein wenig von meinem Wasser trinken.« Aber die Leute tranken alles, was er hatte. Da forderte der Junge: »Nun bezahlt mir das Wasser!« Und er erhielt als Entschädigung etwas von ihren Früchten.

Beim Weitergehen beobachtete der Junge Vögel, die an Früchten herumpickten, und er sprach zu ihnen: »Warum gebt ihr euch mit diesen halb vermoderten zufrieden, nehmt lieber ein paar von meinen.« Da stürzten sich die Vögel auf die Früchte des Jungen und hatten in kurzer Zeit alle verzehrt. »Ich habe euch erlaubt, ein paar Früchte zu essen, nicht alle! Nun bezahlt sie mir! Daraufhin holten die Vögel für den Jungen neue Früchte vom Baum und gaben sie ihm.

Der Junge lief weiter, bis er zu einem Hügel kam. Dort legte er sich nieder. Da kamen Jäger von der Jagd und waren sehr hungrig. Der Junge überließ ihnen einen Teil seiner Früchte, aber die Jäger aßen alle auf. »Jetzt bezahlt mir die Früchte«, forderte der Junge, und so erhielt er einen Schenkel von dem Schwein, das die Jäger erlegt hatten.

Auf seinem Weg begegnete der Junge nun einer alten Frau, die am Feuer saß und Salz trocknete. Der Junge legte die Schweinekeule zum Braten ins Feuer. Aber kaum war sie gebraten, aß die Alte sie auf. »Du hast mein Fleisch genommen«, schimpfte der Junge, »bezahl es mir!« Die alte Frau gab ihm von ihrem Salz als Ersatz für den Verlust.

Nun begegnete der Junge dem Wind, der dürre Blätter vor sich her trieb. »Du könntest ein wenig von meinem Salz verstreuen«, schlug der Junge dem Wind vor. Der ließ sich nicht lange bitten, und hui hatte er alles Salz weggeblasen. »Ich hatte gesagt: ›ein wenig‹, aber du hast alles fortgeblasen«, tadelte der Junge. »Bezahl jetzt!« Da rief der Wind einen anderen Wind herbei und gab ihn dem Jungen.

Die Frau des Häuptlings war dabei, Durrha zu reinigen, als der Junge mit seinem Wind vorbeikam und sie fragte: »Warum bläst du als Häuptlingsfrau die Hülsen selbst weg? Nimm doch meinen Wind zu Hilfe.« Im Nu blies der Wind Staub und Hülsen davon – und war ebenfalls verschwunden. »So war das nicht gemeint«, sagte da der Junge. »Bezahl mir den Wind!« Von der Frau des Häuptlings bekam der Junge reichlich Durrha als Entschädigung und setzte seinen Weg fort.

Da traf er Tauben, die dabei waren, alle möglichen Samen aufzupicken, und redete sie an: »Begnügt euch doch nicht mit dieser schäbigen Mahlzeit! Kostet von meiner Durrha.« Den Tauben aber schmeckte es so gut, daß sie bald alle Durrha aufgepickt

hatten, und als der Junge eine Bezahlung verlangte, gaben sie ihm eine Menge Ölsamen. Daraus preßte der Junge Öl und ging weiter.
Er kam in ein Dorf, in dem eine Frau gestorben war, und weil sie kein Öl hatten, rieben die Leute den Kopf der Toten mit Speichel ein. Der Junge bot ihnen Öl an, aber die Leute brauchten den gesamten Vorrat des Jungen auf. Als der Junge nun anderes Öl verlangte, luden sie ihm die Tote auf.
Der Junge wanderte mit dem Leichnam bis zum Rand eines anderen Dorfes. Dort lehnte er die Tote an einen Baum dicht neben einem Graben und begab sich in das Dorf. Die Bewohner waren beim Spiel. Da gab der Junge einem Mädchen den Auftrag: »Geh und ruf meine Frau. Sie wartet draußen an der Straße. Ihr Name ist Mawum.« Das Mädchen rief die Frau, die an dem Baum lehnte: »Mawum! Mawum!« und schüttelte sie, weil sie keine Antwort gab. Da fiel die Tote in den Graben. Erschrocken eilte das Mädchen zu dem Jungen und berichtete: »Deine Frau ist in den Graben gefallen!« – »Oh, warum hast du das getan!« klagte der Junge. »Jetzt muß dein Vater sie mir bezahlen!« Der Vater bot seine Tochter als Gegengabe an. Der Junge war zufrieden und kehrte mit einer Frau zu seiner Großmutter zurück.

Der gutmütige Junge und die zahnlose Alte

Ein Junge war aufs Feld gegangen, um Süßkartoffeln auszugraben. Da sah er eine alte Frau kommen, und der schenkte er ein paar von seinen Süßkartoffeln. Die Alte aber sagte: »Meine Zähne sind nicht mehr gut, ich kann sie nicht kauen.« – »Ich leihe dir meine Zähne«, erbot sich der Junge. »Gib sie mir wieder zurück, wenn du gegessen hast.« Die Alte nahm die Zähne und aß alle Süßkartoffeln auf. Dann warf sie dem Jungen ihre schlechten Zähne hin und lief fort. Der Junge verfolgte die Alte zwar, aber sie war plötzlich in einem Wasser verschwunden. Nun weinte der Junge bitterlich, weil er keine Zähne mehr hatte. Das hörte ein Vogel, einer der besten Sänger, und fragte den Jungen: »Warum weinst du denn?« – »Die zahnlose Alte hat mir meine Zähne weggenommen«, berichtete der Junge unter Tränen. »Hör auf zu weinen«, tröstete ihn da der Vogel. »Bitte deine Mutter, Bier zu brauen. Wenn das getan ist, werde ich dir mehr sagen.« Die Mutter des Jungen braute Bier, und als das Bier bereitet war, brachten sie es zum Wasser. Der Vogel hob nun an, ein wunderschönes Lied zu singen. Das hörte die Alte und kam aus dem Wasser. Sofort stürzte sich die Mutter des Jungen auf die Diebin und nahm ihr die geraubten Zähne wieder ab, und der Junge warf der Alten ihre schlechten Zähne hin.

Der dankbare Affe

Es lebten einmal zwei Brüder, ein jüngerer und ein älterer. Ihre Eltern waren gestorben und hatten die beiden ganz allein zurückgelassen. Eines Tages bereiteten die Brüder für sich eine Mahlzeit vor, stellten den Topf aufs Feuer und gingen dann zur Arbeit auf ihr Feld. Da kam der Affe, und weil niemand im Haus war, trat er ein. Er sah, daß auf dem Feuer etwas kochte, nahm den Topf herunter und aß alles auf, nichts ließ er übrig. Anschließend ließ er seinen Kot in den Topf fallen, stellte ihn wieder aufs Feuer und kehrte in den Wald zurück.
Am Abend kamen die beiden Brüder vom Feld, wollten essen und fanden im Topf nur noch das, was der Affe hinterlassen hatte. Da weinten sie, denn sie hatten großen Hunger. Schließlich reinigten sie den Topf und kochten sich etwas anderes. Am nächsten Morgen befestigten sie Leimruten an der Tür, bevor sie das Haus verließen, um wieder ihre Feldarbeit zu verrichten. Der Affe sah sie davongehen. Als er die Luft rein glaubte, wollte er dem Haus einen zweiten Besuch abstatten, verfing sich aber mit Armen und Beinen in den Leimruten. Er schrie und versuchte sich loszureißen – aber er schaffte es nicht.
Bei ihrer Rückkehr fanden die Brüder den Affen, der immer

noch fest an den Leimruten klebte. Sie wollten ihn töten, aber der Affe sprach: »O bitte, tötet mich nicht. Ich will euch jede Menge Fleisch verschaffen. Legt mich in einen Korb und hängt ihn oben in einen Baum.« Die Brüder gingen auf den Vorschlag ein. Nun sang der Affe ein paar Lieder: »Lin lin doyam ...« Das hörten die Büffel, die Elefanten und viele andere Tiere, und sie kamen herbei. Unter ihnen war auch ein großer Büffel. Der trug die Sonne auf der einen, den Mond auf der anderen Seite. Da sprach der Affe zu den beiden Brüdern: »Wenn ihr diesen Büffel schießt, werdet ihr etwas Großartiges erleben!« Da schossen die Brüder auf den großen Büffel und trafen ihn auch. Er taumelte, und aus der Wunde schoß ein dicker Blutstrahl. Alle Tiere, die vom Blut des Büffels etwas abbekamen, starben auf der Stelle. Der Büffel aber, der die Sonne auf der einen, den Mond auf der anderen Seite trug, kehrte wieder dorthin zurück, woher er gekommen war. Die beiden Brüder zerlegten die Tiere, die getötet worden waren, brachten das Fleisch nach Hause und konnten lange Zeit davon leben. So viel war es, daß sie gar nicht alles schafften und eine ganze Menge Fleisch verdarb. Dem Affen aber gaben sie bald darauf die Freiheit wieder.

Das Mädchen und die bösen Liebhaber

Einst lebte ein Mädchen, das wurde von mehreren jungen Männern umworben, jeder wollte sie zur Frau haben. Aber das Mädchen mochte keinen von ihnen und sprach daher: »Nein, ihr seid zu viele, das geht nicht gut.« Als die jungen Männer das gehört hatten, zogen sie sich zurück und verwandelten sich in Büffel.

Der Vater des Mädchens war Häuptling. Als die Durrha zu reifen begann, teilte er seiner Tochter mit: »Diesmal werde ich dir zur Bewachung des Feldes viele Leute mitgeben.« Und tatsächlich, er stellte ihr eine große Zahl Männer und Frauen zur Verfügung – Männer mit Gewehren, Männer mit Speeren und

Schilden, Männer mit Pfeil und Bogen. Alle zogen sie aufs Feld und bauten sich dort Hütten.
Bald darauf fanden sich viele Büffel auf dem Feld ein, die das Mädchen töten wollten. Einer der Männer meldete das der Häuptlingstochter, aber sie gab ihm zur Antwort: »Warum berichtest du mir das? Mein Vater sagte, daß ihr die Büffel, die aufs Feld kämen, töten würdet. Habt ihr keinen Mut?« Darauf befahl sie den Leuten mit den Gewehren: »Geht hin und erschießt die Büffel!« Die Männen gingen und töteten auch etliche Büffel, aber einige Schützen wurden auch Opfer der Büffel. Es dauerte nicht lange, und kein Jäger war mehr am Leben. Nun wandte sich das Mädchen an die Schildträger: »Tötet ihr nun die Büffel!« Auch diese Männer erlegten eine Reihe von Büffeln, doch sie wurden von anderen Büffeln getötet, und so unterlag schließlich auch der letzte Schildträger. Noch immer waren eine ganze Menge Büffel auf dem Feld. Jetzt waren die Bogenschützen an der Reihe, und das Mädchen befahl ihnen: »Geht und besiegt die Tiere!« Zwar streckten die Bogenschützen viele Büffel nieder, am Ende aber mußten auch sie der Übermacht weichen. Als das Mädchen das merkte, sagte sie zu ihren Begleiterinnen: »Es ist besser, wenn wir in die Stadt zu meinem Vater zurückkehren.« Und so eilten sie der Stadt entgegen, aber die Büffel verfolgten sie und töteten alle, nur die Häuptlingstochter entkam ihnen. Sie befand sich schon dicht vor der Stadt, da versperrten ihr die Büffel den Weg. Rasch kletterte das Mädchen auf einen hohen Baum und rief laut nach ihrem Vater: »Komm schnell und hilf mir!« Da sandte der Vater Boten zu allen Unterhäuptlingen, und es kam eine große Schar von Männern zusammen. Zusammen mit dem Häuptling zogen sie den Büffeln entgegen und überwältigten alle. Zum Schluß trugen sie das Mädchen in die Stadt zurück.

Wie der Kantschil durch List eine Braut erwarb und sie wieder verlor

Leopard und Kantschil waren einst Freunde. Nun geschah es aber, daß beide das gleiche Mädchen zur Frau nehmen wollten. Das Mädchen wohnte in einem etwas entfernt gelegenen Dorf. Da meinte der Leopard eines Tages zum Kantschil: »Es wäre gut, wenn jeder von uns Fleisch beschaffte.« Der Leopard hatte bald reichlich Fleisch erbeutet, der Kantschil dagegen nur Eidechsen. Er bereitete aus den Eidechsen eine Speise, während der Leopard ein schmackhaftes Fleischgericht kochte. Dann machten sich beide auf den Weg.

Als sie in den Wald kamen, sagte der Kantschil: »Es heißt, daß hier in der Gegend gekämpft wird. Wenn wir so etwas wie einen Schuß hören, werfen wir unsere Last ab und laufen lieber davon.« Bald darauf krachte es auch: »Bum!« Sofort ließen die beiden fallen, was sie trugen, und suchten sich ein Versteck. Der Kantschil aber hatte bemerkt, daß nichts weiter als ein herabfallender Ast das Geräusch verursacht hatte, kehrte auf den Weg zurück und brachte so die Last des Leoparden an sich. Als es ruhig blieb, kam auch der Leopard wieder, nahm, ohne weiter nachzusehen, auf, was noch da war, und die beiden setzten ihre Wanderung fort. Bald hatten sie ihr Ziel erreicht.

»Was wollt ihr?« fragte das Mädchen. »Wir möchten dich zur Frau nehmen«, antworteten Leopard und Kantschil. »Ihr liebt mich, aber was habt ihr meiner Mutter mitgebracht?« fragte das Mädchen weiter. »Wir bringen deiner Mutter jeder eine Speise«, antworteten sie. Das Mädchen machte darauf jedem ein Lager zurecht und rief dann seine Mutter. »Was bringt ihr uns?« fragte auch die Mutter. Und Leopard und Kantschil erwiderten: »Wir bringen dir jeder eine Speise.« – »Eßt mein Gericht heute, das des Leoparden morgen«, fügte der Kantschil hinzu. Der Mutter war das recht, und sie verzehrten, was der Kantschil übergeben hatte, mit großem Genuß, denn es war reichlich schmackhaftes Fleisch darin.

Am nächsten Tag rief das Mädchen seine Verwandten zusammen, um zusammen mit ihnen das andere Gericht zu verspeisen. Es entfernte die Schnur und das Blatt und sah nun zu ihrer Enttäuschung statt des erhofften Leckerbissens etwas ganz und gar Ungenießbares. Vorwurfsvoll sprach sie zum Leoparden: »Was hast du denn da zusammengerührt! Dir fällt es doch nicht schwer, Fleisch zu erbeuten!« Als der Leopard das hörte, schämte er sich sehr. Zum Kantschil gewandt sprach er: »Warum hast du mir das angetan? So etwas liebe ich gar nicht!« – »Ich hab doch nichts getan!« erwiderte der Kantschil frech, »das bist du selbst gewesen. Dabei bist du so groß und kannst besser jagen als alle anderen Tiere.« Der Leopard aber beharrte: »Du warst das, und ich werde dich dafür töten!«

Gegen Abend bat der Kantschil das Mädchen: »Gib mir doch dein Gewand, ich möchte es gern einmal tragen! Komm, laß uns tauschen, zieh mein Kleid an!« Das Mädchen legte also das Kleid des Kantschils an, und dann begaben sie sich zur Ruhe. Gegen Mitternacht schlich der Leopard heran, um den Kantschil zu töten, und kaum hatte er dessen Kleid gesehen, biß er zu. Er hatte aber nicht den Kantschil, sondern das Mädchen erwischt.

Sobald der Morgen graute, legte der Kantschil das Gewand des Mädchens ab, lief hinaus und rief, so laut er konnte: »Der Leopard hat etwas Schlimmes getan!« Und zum Leoparden meinte er kopfschüttelnd: »Warum hast du bloß das Mädchen getötet.« Das vernahm der Vater des Mädchens, und sein Herz wurde traurig. »Ist das wirklich wahr?« fragte er den Kantschil, und der versicherte, das sei die reine Wahrheit. Da tötete der Vater des Mädchens den Leoparden. Er wurde anschließend gekocht und verspeist. Der Kantschil aber kehrte wieder in den Wald zurück, denn das Mädchen war ja nun tot.

Wie der Tukur den Frosch um seine Beute bringen wollte

Als der Frosch sich einmal daranmachte, seine Beute zu verzehren, kam der Tukur dazu. »Wo hast du denn dein Messer?« fragte er. »Ein Messer habe ich nicht«, antwortete der Frosch. Da gab ihm der Tukur eins und wollte wissen: »Dein Haumesser, wo ist das?« Als der Frosch ihm erklärte, daß er so etwas nicht besitze, reichte ihm der Tukur auch ein Haumesser. Nach einer Weile meinte er dann: »Nun brauchst du noch ein Beil zum Zerhacken der Knochen«, und gab dem Frosch ein Beil.

Kaum hatte der Frosch das Beil genommen, ließ sich wieder der Tukur vernehmen: »Für das Messer bekomme ich doch etwas?!« Der Frosch überließ ihm eine Keule und wenig später auch die andere, als der Tukur gefragt hatte: »Und was gibst du mir für das Haumesser?« Es dauerte gar nicht lange, da wollte der Tukur auch für das Beil etwas haben, und der Frosch reichte ihm das Bruststück. Schließlich wandte sich der Tukur ein viertes Mal an des Frosch: »Es wäre nicht schlecht«, sagte er, »wenn du mir ein Geschenk dafür gäbest, daß ich dir Messer, Haumesser und Beil zusammen überlassen habe.« Da sah sich der Frosch genötigt, dem Tukur auch noch einen Vorderlauf zu schenken. Für sich selbst hatte er von der ganzen Beute nichts weiter übrigbehalten als den Kopf und einen Vorderlauf.

Der Tukur ging nun mit dem Fleisch weg, um es zu waschen. Da rief der Frosch alle seine Leute zusammen und sprach zu ihnen: »Der Tukur hat uns das ganze Fleisch abgenommen. Darum müßt ihr euch jetzt in einer Reihe hinlegen, den Atem anhalten und euch eine Weile tot stellen.« Bald darauf kehrte der Tukur zurück. Er wunderte sich über die vielen Frösche, die ganz still dalagen, und hielt sie für tot. »Woran sind sie den gestorben?« erkundigte er sich beim Froschvater. Und der antwortete: »Sie sind gestorben, weil du ihnen ihr Fleisch genommen hast. Hätte man sie im Dorf nach ihrer Beute gefragt, was hätten sie denn da sagen sollen? Darum habe auch

ich auf dich gewartet, denn wir beide werden nun gemeinsam sterben!« Als der Tukur das hörte, ließ er das Fleisch fallen und machte schleunigst, daß er fort kam.

Wie der Tukur den Leoparden überlistete

Der Leopard, der schon lange nach Beute suchte, fiel eines Tages in eine Fallgrube. Sie gehörte dem Tukur. Ein Affe kam dazu und fragte: »Soll ich dir helfen?« Er ließ seinen Schwanz in die Grube hinab, und der Leopard begann herauszuklettern. Da tauchte der Tukur auf. »Wer hat dich geheißen, dem Leoparden beizustehen?« herrschte er zornig den Affen an. Da ließ der Affe ab vom Leoparden, gab ihm aber noch sein Junges. Dennoch sagte der Leopard zu ihm: »Dich werde ich töten und auffressen!« – »Warum denn das?« staunte der Tukur. »Der Affe hat dir doch geholfen!« Inzwischen war der Affe seiner Wege gegangen.

Als der Leopard nach einiger Zeit wieder einmal in einer Fallgrube gefangen war, fand sich kein Helfer, und der Tukur schlug nun so lange auf den Leoparden ein, bis er der Meinung war, daß er ihm den Garaus gemacht hatte. Er legte ihn in einen Flechtkorb, trug ihn zum Versammlungsplatz des Dorfes und rief den anderen Tieren zu: »Ich habe den Leoparden getötet, kommt, schaut ihn euch an!« Dann trug der Tukur den Leoparden ins Haus, und alle Tiere kamen, schlugen auf den Leoparden ein und sagten dazu: »Da hast du's, weil du immer unsere Kinder getötet hast!« Zuletzt flogen die Bienen herbei und stachen den Leoparden ins Ohr, in die Seite und in den Hals. Da sprang der Leopard plötzlich auf, lief hinaus und legte sich vor den Eingang. Nun konnte niemand mehr hinaus, nur dem Tukur, seinen Freunden und seinen Kindern gelang die Flucht. Die anderen Tiere wurden alle ein Opfer des Leoparden, und als er sie getötet hatte, folgte er auch der Spur des Tukurs. Hoch oben im Wipfel eines Baumes entdeckte der Leopard ihn schließlich. Als es Nacht geworden war, kletterte der

Leopard auf den Baum, und der Tukur empfing ihn höflich: »Nun, Großväterchen, was ist dein Begehr?« – »Ihr habt mich geschlagen, deshalb verfolge ich dich und deine Familie«, entgegnete der Leopard. »So warte doch ein Weilchen«, beruhigte ihn der Tukur, »ich koche dir erst etwas. Wenn du gegessen hast, kannst du mich und meine Frauen immer noch fangen.« Er holte ein Büffelfell und sagte zum Leoparden: »Halte dich gut fest, ich zerteile jetzt das Fleisch für dich.« Und der Leopard ließ sich auf einem dicken Ast nieder. In Wirklichkeit wollte der Tukur den Baum umhauen, aber der Leopard merkte etwas und fragte: »Was ist los?« – »Nichts, nichts«, beschwichtigte ihn der Tukur. »Ich zerkleinere nur Fleisch.« Da legte sich der Leopard tatsächlich wieder hin und schlief ein. Während der Tukur nun das Fleisch in kleine Stücke hackte, in einen Topf mit Wasser legte und den aufs Feuer stellte, machten sich die Frauen und die Kinder davon. Und als das Wasser anfing zu kochen, versetzte der Tukur dem Baum noch ein paar kräftige Schläge, bis er schwankte, sprang selbst rasch auf einen anderen Baum, und befand sich kaum in Sicherheit, da stürzte der Baum mit dem Leoparden um. Der Leopard wurde erschlagen, und aus war's mit ihm.

Wie Manje zu ihrem Mann kam

Manje fragte einmal ihre drei Freundinnen: »Kommt ihr mit Fische fangen?« – »Wir kommen mit«, stimmten die drei zu, »aber wir fangen heute mal Würmer statt Fische, abgemacht?« Manje war einverstanden und – sie holte tatsächlich Würmer aus dem Wasser! Die anderen drei fingen natürlich Fische und sagten zu Manje: »Du darfst aber nicht in unsere Körbe sehen, sonst müssen wir annehmen, daß du stehlen willst.« Und so wußte Manje nicht, daß die anderen Fische gefangen hatten. Nach einiger Zeit erklärten die Mädchen: »Genug jetzt, kehren wir ins Dorf zurück.« Sie badeten noch und wuschen die Fische, und dabei forderten sie Manje auf: »Bring doch deine Fische auch her, mal sehen, was du gefangen hast.« Als Manje

ihnen die Würmer zeigte, lachten die anderen sie aus und sagten zu ihr: »Du bist aber dumm! Warum hast du denn keine Fische? Meinst du etwa, man kann diese Würmer essen?« Manje weinte bitterlich. Da gab ihr jedes der Mädchen ein paar Fische ab. Nun hießen die anderen Manje vorausgehen, aber kaum war sie eine Weile gelaufen, riefen sie ihr zu: »Warum beeilst du dich denn so, etwa, weil wir dir von unseren Fischen abgegeben haben?« – »Dann geht ihr doch voraus«, antwortete Manje und blieb nun hinter den Freundinnen zurück. »Du gehst aber langsam!« beschwerten die sich bald darauf. Manje wurde wütend: »Warum ärgert ihr mich nur dauernd! Ich mag eure Fische gar nicht.« Sie nahm die Fische und warf sie auf den Weg, drehte sich um und lief zum Fluß zurück.
Am Fluß traf sie den Mekir beim Angeln. »Was willst du?« fragte der Mekir, und Manje antwortete: »Fische will ich! Wenn du mir welche gibst, werde ich deine Frau, dann komme ich morgen mit meiner Mutter zu dir.« Da gab ihr der Mekir Fische, und Manje machte sich damit auf den Heimweg.
Zu der Zeit kamen ihre drei Freundinnen im Dorf an, und Manjes Mutter fragte nach ihrer Tochter. Da erzählten die Mädchen: »Deine Manje ist ziemlich einfältig, fängt sie doch tatsächlich Würmer statt Fische! Nachher hat sie sich geschämt und ist zum Fluß zurück, um Fische zu holen.« Als die Mutter das hörte, lief sie gleich los, um ihre Tochter zu suchen. »Ich komme schon!« rief Manje, nachdem sie ihre Mutter entdeckt hatte. Und nun ließ sich die Mutter noch einmal von Manje berichten, warum sie nicht mit den anderen zurückgekehrt war. »Sie haben mich hintergangen«, begann Manje. »Wir hatten vereinbart, heute mal keine Fische zu fangen, und ich hab's geglaubt. Aber die anderen haben mich angeführt, darum bin ich zum Fluß zurück. Dort war der Mekir. Er gab mir Fische, und ich hab ihm dafür versprochen, seine Frau zu werden.« – »Wie konntest du das nur tun!« rief die Mutter erschrocken. »Warum bist du nicht lieber ohne Fische nach Hause gekommen?«
Am nächsten Tag begaben sich Manje und ihre Mutter hinaus zum Mekir, und die Mutter sprach: »Ich will dir deine Fische zurückbringen.« – »An den Fischen liegt mir nichts«, entgegnete der Mekir, »aber deine Tochter hat mich gern. Sie hat es

mir selbst gesagt.« – »Aber ich bin mit einer solchen Heirat nicht einverstanden«, erklärte Manjes Mutter und wandte sich mit ihrer Tochter zur Flucht. Der Mekir verfolgte die beiden. Da begegneten Manje und ihre Mutter einer Antilope. »Warum seid ihr so in Eile?« sprach die Antilope sie an, und sie gaben zur Antwort: »Der Mekir ist uns auf den Fersen.« – »Geht nur in mein Haus, ich werde schon mit ihm fertig«, beruhigte die Antilope die beiden. Aber als sie den Mekir kommen sah, rief sie voller Angst: »Das ist ja ein Riese, mit dem kann ich es nicht aufnehmen!« und rannte davon. Manje und ihre Mutter machten nun ebenfalls, daß sie fortkamen.
Ein Weilchen später hielt der Tukur die Flüchtenden an und erkundigte sich nach dem Grund ihrer Eile. »Wir fliehen vor dem Mekir«, teilten sie ihm mit. Und der Tukur sprach: »Versteckt euch in meinem Haus, ich werde mich zum Kampf stellen!« Kurz darauf war der Mekir da. »Hast du Manje und ihre Mutter hier gesehen?« fragte er, und der Tukur gab zurück: »Hattest du mich etwa zu ihrem Hüter bestellt?« Da brüllte der Mekir los: »Heraus mit der Wahrheit! Sagst du mir nicht sofort, wo die beiden sind, werden wir miteinander kämpfen!« – »Das ist mir nur recht«, erwiderte der Tukur. Der Kampf begann. Und während nun einer den anderen zu überwinden versuchte, hob der Tukur den Mekir plötzlich hoch, warf ihn zu Boden und schlug wie wild auf ihn ein. Da bekam es der Mekir nun doch mit der Angst zu tun und lief davon.
Der Tukur aber sprach zu den Frauen: »Andere Antilopen fürchten den Mekir wegen seiner Größe. Ich bin zwar klein, habe aber den Großen trotzdem besiegt!« Darauf erklärte er Manjes Mutter: »Deine Tochter gefällt mir sehr.« Und sie erwiderte: »Du hast uns heute gerettet, das ist wunderbar! Dir gebe ich meine Tochter gern. Schließlich gehörst du zum Dorf, der Mekir dagegen ist ein Wilder und dazu als boshafter Kerl bekannt.«

MÄRCHEN DER GBAYA UND KOTOKO

Vom Blitz und seinen Söhnen

Uantu hatte einmal eine Yamspflanzung angelegt. Er setzte die Antilope als Wächter ein und gab ihr den Auftrag, gut darauf zu achten, daß die Affen nicht über den jungen Yams herfielen. Die Antilope gehorchte. Sie baute sich eine kleine Hütte und bewachte den ganzen Tag über den Yams. Einen Teil der Pflanzung hatte Uantu der Antilope zugewiesen. »Von diesem Stück kannst du ruhig essen«, hatte er gesagt, »das macht nichts, aber auf alles übrige gib gut acht.«

Eines Tages, die Antilope wollte sich eben von ihrem Yams eine Mahlzeit bereiten, kam Kulo, der Blitz, angefahren. Er setzte sich zu ihr und befahl: »Du wirst die Schalen essen, das Innere gehört mir!« – »Hast du etwa die Pflanzung meines Vaters angelegt?« erwiderte die Antilope. Aber da wurde der Blitz böse, schlug die kleine Antilope auf den Mund und sprach: »Wer hat dich gelehrt, Erwachsenen gegenüber so freche Reden zu führen. Da hast du doch zuzustimmen, wie es sich gehört!« Was blieb da der Antilope übrig, sie mußte sich fügen: Kulo verspeiste das zarte Innere, die Antilope begnügte sich mit den Schalen. »So, nun kratz mich am Hinterteil«, verlangte der Blitz, als er sein Mahl beendet hatte, und die Antilope tat, was er verlangte. Anschließend furzte er und fragte: »Na, wie riecht das?« – »Wie die schlechten Sachen, die du im Wald ißt«, gab die Antilope zurück. Da sprang Kulo auf, prügelte auf das Tier ein und sprach: »Du mit deinen ungezogenen Reden! Ich will dir zeigen, wie man sich benehmen muß! Du mußt mindestens sagen: ›Es riecht so gut wie Haarpulver!‹« Und dann schloß er: »Jetzt gehe ich.« Aber als die Antilope nichts darauf erwiderte,

machte er kehrt und fuhr sie an: »Ich denke, beim Abschied sagt man: ›Leb wohl!‹!« Die Antilope sagte ihm Lebewohl, und der Blitz fuhr davon.
Am nächsten Tag kam Kulo wieder. Alles lief ab wie am Tag zuvor, nur wagte es die Antilope nicht noch einmal, dem Blitz zu widersprechen. So ging das eine ganze Zeit, bis Uantu eines Tages kam, um nach seiner Pflanzung zu sehen. »Ich habe dir doch erlaubt, von dem Yams zu essen. Hast du das nicht getan, oder warum bist du so ausgemergelt?« fragte er. Da erzählte ihm die Antilope, was ihr zugestoßen war, und schloß: »Ohne jeden Grund schlägt mich dieser böse Kerl fortwährend, dabei verlangt er das Beste vom Yams, und ich muß mich mit den Schalen begnügen!« – »Nun gut«, sagte Uantu darauf, »hol jetzt ein großes Bündel Blätter und reichlich Feuerholz. Ich verstecke mich hinter der Hütte, und sobald Kulo hier auftaucht, werde ich mit ihm kämpfen. Leg die Blätter unter, wenn ich während des Kampfes auf die Erde falle, Kulo dagegen laß ins Feuer stürzen.« Die kleine Antilope holte alles herbei, Uantu aber versteckte sich. Es dauerte nicht lange, da erschien der Blitz. »Kannst du nicht grüßen?« herrschte er die Antilope an. »Kümmere dich um deine eigenen Angelegenheiten!« gab sie zurück. Da schlug der Blitz die Antilope und schimpfte: »Habe ich dir das so beigebracht?« Uantu blieb in seinem Versteck, und die Antilope bereitete eine Yamsmahlzeit. Auch diesmal verlangte Kulo das Gute, während die Antilope mit den Schalen vorlieb nehmen sollte. »Heute wirst du überhaupt keinen Yams essen«, wies sie ihn ab. Kulo wollte sich schon auf die Antilope stürzen, um sie wegen ihrer Widerworte zu verprügeln, da verließ Uantu sein Versteck, griff den Blitz an, und sie kämpften miteinander. Der Blitz riß Uantu mit hoch in die Luft, aber jedesmal, wenn Uantu als erster wieder auf der Erde angelangt wäre, schob die Antilope rasch ein dickes Blätterbündel unter. Den Blitz dagegen ließ sie jedesmal ins Feuer stürzen. Kulo holte sich viele schlimme Verbrennungen und starb schließlich. Als er nun tot dalag, ließ die Antilope noch einmal ihre Wut aus: »Warte!« rief sie, »dafür, daß du mich so oft grundlos verprügelt hast!« und schlug ihn auf den Mund.

Gemeinsam trugen Uantu und die Antilope dann den Leichnam ins Dorf. Dort wurde der Blitz zerlegt, aufgeteilt und schließlich gegessen. Die Knochen aber warf man hinters Haus. Einige Zeit später ging Uantus Sohn einmal austreten, stieß mit dem Fuß an, und es erklang ein Ton. Da hob er die Knochen auf, schlug sie gegeneinander, und sie gaben einen wunderbaren Klang, in dem man den Namen Kulo vernehmen konnte. Der Sohn zeigte das merkwürdige Spielzeug nun seinem Vater, und sie brachten die Knochen ins Haus, um sie dort aufzubewahren.

Kulos Söhne, die ihren Vater vermißten, suchten überall nach ihm, aber er blieb verschwunden. Eines Tages erschien einer der Söhne auch in Uantus Dorf. »Hast du vielleicht meinen Vater gesehen?« fragte er den Sohn von Uantu. »Wie heißt denn dein Vater?« lautete die Gegenfrage. »Kulo«, antwortete der Sohn des Blitzes. »Wie heißt er?« – »Kulo!« – »Den Namen habe ich schon gehört«, meinte Uantus Sohn, ging ins Haus, holte die Knochen und ließ sie klingen. Nun wußte Kulos Sohn, daß sein Vater von Uantu und seinen Leuten getötet worden war. Er sprach kein Wort mehr, kehrte in sein Dorf zurück und überlegte, wie er sich rächen könnte.

Einige Tage später gab er bekannt, daß er für seinen Vater die Totenfeier ausrichten wolle, und lud alle Leute dazu ein. Uantu, der ebenfalls zu der Feier gebeten war, machte sich auf den Weg. In seiner Begleitung befanden sich die Fliege, die Schildkröte, der Bohrkäfer und das Erdferkel. Zuerst ging die Fliege voran, denn sie hat eine besonders feine Nase. Bald spürte sie eine Zaubermedizin auf, die der Sohn des Blitzes auf dem Weg zu seinem Dorf vergraben hatte, um Uantu zu töten. Dank der Fliege vermochte Uantu der gefährlichen Stelle auszuweichen. Dann setzte sich die Schildkröte, von allen Tieren das klügste, an die Spitze, und als sie schon in der Nähe des Dorfes waren, entdeckte auch sie in der Erde eine todbringende Medizin und wußte natürlich sofort, daß sie für Uantu bestimmt gewesen war. Sie zeigte ihm die Stelle, und Uantu machte einen Bogen darum.

Nun trafen sie im Dorf von Kulos Sohn ein und tanzten und vergnügten sich auf dem Dorfplatz. Als die Essenzeit herankam, bat der Sohn des Blitzes die Gäste ins Haus. Er selbst blieb draußen, um seinen Anschlag auszuführen. Uantu und die anderen aber hatten schon eine Vorahnung gehabt, und so waren sie dem Rat der Schildkröte gefolgt und in einen Kochtopf gekrochen. Als Kulos Sohn jetzt mit einem lauten ›Wuuumm‹ ins Haus fuhr, traf er niemanden. Draußen wieder angekommen, hörte er die Leute in dem Topf lachen und ihn verhöhnen: »He, Blitz! Uns zu töten ist nicht so einfach!« Zornig fuhr er wieder ins Haus und ›Wuuumm‹, direkt in den Kochtopf. Der zersprang, aber er war leer. Geführt von der Fliege waren Uantu und die anderen längst in eine Kalebasse geschlüpft, und von dort aus lachten sie den Blitz, der wütend vor seinem Haus stand, erneut aus. Kulos Sohn zertrümmerte nun die Kalebasse. Aber auch diesmals ohne Erfolg, der Bohrkäfer hatte im Hausbalken ein Loch gegraben, in das hatten sich Uantu und seine Leute geflüchtet, und als der Blitz nun in das Bohrloch fuhr, wobei der Balken völlig zersplitterte, befanden sie sich schon in einer vom Erdferkel gegrabenen Höhle, und zwar in einem Gang, der nach links abzweigte. Kaum war Kulos Sohn ihnen hierher auf der Spur, flohen sie in den Gang nach rechts. Der Blitz suchte zwar auch dort noch, aber als er wieder ins Leere stieß, weil sich die Verfolgten längst im Mittelgang verborgen hielten, gab er auf. Uantu und seine Begleiter konnten nach Hause ziehen, ohne daß die Rache des Blitzes sie getroffen hatte.

Wie Jaadumdono den Büffel Gbatungbala erlegte

Ein Mann mit Namen Jaadumdono wollte einmal auf Büffeljagd gehen. Um den größten Büffel, den Gbatungbala, herbeizurufen, schickte er seinen Sohn vor. Der Junge ging also voran und traf auch bald auf die Büffelherde. Und nun rief er jeden Büffel mit einem Gesang bei seinem Namen. »Jaagbebala!« rief er, »Jaadumdono ruft dich!« – »Mich?« fragte der Büffel. »Nein, dich nicht«, antwortete der Junge. Dann wandte er sich an einen anderen aus der Herde, und wenn der sich vergewisserte, ob er gemeint sei, entgegnete der Junge: »Nein, du nicht.« Auf diese Weise hielt er alle Büffel zum Narren. Zuletzt war nur noch der alte Gbatungbala übrig, und wieder sang der Junge: »Gbatungbala! Jaadumdono ruft dich!« – »Meinst du mich?« – »Ja, dich meine ich, komm schon!« Da wurde der Büffel böse, weil der Junge sich so ungehörig benahm und ihn, den Älteren, einfach mit ›du‹ anredete und nicht, wie es sich gehört. Mit gesenktem Kopf kam er angerannt und wollte den Jungen, der die gesamte Büffelfamilie veralbert hatte, auf die Hörner nehmen. Aber der Junge war flink, machte kehrt und rannte, was er nur konnte, auf Jaadumdono, seinen Vater, zu, der sich nicht weit entfernt mit gespreizten Beinen aufgestellt hatte. Kaum war der Junge zwischen den Beinen seines Vaters hindurchgeschlüpft, wollte Gbatungbala, nichts als sein Ziel vor Augen, ihm hinterher. In dem Augenblick stieß ihm Jaadumdono den Speer in den Nacken, und der alte Gbatungbala fiel auf der Stelle tot um.

Wie Uantus List fehlschlug

Uantu und seine Frau hatten einmal einen mächtigen Hunger auf Fleisch, und so berieten sie, wie es gelingen könnte, die Antilopen ins Dorf zu locken. Die Tiere mit Gewalt zu fangen, das wagte Uantu nämlich nicht. Da kam ihm ein Einfall. Wenn er sich krank stellte, müßten ihn alle besuchen kommen. War erst ein Gast im Haus, brauchte seine Frau nur noch auf ein verabredetes Stöhnen hin – etwa so: ›Ooohh‹ – von außen die Tür fest zu verriegeln, und der Gast konnte nicht mehr entwischen. Uantu legte sich also in seinem Haus aufs Bett und tat, als fühlte er sich gar nicht wohl. Als die Tiere von seinem Leiden hörten, erschien als erster der Kronenducker, um sich nach dem Befinden des Kranken zu erkundigen, und setzte sich zu ihm. Uantu, der sich schon einen Knüppel bereitgelegt hatte, stöhnte nun ganz jämmerlich ›Ooohh‹, und seine Frau verriegelte die Tür, wie sie es vereinbart hatten. Da holte Uantu auf

einmal seinen Knüppel hervor und schlug den Kronenducker auf den Kopf, so daß der tot umfiel. Darauf öffnete Uantu die Tür, und gemeinsam mit seiner Frau zog er der Antilope das Fell ab. Sie kochten das Fleisch und aßen.
Ein paar Tage später kam die Schirrantilope, und ihr erging es nicht anders, und viele Antilopen, die danach noch kamen, büßten ebenfalls ihr Leben ein. Schließlich hatte Uantu alle Antilopen getötet, nur die Pferdeantilope nicht. Die ließ sich lange Zeit nicht blicken, machte sich schließlich aber doch auf, um Uantu einen Besuch abzustatten. Sie kam vom Holzsammeln und dachte sich, daß Uantu ihr sicher Vorwürfe machen würde, weil sie sich gar nicht um ihn gekümmert hatte. Als die Pferdeantilope im Haus war, ließ Uantu das verabredete Stöhnen hören, seine Frau sperrte die Tür ab, und Uantu wollte auch diesen Besucher mit seinem Knüppel erschlagen. Die Pferdeantilope aber war nicht nur schneller, sondern auch stärker als Uantu, und so war sie es, die prügelte, daß Uantu Hören und Sehen verging. Uantus Frau, die den Lärm hörte, tanzte und sprang vor Freude auf dem Dorfplatz herum und rief: »Hurra, mein Mann hat die Pferdeantilope erschlagen, und wir haben jede Menge Fleisch!« Im Haus aber heulte Uantu vor Schmerz und schimpfte auf seine Frau: »Du altes Miststück! Mach die Tür auf, ich sterbe! Ich bin's, der hier fast erschlagen wird!« Und immer fester hieb die Pferdeantilope auf Uantu ein und versetzte ihm eine Ohrfeige nach der anderen, bis schließlich Uantus Frau, als ihr das Geschrei ihres Mannes gar zu merkwürdig vorkam, die Tür öffnete. Die Pferdeantilope nutzte die günstige Gelegenheit und war mit einem Satz auf und davon. Uantu aber schrie vor Schmerzen und vor Wut und beschimpfte seine Frau, weil sie die Tür nicht eher geöffnet hatte. »Aber ich hab doch alles so gemacht, wie wir vereinbart hatten«, entgegnete ihm die Frau, »was kann denn ich dafür, daß du von der Pferdeantilope Prügel beziehst, statt sie totzuschlagen wie die anderen. Und was fällt dir ein, mich ein altes Miststück zu nennen!«
Da seht ihr es, man soll sich nicht zu früh freuen!

Die Schildkröte mit Uantu bei den Geistern

Die Schildkröte und Uantu hatten ihre Pflanzung einmal in der Nähe eines großen Baumwollbaumes angelegt. Als die beiden sich eines Abends dort länger als gewöhnlich aufhielten, hörten sie, wie die Geister der Verstorbenen auf einem Horn bliesen und sangen: »Baumwollbaum, öffne dich, wir wollen in unser Haus!« Darauf öffnete sich der Stamm, die Totengeister traten ein, und der Baum schloß sich wieder. So ging das nun Abend für Abend, bis die Schildkröte eines Tages sprach: »Laß uns doch einmal nachsehen, was für ein Haus die Geister dort im Baum haben.« Sie blies auf einem Horn und sang, wie sie es von ihnen gehört hatte. Sogleich tat der Baum sich auf, die Schildkröte ging mit Uantu hinein, und der Baum schloß sich hinter ihnen. Sie befanden sich in einem großen, gut eingerichteten Haus und nutzten die Gelegenheit, sich etwas zu essen zu bereiten, denn sie waren hungrig. Aber sie hatten ihr Mahl kaum beendet, da hörten sie die Totengeister auf ihrem Horn blasen. Schnell legte sich die Schildkröte auf den Mahlstein, zog Kopf und Beine ein und glich nun vollkommen dem Stein, den man zum Mahlen benutzt. Uantu aber versteckte sich auf dem Hausboden.

Nun betraten die Geister ihr Haus, und gleich sagte einer: »Pfui, hier riecht es nach dem Körper eines Kaufmanns!« Dann wurde Sesam geröstet. Einer der Geister fing an, ihn auf dem Mahlstein zu zerreiben, griff sich die Schildkröte und wälzte sie wie einen Reibstein kräftig auf dem Sesam hin und her. Das wurde der Schildkröte aber bald zuviel, sie konnte es kaum aushalten und fing an zu stöhnen: »Oh, mein Rücken, oh, mein Rücken!« Der Geist, der die Schildkröte hin und her wälzte, wunderte sich über diese Töne, und es dauerte nicht lange, da standen alle anderen um ihn herum und betrachteten den stöhnenden Stein. Als die Schildkröte sich schließlich entdeckt wußte, streckte sie Kopf und Gliedmaßen wieder heraus und sagte: »Glaubt nur nicht, ich wäre allein hier, schaut auf dem Boden nach, dort findet ihr noch jemanden.« So kam auch

Uantu zum Vorschein, und die Geister setzten ihn neben die Schildkröte.
Während sie beratschlagten, was mit den Eindringlingen geschehen sollte, flüsterte die Schildkröte Uantu zu: »Was sollen wir nur tun, wir kennen doch den Zauber nicht, der das Haus öffnet!« Aber bald war ihr etwas eingefallen. Sie fragte die Geister, ob sie von der Salzherstellung noch Salzstein übrig hätten. »Jawohl, wir haben noch etwas«, erhielt sie zur Antwort. »Dann gebt mir von dem Salzwasser zu trinken!« Die Geister gossen ihr Salzwasser ein und wunderten sich sehr, daß die Schildkröte das salzige Wasser zu trinken vermochte. »Trinkst du das immer?« fragten sie. »Ja, sicher, ich trinke das täglich. Kennt man es erst einmal, schmeckt es sehr gut und ist überaus bekömmlich für den Magen.« – »Dann zeig uns doch, wie man es trinken muß«, meinte einer der Geister. Die Schildkröte erklärte: »Das will ich tun, aber man braucht dazu einen ganz bestimmten Zauber. Ich kann ihn euch zeigen, aber ihr dürft nicht schreien, auch nicht, wenn es weh tut. Und ihr dürft euch nicht beunruhigen, wenn ihr wie tot ausseht. Mit einem zweiten Zauber lasse ich euch dann schon wieder aufstehen.« Dann schärfte sie ihr kleines Messer und machte sich an die Arbeit. Indem sie vorgab, den ersten für das Salzwassertrinken vorzubereiten, fuhr sie ihm mit dem Messer in den Mund und – schnitt ihm von innen die Kehle durch. Den anderen Geistern erging es ebenso, und alle ließen es ruhig mit sich geschehen. Schließlich war nur noch ein kleiner Junge übrig, den die Schildkröte nicht zu fürchten brauchte. Als der Junge nicht heran wollte, weil er sah, daß den anderen das Blut aus dem Mund floß, herrschte sie ihn an: »Öffne uns sofort die Tür, sonst töte ich auch dich, wie deine Leute!« Da fürchtete sich der Junge, blies auf dem Horn und befahl dem Baumwollbaum, sich aufzutun. Das geschah, und so waren die Schildkröte und Uantu wieder frei. Den Jungen aber nahmen sie mit. Nie wieder konnte er in den Baumwollbaum zurückkehren, denn der Zauber war für immer zerstört.

Ndangschum und seine Musik

Eine Frau kam zum Fischen an den Fluß, da erblickte sie auf einmal ein Boot, das ganz von selbst auf dem Wasser umherfuhr, und in dem Boot sah sie einen Mann sitzen, der spielte auf seinem Instrument eine wunderschöne Melodie und sang ein Lied dazu. Der Name des Mannes war Ndangschum. Die Frau lauschte und staunte. Dann eilte sie ins Dorf zurück und erzählte allen Leuten von dem fremden Musikanten und dem Boot, das von ganz allein fuhr. Da liefen die Dorfbewohner mit der Frau zum Fluß, und gemeinsam erfreuten sie sich an der schönen Musik. Ndangschum sang und spielte aber immer erst abends, tagsüber tauchte er unter und war nicht zu sehen. Eine ganze Zeitlang lauschten die Dorfbewohner nun Abend für Abend der wunderbaren Musik.

Eines Tages hörte Uantu davon und wollte noch am gleichen Abend zum Fluß, um sich die Sache anzuschauen. Zu den Leuten aber sagte er: »Ach, das ist doch nicht schwer, das kann ich genausogut!« Am Fluß angekommen, sah er den Musikanten in seinem Boot und rief ihm zu: »Laß mich doch mal spielen, ich kann das auch!« Der Mann sprang ins Wasser, bis zum Kinn tauchte er darin unter, und während Uantu sich in das Boot setzte, sprach er zu ihm: »Du darfst aber in dem Lied meinen Namen nicht vergessen!« – »Mach ich, mach ich«, erwiderte Uantu, »das ist doch für mich nicht schwer!«

Und nun spielte Uantu das Instrument, nicht schlechter als Ndangschum, und er vergaß auch dessen Namen nicht in seinem Lied, und das Boot fuhr ganz von selbst mit Uantu auf dem Fluß umher. Da kamen die Leute aus dem Dorf und lauschten nun der Musik von Uantu, und sie staunten, als sie sahen, daß er seine Sache gar nicht schlecht machte. Uantus Mutter, seine Schwestern und alle Verwandten, die gekommen waren, liefen schnell ins Dorf und holten Essen, um ihn damit zu belohnen. Als sie zurückkamen, fuhr Uantu noch immer auf dem Fluß umher und sang und spielte, aber inzwischen hatte er Ndangschums Namen in dem Lied weggelassen und dafür seinen eigenen Namen eingesetzt. Nun traten die Frauen ans

Ufer. Als das Boot nahe genug heran war, wollten sie Uantu etwas zu essen hineinwerfen. Aber in dem Augenblick glitt das Boot zurück, und alles fiel ins Wasser. Da mußte Uantu hungern und saß schließlich ganz ausgemergelt in dem Boot.
Aber so geht das nun mal denen, die sich mit fremden Federn schmücken. Man soll den, der etwas Neues geschaffen hat, mit seinem Namen nennen.

Uantu und der Büffeljäger

Uantu hatte sich einmal ein Maisfeld angelegt, aber immer wieder kamen die Büffel, fraßen den jungen Mais und richteten großen Schaden an. Da begab sich Uantu zu Gbasso und sprach: »Dein Sohn ist ein guter Büffeljäger. Laß ihn mit mir gehen, er soll die Büffel vertreiben, die mein Maisfeld verwüsten.« – »Oh, das ist eine große Sache, das ist nicht so einfach«, wehrte Gbasso ab. »Was wird, wenn die Büffel meinen Sohn töten?« Aber Uantu versicherte: »Ich passe schon gut auf. Geht dein Sohn abends aufs Feld, bleibe ich wach, und sollte er von den Büffeln bedrängt werden, kann er sich in mein eisernes Haus flüchten, dort kann ihm nichts geschehen.« Nach diesen Worten war Gbasso bereit, seinen Sohn mit Uantu ziehen zu lassen. Die beiden machten sich auf den Weg.
Am Abend, die Büffel waren wieder dabei, das Feld zu verwüsten, schickte Uantu den Jäger aus. Er versprach ihm, daß er wach bleiben würde und fügte noch hinzu: »Wenn die Büffel dich verfolgen, lauf geschwind in mein eisernes Haus. Die Tür lasse ich offen, erst wenn du drin bist, schließe ich ab.«
Gbassos Sohn schlich nun dorthin, wo die Büffel ästen und schleuderte seine Speere nach den Tieren. Die Büffel aber witterten den Jäger und gingen auf ihn los. Gbassos Sohn floh, die Büffel blieben ihm auf den Fersen. Als der Jäger vor Uantus Haus anlangte, war die Tür verschlossen und Uantu nirgends zu sehen. Der Jäger wußte, daß Uantu sich doch schlafen gelegt hatte, er rief und rief, aber Uantu hörte nichts, er schlief viel zu fest. Die Büffel waren schon nahe, da wandte sich Gbas-

sos Sohn erneut zur Flucht, diesmal zum Haus seiner Mutter. Er rief nach ihr, wie er nach Uantu gerufen hatte, und die Mutter hörte das Rufen ihres Sohnes, öffnete die Tür und ließ ihn ein. Es war höchste Zeit, schon wollten die Büffel hinterdrein stürzen, aber die Tür flog zu. Zwar gingen die Büffel nun mit den Hörnern auf das Haus los, um es zu zertrümmern und so doch noch an den Jäger heranzukommen, aber trotz all ihrer Kraft schafften sie das nicht. Schließlich zogen die Büffel sich zurück.

Spät in der Nacht, als die Gefahr vorüber war, nahm die Mutter des Jägers Blut, schlich zu Uantus Dorf und verspritzte das Blut auf dem Boden und am Haus. Dann rief sie Uantu heraus und fragte ihn, wo Gbassos Sohn sei. Mit Schrecken fiel nun Uantu ein, daß er versprochen hatte, am Abend vorher wach zu bleiben. Als er jetzt das Blut sah, glaubte er, Gbassos Sohn wäre von den Büffeln getötet worden. Nun fing er mächtig an zu jammern und rief: »Wie furchtbar, nun ist der Jäger doch umgekommen, und mich wird Gbassos Zorn treffen!« – »Ja, eine schlimme Sache«, antwortete die Mutter und kehrte nach Hause zurück. Uantu versprach ihr ein hohes Sühnegeld.

Bald machte sich Uantu mit Geld und Geschenken auf den Weg zu Gbasso. Als er dort alles bezahlt hatte, rief man den Jäger herbei, und Gbasso sprach: »Siehst du, so ist das. Gibt jemand nicht acht auf das, was man ihm anvertraut hat und sorgt nicht dafür, daß der Besitzer es wohlbehalten zurückbekommt, muß er eben büßen.

Die verlorene Mahlzeit

Zwei Streifenhyänen, die im Wald spazierengingen, gelangten zu einer Pflanzung. In der Schutzhütte, die dort stand, entdeckten sie einen Jungen, der auf einer Holzplanke lag und fest schlief. »Oho!« sagte die eine, »das ist ja ein guter Fang! Bevor wir den Jungen töten, wollen wir ihn vorsichtig aufheben und weit weg tragen.« Und so geschah es. Die eine faßte an einem Ende des Brettes an, die andere am anderen, sie hoben die

Last auf ihre Köpfe und schleppten den Jungen zu ihrem Lager. Als die Hyänen die Planke unterwegs einmal etwas schief hielten, wachte der Junge auf. ›Was ist denn los?‹ fragte er sich, ›ich werde ja getragen!‹ Er warf einen Blick nach unten und sah die Hyänen. ›Oje!‹ dachte er, ›die Biester haben nichts Gutes vor!‹ Vor Angst krümmte er sich zusammen und überlegte fieberhaft, wie er ihnen entkommen könnte. Plötzlich kam ihm ein Gedanke. Am nächsten dicken Ast, der über dem Weg hing, klammerte er sich fest und schwang sich hinauf in den Baum.

Die Hyänen hatten nichts gemerkt und liefen weiter, noch ein ganzes Stück. Dann gaben sie einander ein Zeichen und warfen die Planke mit aller Wucht auf die Erde. Mit Schnauzen und Tatzen stürzten sie sich auf ihre vermeintliche Beute. Aber zu ihrem großen Erstaunen war da nichts weiter als das Brett. Angestrengt überlegten sie, wo sie ihre Last verloren haben konnten, und ihnen fiel ein, daß sich das Gewicht unterwegs auf einmal verringert hatte. Sie hasteten zurück bis zu der Stelle und schauten aufmerksam umher. Schließlich fiel ihnen der Baum ins Auge. Sie wollten eben näher gehen, um in die Baumkrone zu blicken, da schrie sie der Junge plötzlich mit aller Kraft an. Die Hyänen erschraken so sehr, daß sie vor Angst ihr Wasser unter sich ließen und dann schleunigst Reißaus nahmen. Inzwischen hatte der Vater des Jungen, der seinen Sohn schon gesucht hatte, ihn im Baum entdeckt und brachte ihn wieder nach Hause.

Die Hyäne und das Opfermahl

Einem Mann war die Mutter gestorben. Um ihr ein Opfer zu bereiten, hatte der Mann eine Ziege gekauft, aber der Tag für das Opfer war noch nicht heran, und so suchte er jemanden, dem er die Ziege für drei Tage anvertrauen könnte. Wie er so vor sich hinging, lief ihm die Hyäne über den Weg. »He, Mann«, fragte sie, »wohin willst du denn mit deiner Ziege?« – »Meine Mutter ist gestorben«, erzählte der Mann, »und das

Opfer für sie findet erst in ein paar Tagen statt. Was die Ziege betrifft, so suche ich jemanden, der sie die drei Tage für mich aufbewahrt.« – »Aber geh, mein Freund«, sprach da die Hyäne, »wenn ich da bin, willst du sie irgend jemandem geben? Laß sie bei mir!« Da ließ der Mann die Ziege bei der Hyäne.

Drei Tage später kam der Mann wieder. »Hyäne, es ist soweit, heute muß ich das Opfer für meine Mutter ausrichten, gib mir die Ziege.« Die Hyäne lief hierhin und lief dorthin, die Ziege fand sie nicht. »Findest du die Ziege nicht, werde ich dich töten!« drohte ihr der Mann. »Laß mich suchen«, antwortete die Hyäne. Sie suchte und suchte, aber die Ziege blieb verschwunden. Da griff sich der Mann die Hyäne und führte sie in den Wald, um sie zu töten. »Sammle Holz!« befahl er ihr, »damit wir dich töten und an Stelle der Ziege als Opfermahl zubereiten können.« Nun weinte die Hyäne: »Weh über mich! Weh über mich!« Das Erdhörnchen tauchte aus dem Gras auf und fragte: »Hyäne, warum weinst du?« – »Der Mann dort will mich töten, um für seine Mutter ein Opfermahl zu bereiten!« beklagte sich die Hyäne. Da sprach das Erdhörnchen: »Hyäne, auch wenn du es bist, wenn du etwas Dankbarkeit zeigtest, wollte ich dich schon retten.« – »Ach, Sohn meiner Mutter, rette mich!« flehte die Hyäne. Das Erdhörnchen sagte nun: »Wenn du das Feuerholz bündelst, steck mich mit hinein.« Die Hyäne tat, wie ihr geheißen. Und weiter sprach das Erdhörnchen: »Leg das Holzbündel dort ab, wo die Mutter des Mannes begraben ist.« Und auch das tat die Hyäne. Nun zog der Mann sein Messer, um die Hyäne zu schlachten. Er legte die Hyäne auf den Boden und wollte das Messer eben ansetzen, um ihr die Kehle durchzuschneiden, da hörte er eine Stimme aus dem Feuerholz: »Mein Sohn, wenn die richtigen Dinge für ein Opfer schon nicht vorhanden sind, diese schäbige Hyäne willst du für mich schlachten?« Da ließ der Mann die Hyäne laufen. »Nimm dein Holz und geh!« rief er ihr zu. Und die Hyäne ließ sich das nicht zweimal sagen.

Mit ihrem Bündel verschwand sie im Wald. Dort wollte sie nun das Erdhörnchen loswerden. Sie holte Feuer, riß Gras aus, blies das Feuer damit an und hielt es an das Holz. Das Erd-

hörnchen aber war längst aus dem Bündel geschlüpft. Es schnitt Oschar ab, schob ihn unter das Holz und verbarg sich, um zu beobachten, was die Hyäne nun tun würde. Die gab sich alle Mühe, bis das Feuer richtig brannte. Als die Flammen den Oschar erreichten, machte es ›Pum!‹ »Ei, das ist der üble Geruch seines Kotes«, meinte da die Hyäne. Und wieder machte es ›Pum!‹ – »Ah, das werden wohl seine fetten Eingeweide sein«, sagte die Hyäne und zerrte das brennende Holz auseinander, steckte ein Stück Oschar in den Rachen und fing an zu spucken: »Ach, wie ist sein Fleisch bitter!« rief sie aus. Sie versuchte noch ein Stück und rief wieder: »Oh, das ist ja noch bitterer!« Sie spuckte und spuckte, und mit einem ›Verdammt!‹ lief sie davon.
Das Erdhörnchen tauchte aus dem Gras auf: »Hyäne, ist das dein Dank?« – »Erdhörnchen, bist du das?« fragte die Hyäne zurück. Aber das Erdhörnchen verschwand wieder im Gras, und die Hyäne ging ihrer Wege.

Das Erdhörnchen als Richter

Das ist die Geschichte der kräftigen jungen Männer und jungen Mädchen. Sie erzählen: Eines Nachts raubte die Hyäne dem Löwen eine Ziege und tötete sie. Aber der Löwe fing die Hyäne. Er rief seine Söhne und befahl ihnen: »Bewacht sie und laßt sie nicht nach den Moskitos schlagen, die sollen sie ruhig stechen!« Da setzten die Moskitos der Hyäne mächtig zu. Aber die Hyäne ersann eine List. Sie sprach zu den Jungen des Löwen: »Meine Freunde, ich will euch eine Geschichte erzählen. Einst, in unseren alten Zeiten, da führten wir einmal einen Kampf, und die Speere trafen uns hier und trafen uns dort, und hier, und dort ...« So erzählte die Hyäne und überlistete ihre Bewacher. Die Jungen des Löwen aber wollten sich ausschütten vor Lachen, und so wurde es schließlich Morgen.
Da rief der Löwe das Erdhörnchen und forderte: »Sei unser Richter und entscheide unseren Fall. Die Hyäne hat mir nachts eine Ziege geraubt und sie getötet.« Das Erdhörnchen gab zur

Antwort: »Hat sie ein Leben genommen, so soll man ihrs dafür nehmen.« Da rief die Hyäne: »Es gefällt mir nicht, daß hier im Hause Gericht gehalten werden soll. Gehen wir nach draußen und machen es dort.« So gingen sie ins Freie und forderten das Erdhörnchen noch einmal auf, Gericht zu halten. Es antwortete wieder: »Hat sie ein Leben genommen, soll man ihrs dafür nehmen.« – »Hyäne, hast du das Urteil vernommen?« fragte der Löwe. »Ja!« antwortete die Hyäne. Aber da gab ihr das Erdhörnchen einen Wink. Es sprach: »Hast du denn nicht in das Buch gesehen? Das Buch spricht: ›Der Busch ist weit, aber die Höhle ist eine Höhle.‹« Die Hyäne blickte sich um, und dann sprang sie auf und rannte davon. Das Erdhörnchen aber huschte schnell in sein Loch. Und obwohl sich der Löwe noch lange umblickte, sah er niemanden mehr.

Die drei Freier

Drei Männer bewarben sich einmal um die Hand eines Mädchens. Da entschieden die Eltern des Mädchens: »Wer von euch etwas bringt, das es auf der ganzen Welt nicht noch einmal gibt, bekommt unsere Tochter.«

Da machten sich die Männer auf den Weg. Lange wanderten sie, begaben sich in entlegene Gegenden, und jeder suchte zwei Monate lang nach etwas Einmaligem. Der eine Mann fand ein Pferd, das bewältigte die Entfernung von vierzig Tagesmärschen an einem einzigen Tag. Der andere hatte ein wunderbares Wasser erworben. Goß man einem Toten innerhalb von vierzig Tagen etwas davon in den Mund, so erhob er sich, und das Leben kehrte wieder in ihn zurück. Der dritte schließlich verfügte nun über ein Fernrohr besonderer Art. Hielt er es vor die Augen, konnte er alle Orte sehen, die bis zu vierzig Tage entfernt lagen.

Die drei Männer trafen wieder zusammen und machten sich gemeinsam auf den Weg zum Dorf des Mädchen. Als sie zwanzig Tage gewandert waren, sprachen sie zueinander: »Halten wir an! Der Mann mit dem Fernrohr soll Ausschau halten und sagen, ob im Dorf unserer Frau alle gesund sind.« Er schaute durch das Fernrohr. O weh! Das Mädchen war gestorben. Man hob sie eben auf, um sie in den Wald zu tragen. »Unsere Frau ist gestorben!« berichtete der Mann den anderen. Gleich hieß es: »Mann mit dem Pferd, beeil dich, bring das Mädchen her!« Der Mann mit dem Pferd galoppierte davon und war nach kurzer Zeit auch mit der Toten zurück. Nun war der mit dem Wasser an der Reihe. Er goß dem Mädchen etwas davon in den Mund, und, siehe da, die junge Frau wurde wieder lebendig. Sie setzten das Mädchen aufs Pferd und brachten es ins Dorf. Vater und Mutter des Mädchens kamen ihnen entgegen und sprachen: »Seid gegrüßt, ihr habt eine gute Tat vollbracht!« Nun verlangte der mit dem wunderbaren Wasser: »Gebt mir das Mädchen zur Frau, ich habe sie wieder ins Leben gerufen!« Aber der mit dem Fernrohr widersprach: »Mir gehört sie, denn ich habe zur rechten Zeit entdeckt, daß sie tot ist.« Doch davon wollte der mit dem Pferd nichts wissen: »Mir gebührt sie!« sagte er. »Schließlich war nur ich imstande, sie zu euch zu bringen.«

Und nun stritten die drei miteinander, rauften sich, stachen mit den Messern aufeinander ein. Der erste ließ sein Leben, der zweite kam um, und auch der dritte starb bald darauf. So hatte keiner das Mädchen bekommen, um das sie geworben hatten.

NACHWORT

Die Küstenregion Kameruns wurde schon im 15. Jahrhundert Ziel portugiesischer Händler. Ein reger Tauschhandel, gerichtet auf den Erwerb von Gewürzen, Elfenbein oder Gold, kam in Gang, wurde aber bald von dem mehr als drei Jahrhunderte andauernden Handel mit Sklaven überlagert. Nach dem Aufkommen des Industriekapitalismus in Europa etablierten sich, zunächst ebenfalls an der Küste, englische Kaufleute und seit Mitte des 19. Jahrhunderts verstärkt auch Vertreter deutscher Handelsfirmen. Der einträgliche Austausch europäischer Billigwaren gegen Erzeugnisse des Landes, besonders Palmöl, aber auch Kautschuk, Kakao oder Elfenbein, förderte den Drang nach Kolonialisierung. Verträge namentlich deutscher Handelsgesellschaften mit Häuptlingen der Küstenvölker bereiteten dann die Inbesitznahme des Landes vor. Im Jahre 1884 kam es zur Proklamation der deutschen ›Schutzherrschaft‹, und in den nächsten beiden Jahren erfolgte, nach zähen Verhandlungen mit England und Frankreich, die Grenzziehung. Seit 1916 befand sich Kamerun unter britisch-französischer Herrschaft. Nach dem ersten Weltkrieg teilte der Völkerbund das Land im Jahre 1922 in ein britisches und ein französisches Mandatsgebiet. Das französische erlangte im Jahre 1960 die Unabhängigkeit, ein Jahr später schloß sich der südliche Teil des britischen Mandatsgebietes an.
Die Republik Kamerun erstreckt sich von der Atlantikküste im Golf von Guinea etwa 600 Kilometer nach Osten in das Gebiet des tropischen Regenwaldes und mehr als 1000 Kilometer nach Nordosten in die Savannen des Adamaua-Hochlandes bis hin zum Tschadsee. Ihre etwa 10 Millionen Einwohner umfassen mehr als zweihundert ethnische Gruppen. Über ein Drittel

der Gesamtbevölkerung stellen die Fang mit ihren zahlreichen Untergruppen, knapp ein Fünftel der Bewohner des Landes sind Bamileke und etwa zehn Prozent der Bevölkerung gehören zu den Fulbe. Außerdem vermutet man, daß in den Waldgebieten noch ungefähr zehntausend Pygmäen leben. Allerdings handelt es sich bei allen Angaben über die ethnische Entwicklung und Verteilung der Bevölkerung nur um Schätzungen. Offiziell werden derartige Daten – wohl mit Blick auf die angestrebte nationale Integration – nicht mehr erhoben. Französisch und Englisch sind die Amtssprachen des Landes, als Umgangssprachen dominieren Bamileke, Duala, verschiedene Fang-Dialekte, Fulfulde und Pidgin-Englisch. Heute ist der Süden Kameruns der am dichtesten besiedelte und wirtschaftlich am weitesten entwickelte Landesteil. Die Hauptstadt Yaoundé mit über fünfhunderttausend Einwohnern liegt hier und Douala, die größte Stadt der Republik Kamerun, in der mehr als eine Million Menschen leben.
Unsere Kenntnis der älteren Geschichte und Kultur der verschiedenen Völker und Stämme in Kamerun ist bis heute unzureichend, oft beruht sie nur auf Hypothesen. Historische Ereignisse und Entwicklungen oder kulturelle Erscheinungen mußten bislang fast ausschließlich aus mündlichen Überlieferungen rekonstruiert oder an Hand sprachwissenschaftlicher und kulturgeschichtlicher Vergleiche ermittelt werden, denn Schriftzeugnisse aus vergangenen Jahrhunderten fehlen weitgehend, und materielle Zeugen der Vergangenheit sind rar. Indizien weisen darauf hin, daß auf dem Territorium des heutigen Kamerun in alter Zeit massive Völkerbewegungen stattfanden. Mehrfach stießen die Kulturen Ost- und Südafrikas mit denen West- und Zentralafrikas zusammen, und so kam es neben der territorialen Verschiebung und ›Zersprengung‹ auch zur Verschmelzung von Völkern sowie zu einer wechselseitigen Beeinflussung oder Überlagerung unterschiedlicher Kulturen. Es liegt auf der Hand, daß sich diese Prozesse heute nur noch schwer zurückverfolgen lassen.
Etwa vom ersten Drittel unseres Jahrhunderts an entstanden zahlreiche ethnographische Untersuchungen. Sie geben uns einen recht genauen Einblick in die Lebensverhältnisse und die

Vorstellungswelt der Völker Kameruns in dieser Zeit. Ethnographen, aber auch Sprachforscher, Missionare oder gelegentlich Kolonialbeamte begannen zu dem Zeitpunkt auch mit der Aufzeichnung bisher mündlich von einer Generation an die folgende weitergegebener Überlieferungen. Aus diesen ersten Dokumentationen von Volksliteratur wurden die im vorliegenden Band zusammengestellten Märchen und Geschichten ausgewählt. Es sind in gewisser Weise einmalige Zeugnisse einer heute zwar nicht verschwundenen, aber inzwischen stark veränderten Erzähltradition.
In einer Kultur, die vom mündlichen Erzählen lebt, existieren Märchen und Geschichten in einer Vielzahl von Varianten, gibt es keine standardisierten Fassungen. Die verschiedenen Erzähler schaffen eine Geschichte – bei Wahrung ihres Kerns – jedesmal neu. Schriftlich festgehalten wurde aber stets nur eine Variante, und welche das war, bestimmte oft genug der Zufall. Die sprachliche Kompetenz dessen, der etwas niederschrieb, seine Kenntnisse, Erfahrungen und besonderen Interessen setzten zusätzliche Akzente, und schließlich sind mit der Übersetzung in eine andere Sprache ebenfalls unvermeidlich Verluste verbunden. All dies war bei der Auswahl und bei der Bearbeitung der Texte für diesen Band zu bedenken. Und obwohl hinsichtlich der Qualität der Texte gewisse Einschränkungen in Kauf genommen werden müssen, ließ die große Zahl vorhandener Quellen und die Reichhaltigkeit des darin zusammengetragenen Materials eine aussagekräftige Auswahl zu. Allerdings können nicht alle Regionen Kameruns gleich ausgewogen vorgestellt werden. Von den im Norden und Osten lebenden Völkern liegen nur verhältnismäßig wenige Aufzeichnungen vor, daher mußte beispielsweise auf Überlieferungen der Fulbe, des zahlenmäßlig stärksten Volkes in Nordkamerun, verzichtet werden. Dagegen wurden Märchen und Geschichten der Küstenvölker oder Erzählungen der in den angrenzenden Waldgebieten und in den Savannen des Kameruner Graslandes lebenden Bevölkerung vergleichsweise reichlich festgehalten.
Im Süden Kameruns, der von tropischem Regenwald bedeckt ist, leben die Fang. Man nimmt an, daß sie ihr heutiges Sied-

lungsgebiet erst vor wenigen Jahrhunderten, aus den noch weiter südlich gelegenen Savannen kommend, in Besitz genommen haben. Die Fang gehören zur großen, über ganz Süd- und Ostafrika verbreiteten Familie der Bantu-Völker. Wie für die meisten Bewohner des Regenwaldes war auch für sie der Akkerbau hauptsächliche Lebensgrundlage. Noch um die Jahrhundertwende bestimmte der Anbau von Maniok, Mais, Erdnüssen, Bananen und anderen Früchten, für den dem Wald ständig aufs neue Boden abgerungen werden mußte, völlig ihren Lebensrhythmus. Während der Trockenzeit wurden das Unterholz und die kleineren Bäume eines Waldstücks gerodet und einige Tage später verbrannt. Große Bäume blieben als Schattenspender stehen, ebenso Bäume, deren Früchte genutzt werden konnten. Die letzteren, sie wurden Fruchtbäume genannt, entfernte man auch dann nicht, wenn sie inmitten einer als Feld vorgesehenen Fläche wuchsen. Über die heranreifenden Früchte verfügte derjenige, der das Feld bestellt hatte. Zu Beginn der Regenzeit bereitete man die Felder für die Bestellung vor. Vom Roden angefangen waren alle vorbereitenden Arbeiten Aufgabe der Männer. Das anschließende Säen, Pflanzen, das Jäten und schließlich die Ernte gehörten dagegen zum Verantwortungsbereich der Frauen. Bei der Jagd gaben die Fang Treibjagden den Vorzug und entwickelten besonderes Geschick beim Fallenstellen. Auch vielfältige Arten des Fischfangs, von denen die meisten den Männern vorbehalten waren, nutzte man zur Bereicherung des Nahrungsangebotes. Große Fischwehre aus dicht nebeneinander stehenden Knüppeln, deren Zwischenräume mit Blättern und Rindenplatten abgedichtet waren, brachten die ergiebigsten Fänge. Am Fuß des Wehres befestigte man Reusen oder Körbe, während die in der Oberflächenströmung schwimmenden Fische von schrägen Rosten aufgefangen wurden. Bei den Frauen war das Fischtreiben üblich. In seichten Bächen oder Quelläufen trieben sie das Wasser mit flachen Körben stromabwärts, nachdem in gewissen Abständen Dämme aus Zweigen und Steinen kleine Fische, Schnecken und Krebse am Entkommen hinderten. Mit engmaschigen, flachen Netzen fischte man aus den übriggebliebenen Wasserlachen, was zusammengekommen war.

Auch hier war die Ausbeute meist reichlich – zudem stellte die ganze Angelegenheit ein Vergnügen für die Beteiligten dar.
Traditionell lebten die Fang im Verband einer oder mehrerer Großfamilien. Ein Dorf umfaßte meist mehrere Einzelsiedlungen. Die kleinen Giebeldachhäuser standen einander in zwei Reihen gegenüber, die Querseiten der Häuser zeigten zum Dorfplatz. Die Pfosten und die Firstbalken eines solchen Hauses fertigte man aus Holz, das Dach und oft auch die Wände dagegen aus den Blättern und Stengeln der Raphiapalme. Für jede Frau, die ein Mann heiratete, wurde ein eigenes Haus errichtet, ebenso für die herangewachsenen Kinder. Das Versammlungshaus spielte eine besondere Rolle. Schon seine Anordnung – quer zur Häuserreihe an der Spitze der jeweiligen Siedlung – wies auf die ihm zugemessene Wichtigkeit hin. Es war der hauptsächliche Aufenthaltsort der Männer, zu dem Frauen nur gelegentlich Zutritt gewährt wurde. Hier fanden unter der Leitung des Dorfoberhaupts Beratungen statt, hier wurden Besucher empfangen, Gerichtsverhandlungen abgehalten und Geschichten erzählt. In der sozialen Hierarchie der Fang dominierten die Männer. Zwar gestand man den Frauen eine gewisse Rolle als Vermittler zwischen zwei Familien oder gar Stämmen zu, im Grunde aber galten sie als Besitz des Mannes, der durch die Heirat erworben war. Die zu erwartenden Nachkommen ermöglichten wirtschaftliche Sicherheit und Einfluß. Besonders die Macht eines Dorf- oder Sippenoberhauptes war von der Zahl seiner Anhänger abhängig, die sich zunächst aus seinen direkten Nachkommen rekrutierte. So erklärt sich das Bestreben, möglichst viele Frauen zu erwerben. Diese patriarchalische Struktur existierte im Grunde bei allen Völkern Kameruns, wenngleich sich die Frauen der Gbaya oder der Ekoi mehr Rechte und mehr Selbständigkeit gegenüber den Männern bewahrt hatten.
Der Handel war im Gebiet der Fang ursprünglich kaum entwickelt. Für den Austausch von Waren und nicht zuletzt für die Kommunikation zwischen benachbarten Dörfern und Sippen sorgten gegenseitige Besuche, für die sich feste, unbedingt einzuhaltende Regeln der Gastfreundschaft herausgebildet hatten. Dabei waren Aufnahme und Verpflegung des Gastes

ebenso geregelt wie die Art und die Größe der obligatorischen Gastgeschenke. Eiserne Speerspitzen, je nach Form und Größe von verschiedenem Wert, waren als eine Art Zahlungsmittel verbreitet und wurden auch als Ausdruck des Reichtums angehäuft.

Ähnliche Lebensformen wie bei den Fang finden sich auch bei den anderen Völkern des tropischen Regenwaldes. Das gilt für die Kundu und die Kpe, von denen Märchen in unsere Auswahl aufgenommen wurden, es trifft im Grunde aber auch für das Zusammenleben der Duala zu, die unter vergleichbaren natürlichen Bedingungen im Küstengebiet Kameruns angesiedelt sind. Allerdings standen die Duala schon seit mehr als einem Jahrhundert in regelmäßigem Kontakt mit europäischen Händlern, Begriffe wie Dampfer und Faktorei in einigen ihrer Geschichten zeugen davon. Der Handel, besonders der Zwischenhandel von der Küste ins Hinterland, spielte bei ihnen eine wichtige Rolle. Um die Jahrhundertwende hatte sich bei den wohlhabenden Duala schon europäische Kleidung durchgesetzt, während beispielsweise die Fang noch die traditionellen, aus Rindenstoffen gefertigten Schurze trugen. Und schon vor der Kolonialzeit existierten im Duala-Land städtische Siedlungen.

Weitaus günstigere Lebensbedingungen als das Gebiet des Regenwaldes bot die sich im Norden anschließende Savannenregion. Vor allem das Kameruner Grasland, ein Hochplateau im Nordosten, wurde zu einem herausragenden Zentrum der politischen und kulturellen Entwicklung. Seinen Namen verdankt es dem in diesem Gebiet üppig wachsenden, bis sechs Meter hohen Steppengras, das der Landschaft einen ganz eigenen Reiz verleiht. Zu den kleineren und mittleren Völkern, die in dieser Region leben, gehören die Bali, die Bamum und die Bamileke, wobei sich letztere erst im Verlauf des zwanzigsten Jahrhunderts durch Assimilation unterschiedlicher ethnischer Gruppen herausbildeten. Überhaupt fällt die sprachliche und kulturelle Angleichung der Graslandvölker auf, die meist vom Norden oder Nordwesten in dieses Gebiet zugewandert waren. Die Landnahme sowie die Verteidigung der errungenen Gebiete gegen die im 19. Jahrhundert von Norden her angreifen-

den Fulbe hatten die politische Zentralisation gefördert. Es bildeten sich mehrere kleine, festgefügte Reiche aus, an deren Spitze ein König stand, der zugleich religiöses Oberhaupt war. Eine mit der Königsmacht verbundene Schicht, die sich aus Mitgliedern der Herrscherfamilie, aus Würdenträgern und deren Angehörigen zusammensetzte, stand über der Masse der freien Bauern. Daneben gab es eine große Zahl von Unfreien. Ihnen und den Frauen oblag fast die gesamte Feldarbeit, wodurch die Ausbildung und Entwicklung eines berufsständischen Handwerks möglich wurde. Um die Jahrhundertwende erlangte das Königreich von Bamum unter König Njoya, der 1889 zur Herrschaft gekommen war und sein Reich mehr als vierzig Jahre regierte, besondere Bedeutung. In Fumban, seinem Königssitz, hatte sich eine reiche höfische Kunst herausgebildet. Neben der Bronzegießerei pflegte man in den Werkstätten des Palastes die Schnitzkunst, betrieb Stoffherstellung und Perlenknüpferei. König Njoya verhielt sich sowohl gegenüber der islamischen Kultur, mit der er durch die Fulbe Bekanntschaft schloß, als auch kulturellen Erscheinungen aus Europa gegenüber in einem hohen Maße aufgeschlossen. Anregungen, die er von dort empfing, verarbeitete er auf eigenständige Weise. Neben vielem anderen entwickelte er eine eigene Schrift, in der er die ›Geschichte und Sitten der Bamum‹ chronikartig aufzeichnete. Um dem wachsenden Druck des europäischen Kolonialismus zu begegnen, trat Njoya im Jahre 1917 zum Islam über. Bamum wurde Sultanat, der Islam in der Folge herrschende Religion. Dennoch bewahrten die Bamum ihre ethnische und kulturelle Eigenständigkeit. Die alte Hauptstadt Fumban gilt noch immer als eines der bedeutendsten Zentren von Kunst und Kunsthandwerk in Kamerun.
In den küstennahen Waldgebieten zu beiden Seiten der Grenze zwischen Kamerun und Nigeria, im sogenannten Cross-Fluß-Gebiet, leben die Ekoi, am Oberlauf des Cross-Flusses, wo Wald und Savanne wechseln, das Volk der Nyang. Ackerbau, Jagd und Fischerei betrieben beide Völker in ähnlicher Art wie die des südlichen Waldlandes. Die Ekoi waren zudem seit langem auch als Händler hervorgetreten. Sie hatten zu den Zulieferern für den transatlantischen Sklavenhandel via

Calabar gehört. Um die Jahrhundertwende beherrschten sie von Calabar aus den Zwischenhandel von der Atlantikküste nach Südwestkamerun. Kulturelle Eigenständigkeit bewiesen die Ekoi unter anderem bei der Entwicklung einer Bilderschrift zur Nachrichtenübermittlung und in der sonst in Afrika seltenen figürlichen Wandmalerei. Sie bedeckten den hellen Untergrund ihrer Häuser mit stilisierten Tier- und Menschendarstellungen in roter und schwarzer Färbung. Auch bei den Ekoi traten zunehmend Gegensätze zwischen Freien und Unfreien, Armen und Wohlhabenden zutage, die zu einer Veränderung der bisherigen Sippenbeziehungen führten. Zum Beispiel verlor die Initiation der Mädchen, die mit einem längeren Aufenthalt im sogenannten Mädchenhaus verbunden war, ihre ursprüngliche rituelle Bedeutung. Ein möglichst ausgedehnter Aufenthalt der Mädchen bei reichlicher Ernährung und schöner Kleidung wurde mehr und mehr zu einer Frage des Prestiges.
Die Entwicklung Nordkameruns stand vom Beginn des 19. Jahrhunderts an im Zeichen der vordringenden Fulbe, die eine stark islamisch geprägte Kultur hierher brachten. Sie verdrängten oder unterwarfen die ansässige Bevölkerung und errichteten den Staat Adamaua. In zahlreichen Kriegszügen, die sie mit ihrer starken Reiterarmee von dort aus unternahmen, machten sie die umliegenden Völker tributpflichtig. Die Wute, die Kotoko und nicht zuletzt die Gbaya gehören zu jenen Völkern an der Peripherie des Adamaua-Reiches, die ihre Eigenständigkeit weitgehend zu bewahren vermochten. Bei den Wute, die ihre jetzigen Wohnsitze im Süden Adamauas erst gegen Ende des 19. Jahrhunderts einnahmen, und die auch sprachlich mit keinem der benachbarten Völker verwandt sind, hatte die ständige Kampf- und Abwehrbereitschaft zu einer Differenzierung in ihrer sozialen und politischen Organisation geführt. Lange Zeit wehrten sich auch die Kotoko erfolgreich gegen die immer wieder angreifenden Fulbe, und der Islam fand nur ganz allmählich Eingang in ihre Kultur. Die Kotoko, vor allem ein Volk von Fischern und Bauern, bei denen aber auch Rinderhaltung üblich ist, leben in Großsiedlungen im Mündungsgebiet des Logone in den Tschadsee. Daher werden

sie oft auch als Logone bezeichnet. In den Savannen Nord- und Mittelkameruns befindet sich das Siedlungsgebiet der Gbaya, in dem sie schon seit langer Zeit ansässig sind. Das Gebiet der Gbaya ist vorwiegend Hügelland, bedeckt mit Baumsteppen und kleineren Waldstücken an Flüssen und Quellen. Als Savannenbewohner betreiben sie hauptsächlich Ackerbau. Maniok, Sesam, Mais und Durrha gehören zu den am häufigsten angebauten Feldfrüchten, und seit altersher wurde eine bestimmte Fruchtfolge eingehalten. Auch die Jagd spielte im Leben der Gbaya eine wichtige Rolle. Während der Regenzeit veranstaltete man vor allem Hetzjagden auf Großwild, in der Trockenzeit gab man Treibjagden den Vorzug, wobei mit Hilfe künstlich angelegter Steppenbrände eine große Menge von Tieren zusammengetrieben und erlegt wurde. Die Gbaya waren in Sippenverbänden organisiert, von denen meist mehrere in einem Dorf zusammenlebten. An der Spitze stand ein Dorfoberhaupt, manchmal wurden zusätzlich Unterhäuptlinge eingesetzt. Das Rundhaus aus Lehm mit einem grasgedeckten Spitzdach war die typische Hausform. Im Innern errichtete man gewöhnlich eine Trennwand. Sie bestand meist aus Lehm und wurde mit kunstvollen Ornamenten in leuchtendem Rot, Weiß und Gelb verziert. Im hinteren Teil des Raumes befanden sich die Schlafbänke, im vorderen Teil richtete man eine Kochstelle ein. Zur Ausstattung gehörten große bauchige Vorratstöpfe, die zu mehreren übereinandergestellt wurden. Wegen der leuchtenden Bemalung oder ihrer schwarz glänzenden Politur aus Graphitstaub und Öl, waren diese Töpfe auch als Schmuck- und Repräsentationsgegenstände beliebt.

Bei allem, was die Völker Kameruns voneinander unterscheidet, weisen die Grundzüge ihres weltanschaulichen Denkens, ihre religiösen Vorstellungen und die damit verbundenen Praktiken aber auch erstaunliche Gemeinsamkeiten auf. In fast allen Gebieten verbreitet ist der Glaube an einen obersten Gott als Schöpfer der Menschen, Tiere und Pflanzen. Bei den Fang heißt er Essamaniamaböge oder kürzer, Nsambe, bei den Ekoi wird der Himmelsgott Obassi Osaw genannt, bei den Gbaya trägt der Schöpfergott den Namen Gbasso. Aber so umfang-

reich und bis ins einzelne ausgearbeitet die Vorstellungen auch sind, die man mit diesen Gottheiten verbindet, gelten sie doch im allgemeinen als recht fernstehende Mächte, die das Geschick der Menschen nicht, beziehungsweise nicht mehr zu beeinflussen vermögen. Die ziemlich respektlose Behandlung, die sich Nsambe, aber auch Gbasso in unseren Märchen gefallen lassen müssen, ist ein Ausdruck dieser distanzierten Beziehung. Weitaus größere Bedeutung für das tägliche Leben besaßen der Glaube an die Beseeltheit aller Dinge, die Verehrung von Naturgeistern, die Überzeugung vom Wirken magischer Kräfte und schließlich die Verehrung der Ahnen. Und obgleich die entsprechenden Glaubenspraktiken inzwischen zum Teil aufgegeben wurden oder sich doch stark verändert haben, wirkt noch vieles von diesen Vorstellungen bis in die Gegenwart. Knapp die Hälfte der Bevölkerung in Kamerun fühlt sich noch heute traditionellen afrikanischen Religionen verbunden, und dort, wo der Islam oder das Christentum Fuß gefaßt haben, sind Elemente des traditionellen Glaubens in diese Religionen eingegangen.
Der Ahnenverehrung liegt die weitverbreitete Ansicht zugrunde, daß die Verstorbenen als Seelen oder Geister in einem eigenen Land oder Gebiet weiterleben. Das Leben im Totenreich stellte man sich nach ähnlichen Gesetzen geordnet vor wie das der Menschen. Man war überzeugt, daß die Verstorbenen gelegentlich wiederkehren konnten, unsichtbar oder in menschlicher Gestalt. Im allgemeinen galt eine Begegnung mit solchen Geistern als gefährlich. Wohl deshalb ist die glückliche Wiederkehr eines Märchenhelden aus dem Reich der Toten ein beliebtes Motiv. Wir finden es zum Beispiel in der Geschichte ›Vom Mann, der die Sprache der Hühner verstand‹ oder im Märchen ›Warum der Osingbaum nur noch durch Zauber spricht‹, aber selbst dort wirkt das Zusammentreffen mit den Toten letzten Endes lebensbedrohend, beide Helden überleben die Begegnung nicht lange. Der Glaube, daß die verstorbenen Ahnen über die Macht verfügen, das Schicksal der Lebenden in guter oder böser Absicht zu beeinflussen, daß man sie anrufen kann, um ihren Beistand zu erbitten, und daß man ihnen Opfer darbringen muß, um sich ihr Wohlwollen zu erhal-

ten, kam in unterschiedlichen Formen der Ahnenverehrung zum Ausdruck und führte zur Ausbildung verschiedener Kulte. Verehrt wurden die Ahnen der eigenen Familie oder die der herrschenden Sippe, bei den Völkern des Graslandes kam es darüber hinaus zu einer Verbindung von Ahnen- und Königskult. Die Ahnen des Herrschers wurden hier nicht nur von ihren direkten Nachkommen, sondern von allen Landesbewohnern verehrt. Dem König als dem unmittelbaren Nachfolger der Ahnen schrieb man besondere Kräfte zu. Wie es auch im Märchen ›Bingo‹ berichtet wird, bewahrte man bei den Fang die Schädel der Ahnen in besonderen Gefäßen auf und bemalte sie vor jeder Anrufung nach einem festgelegten Ritual mit Öl und roter Farbe. Bei den Graslandvölkern, aber auch bei den Gbaya, pflegte man an den Gräbern der Ahnen Opfer, vor allem Palmwein, darzubringen, um sie den Lebenden günstig zu stimmen. Nicht selten verbanden sich mit dem Ahnenkult auch die Anbetung von Naturkräften oder totemistische Vorstellungen.

Eine besondere Eigenart in den religiösen Vorstellungen ist der auch heute noch außerordentlich stark verbreitete Glaube an die Wirksamkeit magischer Kräfte und die große Rolle, die man magischen Praktiken im täglichen Leben zuerkennt, um mit ihrer Hilfe außermenschliche Kräfte und Mächte zum eigenen Nutzen manipulieren zu können. Die Herstellung und Verwendung von ›Zaubermedizin‹, die uns auch in einigen Märchen begegnen, gehören hierher, ebenso der Fetisch. Als Fetische bezeichnet man Gegenstände, die man mit einer durch Geschenke oder Opfer oder Strafen beeinflußbaren Kraft ausgezeichnet glaubt. Bei den Ekoi und anderen westafrikanischen Völkern wird dafür der Begriff Juju verwendet. Allerdings nicht nur für die Gegenstände, die bei Zauberpraktiken im engeren Sinne eine Rolle spielen, sondern auch für besondere Naturgegebenheiten. Beispielsweise ist die Rede von Juju-Bäumen, die man für den Wohnsitz von Ahnen oder Geistern hielt. Im übrigen ist auch bei den Völkern Kameruns die Zahl der Erd-, Busch- oder Wassergeister überaus groß. In der Gestalt solcher Geister genossen vor allem Naturkräfte Verehrung, und man glaubte, daß die Sippe oder der Stamm, von denen ein bestimmtes Gebiet zuerst in Besitz genommen worden war, mit diesen Geistern in einer engeren Verbindung standen als die später Hinzugekommenen. Gewöhnlich dachte man sie sich als männlich. Ada, der Waldgeist im gleichnamigen Märchen der Ekoi, ist eine der seltenen weiblichen Erscheinungen.

Überall in Kamerun hatten sich auf der Basis religiöser Vorstellungen Männerbünde, seltener auch Frauenbünde herausgebildet. Ihre Entstehung scheint in vielen Fällen mit Differenzierungsvorgängen im sozialen und politischen Gefüge zusammenzuhängen, bei denen es bestimmten Gruppen gelang, eine führende Rolle in der Ausübung für die Gemeinschaft wichtiger Kulthandlungen (Ahnen- oder Fruchtbarkeitskulte) zu beanspruchen. Die Aufnahme in einen dieser Bünde war verbunden mit rituellen Feierlichkeiten, zum Beispiel Maskentänzen, und dem Erwerb überlieferten Wissens. Sie war gleichbedeutend mit dem Eintritt ins Erwachsenenleben. Die Gliederung der Bünde in verschiedene Stufen mit jeweils streng geheimgehaltenen Ritualen, wie sie bei den Völkern des Graslandes oder in der Egbo-Gesellschaft der Ekoi üblich war, entsprach genau der sozialen Hierarchie, die in diesen Gebieten herrschte. Um zu den höheren Stufen Zugang zu erhalten, mußten hohe Zahlungen geleistet werden, so daß die Ärmeren praktisch ausgeschlossen blieben. Die Leiter solcher Bünde verfügten über unbegrenzte Macht, jeden, der sich ihnen nicht unterwarf, konnten sie töten lassen.

Vergleicht man die Märchen und Geschichten dieses Bandes miteinander, fällt eine mitunter erhebliche Heterogenität auf. Phantasievoll Gestaltetes, bei dem der Erzähler gewissermaßen aus dem vollen zu schöpfen scheint, wie ›Die drei Söhne Adas‹, ›Die schöne Meküküi‹ oder ›Akulenzame, der Mann mit dem Sack‹, stehen neben spröden, aufs äußerste verknappten Geschichten vom Typ ›Zwei Mütter und ein Kind‹, einer Variante des Kreidekreis-Motivs, oder ›Chamäleon und Gecko‹. Nun ist sicherlich auch hier manches bedingt durch die eingangs skizzierten Umstände der Aufzeichnung, der Hauptgrund für die Verschiedenartigkeit ergibt sich jedoch aus dem heterogenen Charakter der Überlieferungen selbst. Völker mit

einer langen Kulturtradition haben gewöhnlich auch einen reicheren und vielgestaltigeren Erzählschatz hervorgebracht als kleinere Völker oder isoliert lebende Stämme. Berührungen mit anderen Kulturen, die sich beispielsweise durch Handelskontakte ergaben oder auch im Zusammenhang mit der Eroberung neuer Siedlungsräume, führten nicht selten zur Übernahme neuer Themen, Motive oder Erzählformen. Unverkennbar von islamisch-arabischen Vorstellungen beeinflußt sind die beiden Märchen ›Der Mann Gottes als Meisterdieb‹ und ›Der Schuster und die vierzig Räuber‹. Vom Stofflich-Motivischen her ist das zuerst genannte Beispiel der afrikanischen Vorstellungswelt ursprünglich fremd. Unter Lebensbedingungen, die den einzelnen in einem hohen Maße zum Gemeinsinn verpflichteten, mußte Stehlen als etwas besonders Verwerfliches verurteilt werden. Möglicherweise überzeugt im Märchen vom Meisterdieb die Logik der Handlungsführung auch deshalb nicht so recht, weil es der Erzähler nur unzureichend vermochte, das Geschehen seiner Vorstellungswelt zu adaptieren, ein Vorgang, der in der Geschichte vom Schuster und den vierzig Räubern müheloser zu leisten war, und der bis hin zur Schlußszene gelungen ist, in der, eine für Afrika charakteristische Lösung, die Ahnen ›eingeschaltet‹ werden.
Eine Reihe von Märchen verarbeitet Motive, die uns aus der europäischen und asiatischen Märchenwelt vertraut sind. Besonders beliebt scheint der Wettlauf der Tiere zu sein, hier ein Wettlauf zwischen Schildkröte und Antilope (›Die Schildkröte als Schnelläufer‹), ein Motiv, von dem noch viele andere Versionen bekannt sind. Unverkennbar ist auch die Tischlein-deck-dich-Variante in ›Die zwei Hörner‹ oder im Märchen ›Sieben Jahre im Mutterleib‹ eine Häufung so bekannter Elemente wie das zweischneidige Zaubermesser, das den Weg weist, der glatte steile Berg, den der Held besteigen muß, die durch einen Zauber gegen sich selbst kämpfenden Krieger und schließlich der Märchenheld selbst, ein Enfant terrible, das als fast Erwachsener zu Welt kommt. Diese Figur erfreut sich bei vielen afrikanischen Völkern außerhalb Kameruns ebenfalls großer Beliebtheit, und ihre übermütigen Betrügereien und Übertölpelungsversuche wurden in einer schier endlosen Zahl von Ge-

schichten weitergegeben. Neben dem Helden in ›Sieben Jahre im Mutterleib‹ verkörpert zum Beispiel auch Tuba Mbange, über den bei den Kundu noch viel mehr im Umlauf ist, diesen Typ in den Märchen der Kameruner Völker. Von ganz ähnlichem Zuschnitt ist auch Uantu, der Sohn Gbassos, ein listenreicher Betrüger in zahlreichen Gbaya-Märchen. Aber während Tuba Mbange und Uantu hin und wieder ein Opfer ihrer eigenen Unzulänglichkeiten werden (›Wie Uantus List fehlschlug‹) und einmal doch ihr Leben lassen müssen (›Wie Tuba Mbange in die Himmelsstadt ging und dort getötet wurde‹), bleibt der Junge im Märchen ›Sieben Jahre im Mutterleib‹ Sieger – allerdings muß nun das ganze Menschengeschlecht für seine ›Fehltritte‹ büßen. Das Märchen gehört zu den vielen Beispielen, in denen im spielerisch-respektlosen Umgang mit Gestalten und Vorstellungen aus der Mythologie auf vergnügliche Weise Mißstände im Zusammenleben der Menschen unter die Lupe genommen werden. Und obgleich der jeweils im Hintergrund stehende Mythos in den Geschichten um Nsambe, Obassi oder Gbasso profanisiert wurde, mitunter hat die Einführung einer solchen Gestalt nur die Funktion, das Handlungsgeschehen aus der Alltäglichkeit herauszuheben (›Wie die Schildkröte Nsambes Tochter rettete‹), bleibt doch noch erkennbar, daß die Grenzen zwischen Mythos und Märchen fließend sind.

Überhaupt scheinen die einzelnen Genres, Tier-, Zaubermärchen oder Schwankerzählungen, nicht in der uns vertrauten Weise voneinander abgrenzbar. Eine Ursache, sicher nicht die einzige, ist die in afrikanischen Märchen überall anzutreffende ausgeprägt didaktische Erzählweise. Wo man das gesammelte Wissen und die Erfahrungen über Jahrhunderte fast ausschließlich auf mündlichem Wege tradierte, verband sich mit dem Erzählen von Geschichten zunächst vor allem eine erzieherische Aufgabe, der man natürlich zunehmend auf unterhaltsame Weise gerecht zu werden versuchte. Daß dies nicht ohne Folgen für die Ausformung eines Stoffes bleiben konnte, steht außer Frage. Auch die Märchen unseres Bandes stellen in dieser Beziehung keine Ausnahme dar. Viele Geschichten enthalten eine handfeste Lehre, und der Erzähler versäumt es selten, die Moral noch einmal pointiert zusammenzufassen oder durch ein Sprichwort zu bekräftigen. Allerdings ist auch die Zahl jener Märchen groß, in denen einzelne Episoden oder die ganze Handlung so sehr von der Lust am Fabulieren, am Ausmalen komischer oder phantastischer Situationen geprägt sind, daß Didaktisches in den Hintergrund tritt. Das gilt für Märchen wie ›Die drei Söhne Adas‹ oder unsere Titelgeschichte ›Der dankbare Affe‹, das gilt für die Kettenmärchen vom Typ ›Der kluge Enkel‹ oder ›Das Mädchen und die Kröten‹, und es trifft auch für die Erzählungen zu, in denen ein ätiologischer Bezug gewissermaßen nur noch den Aufhänger oder den erzählerischen Rahmen bildet, wie die ›Erklärung‹, ›Warum das Schaf mit dem Kopf nickt‹.

Daß nicht jedes Märchen gut ausgeht, hängt gleichfalls mit der didaktischen Funktion des Erzählens zusammen. Oft versprach man sich größere erzieherische Wirkung durch ein abschreckendes Beispiel. Besonders eindrucksvoll wirken in dieser Beziehung ›Die böse Schwiegermutter‹ und ›Amaranga‹. Beide Male wird nüchtern, fast möchte man sagen realistisch, eine furchtbare Tat geschildert, die unter archaischen Verhältnissen, denkt man beispielsweise an die Anthropophagie in ›Amaranga‹, durchaus vorgekommen sein mag. Die Wendung ins Märchenhafte geschieht in der Geschichte von der bösen Schwiegermutter durch die siebenmalige Wiederholung des Mordes, in ›Amaranga‹ durch die Einführung des lahmen Jungen, der alles weiß. Die Grausamkeit der Rache, die Amarangas Mutter übt, die Härte, mit der die böse Schwiegermutter bestraft wird, entsprechen der Grausamkeit und Härte ihrer Vergehen und sind Ausdruck der Schärfe, mit der solche Handlungen zu verurteilen sind. So kommt die böse Schwiegermutter nicht nur elend ums Leben, auch ihr Leichnam wird weggeworfen. Damit bleibt ihr verwehrt, worauf man sonst großen Wert legte, ein würdiger Eintritt ins Reich der Toten, begleitet von Totenfeiern und Opfern.

Wie vielen anderen Geschichten kann auch einem Zaubermärchen das ›happy end‹ fehlen. So büßt Ekute (›Die Zauberschachteln‹), der durch die wunderbaren Gaben seines Ahnen ein reicher Mann geworden war, am Ende alles ein, weil er

nicht genug bekommen kann. Dagegen verliert die schöne Meküküi, Hauptfigur im gleichnamigen Märchen, nicht nur endgültig ihre Affengestalt, sie lernt auch wieder sprechen. Awsang Atikawt, der große Jäger, entkommt der Beherrscherin des Waldes dank seiner zauberkundigen Frau (›Ada, der Waldgeist‹), und der Ndundakvogel rettet Ekandem, die Tochter von Obassi Nsi, aus dem Reich der Schädelmenschen (›Warum man Ndundakfedern trägt‹). Wichtiger als die Erklärung, warum diese Federn getragen werden, ist auch in dieser Gruselgeschichte der pädagogische Hintergrund. Ekandem konnte nur deshalb an einen so scheußlichen Ehemann geraten, weil sie, entgegen dem geltenden Brauch, ihren Bräutigam selbst wählt und ihn den Eltern nicht einmal vorstellt. Die hier angewandte Verwandlungsmethode, das Entleihen von Körperteilen, bis aus dem häßlichen Schädel ein wunderschöner Mann geworden ist, beziehungsweise die Rückverwandlung mit den entsprechenden Folgen, ist ein beliebtes Verfahren in afrikanischen Märchen, ganz ähnlich finden wir es auch in ›Limunges Heirat‹. Im Unterschied dazu ist das Federkleid Mongwäds, mit dem er die weite Reise antreten kann, um seine Schwester zu retten (›Die Brüder Mongwäd und Tengwäd‹), ein Geschenk der dankbaren Tiere, die auch in europäischen Märchen als Helfer des Helden in Erscheinung treten.
Zu den häufig wiederkehrenden Figuren zählen neben den Ungeheuern und Fabelwesen, wie dem Mekir, vor allem der lahme Junge (›Warum es so viele Krankheiten gibt‹) oder das lahme Mädchen (›Ada, der Waldgeist‹) und die alte, meist pockenbedeckte Frau (›Die Geschenke der alten Frau‹). Während Ungeheuer und Fabelwesen in gewohnter Weise überlistet oder besiegt werden, wobei der Sieger oft zum Herrscher über die vom Ungeheuer verschlungenen, nun befreiten Menschen wird (›Die drei Söhne Adas‹), treten der lahme Junge, das lahme Mädchen und die pockenbedeckte Alte als Helfer des Helden auf, sofern er ihren Rat befolgt oder ihre Bitten erfüllt. Geschieht das nicht, ist Strafe unvermeidlich, sei es, daß die Heldin die Gewalt der Geister zu spüren bekommt, in deren Reichweite sie sich befindet (›Warum es so viele Krankheiten gibt‹), oder der verschmähte Helfer selbst seinen Zauber gebraucht

(›Die Geschenke der alten Frau‹). Im Gegensatz zur hilfreichen Alten finden wir gelegentlich auch eine böse alte Frau, die sehr freundlich tut, in Wahrheit aber menschenfresserische Absichten hegt (›Der Hund als Retter‹). Zur Ausformung dieser Figur mögen archaische Vorstellungen beigetragen haben, sie ist im übrigen, den Ungeheuern vergleichbar, nie erfolgreich.
Daß an die Notwendigkeit und Wirksamkeit aller möglichen Zauberpraktiken zum Zeitpunkt der Aufzeichnung unserer Geschichten noch geglaubt wurde, daß man vom guten oder bösen Einfluß eines Fetischs durchaus überzeugt war und die Fähigkeit bestimmter Menschen, sich in ein Tier zu verwandeln, nicht in Zweifel zog, hat zur Folge, daß solche Elemente ohne kritische oder ironische Distanz in die Erzählungen einbezogen wurden, so daß nun ein mitunter nicht leicht zu entwirrendes Neben- und Miteinander von Märchenphantasie, Märchenzauber und im eben genannten Sinne Geglaubtem entstand. Wenn Uantu in der Geschichte ›Vom Blitz und seinen Söhnen‹ den Blitz zu besiegen vermag, weil die Antilope seine vielen Stürze aus großer Höhe mit einem Blätterbündel abfängt, handelt es sich eindeutig um Märchenphantasie, und märchentypisch sind auch die singenden Knochen, die vom getöteten Blitz schließlich noch übrigbleiben. Aber die tödlichen Gefahren, die man von der Zaubermedizin fürchtete, die Kulos Sohn auf dem Weg zu seinem Dorf versteckt, oder von seinen gegen Uantu gerichteten magischen Beschwörungen, empfand man als etwas durchaus Reales.
Relikte totemistischer Vorstellungen liegen der Überzeugung zugrunde, daß sich bestimmte Menschen in Tiere verwandeln können, weil sie ihrem Wesen nach Tiere sind, oder eine Medizin, seit alters in ihrer Familie bekannt, ihnen das ermöglicht. Die Verwandelten verkörperten vor allem gefürchtete Tiere, wie Leoparden oder Elefanten, und diese Tiermenschen galten selbst als große Gefahr. Zweifellos ist der Leopard in der Geschichte ›Vom Mädchen, das einen Leoparden heiratete‹ ein solcher Tiermensch, dagegen scheint die Ehe mit einem solchen Wesen in dieser Zuspitzung Erfindung der Märchenphantasie zu sein, geeignet, die Erzählabsicht deutlich hervorzuheben. So vernünftig der Rat der Mutter, die wahre Natur des Ehe-

mannes herauszufinden, zunächst klingt, die Mittel, die sie ihrer Tochter in die Hand gibt – Messer und Feuer –, werden zur Ursache ihrer Schritt für Schritt erfolgenden Unterwerfung. Die Tochter ›lernt‹ einsehen, daß der Mann in der sozialen Hierarchie dominiert. Im Märchen ›Der Mann und die Büffelfrau‹ muß der Mann sein falsches Verhalten einsehen. Auch hier erscheint die Darstellung der Konfrontation mit der Büffelfamilie märchenhaft überhöht, während die Existenz von Büffelmenschen und die Macht einer Familie, die mit diesen Tieren ›im Bunde‹ steht, als gewiß angesehen werden konnte. Eine interessante Variante bietet die Geschichte von der ›Elefantenfrau‹. Der Vater des Jungen, dem die eigene Mutter in Elefantengestalt begegnet, nimmt die Verwandlung zur Kenntnis und rügt seinen Sohn, weil jener die Mutter, die ja ›nur‹ ein Elefant war, entkommen ließ, statt sie zu töten und die wertvollen Stoßzähne an sich zu bringen.
Wie fast überall in Afrika sind auch bei den in Kamerun lebenden Völkern Tiermärchen besonders reichlich vorhanden. In unserem Band überwiegen Geschichten, in denen Tiere in unverkennbar didaktischer Absicht Modellfälle menschlichen Verhaltens vorführen. Ebenfalls häufig findet man komisch-unterhaltsame Erzählungen von der Art ›Die beiden listigen Freunde‹, ›Moskito und Ohrenschmalz‹ oder ›Wie die Antilope Ndip Elefantenzahn heiratet‹. Seltener dagegen sind Märchen, in denen Lebens- und Verhaltensweisen der Tiere im Mittelpunkt stehen, um ihre Gefährlichkeit oder ihren Nutzen für den Menschen herauszustellen. ›Wie es kommt, daß der Leopard Ziegen frißt‹ ist eine eher heitere Variante dieses Typs; Episoden, die in dieser Richtung interpretierbar sind, kann man aber auch in einigen anderen Geschichten entdecken. Wie in unseren Tiermärchen verbindet man bestimmte menschliche Eigenschaften mit ganz bestimmten Tieren, so gibt es die schwache aber gescheite Antilope, die kluge Schildkröte, die verschlagene und zugleich dumme Hyäne und viele andere. Aber ungeachtet aller bewußten Vermenschlichung verhalten sich die Tiere durchaus artgerecht, und auch der ihnen zugemessene Handlungsraum ist gewöhnlich auf das begrenzt, was ihnen in der Wirklichkeit möglich ist.

Von einigen Völkern ist bekannt, daß sie verschiedene Erzählgenres unterscheiden. Die Fang beispielsweise bezeichnen mit dem Begriff ›Nkane‹ kurze, prägnante Geschichten in der Art von Fabeln oder Parabeln. Als Parallele auf einen bestimmten Streitfall gestaltet, dienten sie in der traditionellen Rechtsprechung als eine Art Modell beim Durchdenken und bei der Bewertung strittiger Fragen. Das eigentliche Märchen dagegen, das gleichermaßen auf Belehrung und Unterhaltung zielt, nennen sie ›Nlan‹. Charakteristisch für die Erzählweise ist wohl bei allen Kameruner Völkern, die hier zu Wort kommen, ein ausgeprägter Humor, mal derb und deftig, wie in der Auseinandersetzung zwischen Kulo und der kleinen Antilope (›Vom Blitz und seinen Söhnen‹), meist aber als feiner Spott. Charakteristisch ist auch, daß die Zuhörer in den Erzählvorgang einbezogen werden, durch die häufig eingestreuten Lieder, die natürlich von allen gesungen werden, oder durch Bestätigung heischende Wendungen – ›War es nicht so? Gewiß war es so!‹. Und obwohl die meisten Geschichten unseres Bandes in erster Linie der Rechtfertigung geltender Normen und Denkweisen dienen, erwecken einige Märchen doch auch den Eindruck, als wollte der Erzähler die von der Tradition gezogenen Grenzen überschreiten. So finden die beiden Brautleute im gleichnamigen Märchen nach eigenem Wunsch zueinander. Sie gehorchen nicht blind und werden nach bestandener ›Prüfung‹ auch akzeptiert, die nach traditionellem Muster ›verdiente Strafe‹ bleibt aus. Im Märchen ›Die drei Söhne Adas‹ wird die alte Sitte, neugeborene Drillinge zu töten, zumindest indirekt als unmenschlich hingestellt, und zwar durch die liebevolle Gestaltung der Ada, ihrer Aufopferungsbereitschaft, ihrer mütterlichen Fürsorge und Zärtlichkeit, ihrer Angst und ihres Mutes.
So erscheinen die vorliegenden Märchen und Geschichten nicht nur als Zeugnisse eines reichen kulturellen Erbes der in Kamerun lebenden Stämme und Völker, sie sprechen zu uns auch von der Bereitschaft, sich mit neuen Lebensbedingungen, neuen Wertvorstellungen auseinanderzusetzen und so das Überkommene schöpferisch weiterzuentwickeln.

Cornelie Kunze

WORTERKLÄRUNGEN

Baumwollbaum, Ceiba pentandra; ältere Bezeichnung für Wollbaum (Eriodendron anfractuosum): aus dem tropischen Südostasien stammender Baum der Familie der Bombakazeen. Die seidige Wolle in den Fruchtkapseln wird Kapok genannt, aus den Samen gewinnt man das grünliche Kapoköl.

Brautpreis: In den traditionellen afrikanischen Gesellschaften war es üblich, an die Familie der Braut ein Äquivalent in Form von Waren oder Vieh, später auch Geld, zu entrichten, um sie für die Aufwendungen bei der Erziehung des Mädchens, bzw. für den Verlust der Arbeitskraft, zu entschädigen. Anzahl und Art der Geschenke oder die Höhe der Geldsumme waren auch Ausdruck für das Ansehen der beteiligten Familien. Vielfach noch heute üblich.

Durrha, Sorghum durra (Forsk.) Hubb. et Rehd.: ein hirseartiges, gegen Dürre widerstandsfähiges Getreide, das Höhen bis zu 4 Meter erreicht. Es ist das wichtigste Getreide in Afrika, von dem viele Kulturformen existieren. Das nahrhafte Mehl steht im Stärkegrad zwischen Weizen und Mais, es wird als Brei oder Fladen verzehrt und dient auch zur Bierbereitung.

Edimo: Bezeichnung der Duala für die Verkörperung eines Totengeistes. Man sagt ihnen nach, daß sie gern Essen stehlen.

Egbo-Gesellschaft: Männer- bzw. Geheimbund der Ekoi. Er war in sieben Stufen unterteilt mit jeweils eigenen Riten, Masken und Tänzen. Um Zugang zu den einzelnen Stufen zu erhalten, mußten hohe Zahlungen geleistet werden. Die Zusammenkünfte und Rituale fanden im Egbo-Haus statt, das zugleich das Hauptgebäude jeder Ortschaft war.

Erdferkel, Orycteropus afer: altertümlicher Nachfahre ausgestorbener Urhuftiere. Es ist von plumper Gestalt, wird bis zwei Meter lang und bis zu 100 Kilogramm schwer, lebt in Erdhöhlen und ernährt sich von Termiten.

Eyengenge: Bezeichnung der Duala für ein Bambusmark, das auch gegessen wurde, das aber vor allem zur Herstellung kleiner Kultfiguren diente.

Faden: altes seemännisches Längenmaß, das durch den Kolonialhandel an der Küste und im Hinterland des Golfs von Guinea in Gebrauch kam (1 englischer Faden = 182,88 cm).

Faktorei: alte Bezeichnung für die Niederlassung europäischer Kolonialhändler in außereuropäischen Handelsgebieten.

Fliegender Hund: Wahrscheinlich ist der Palmenflughund (Eidolon helvum) gemeint, eine nachtaktive, etwa dreißig Zentimeter lange Großfledermaus, die sich von Früchten ernährt.

Fruchtbaum: Bezeichnung für verschiedene Arten wildwachsender Bäume, die eßbare Früchte tragen. In der Nähe von Siedlungen war meist festgelegt, welche Fruchtbäume von welcher Familie genutzt wurden.

Fufu: Breigericht aus gekochtem und gestampftem *Yams, Maniok, Süßkartoffeln* oder Mais, zu dem eine würzige Soße gereicht wird.

Haarpulver: Zur Haar- und Körperpflege waren verschiedene pflanzliche Pulver im Gebrauch. Geraspeltes *Rotholz* rieb man wegen der farblichen Wirkung in die Haare, andere Pflanzenmischungen verliehen dem Haar einen angenehmen Geruch.

Hamsterratte, Cricetomys (aff.) dissimilis, Rochebrune: ein Nagetier mit langem Schwanz und Backentaschen, das dreißig bis vierzig Zentimeter groß wird. Es lebt in Erdbauten und ernährt sich von Samen, Früchten und Insekten.

Helmfrisur: Durch untergelegte und eingeflochtene Stützen gab man dem Haar eine helmähnliche Form, die häufig mit Perlen, Kauris u. a. verziert wurde. Die Fertigstellung einer solchen Frisur, meist von Männern gemacht, konnte in Etappen bis zu drei Wochen dauern. Daher waren auch Perücken üblich.

Honiganzeiger, Indicator indicator: starengroße, unscheinbare Vögel, die durch ihr auffälliges Geschrei andere Tiere, aber auch den Menschen auf die Nester der Wildbienen aufmerksam machen.

Juju: Bezeichnung verschiedener westafrikanischer Völker für Fetisch und die damit verbundenen Praktiken.

Kantschil, Zwerghirsch: Die afrikanische Art ist das Hirschferkel, Hyemoschus aquaticus, ein etwa hasengroßes, dämmerungsaktives Tier, das gut schwimmen und tauchen kann. Die Männchen verfügen über dolchartige Eckzähne.

Kardamomfrüchte, Früchte der Gattung Afromum: Wahrscheinlich ist die Zingiberacee gemeint, ein Ingwergewächs mit fleischigen Beerenfrüchten.

Kassava oder *Maniok,* Manihot esculenta Crantz: ein aus dem tropischen Brasilien stammendes Wolfsmilchgewächs, eine der wichtigsten Nutzpflanzen der Tropen. Die großen stärkereichen Wurzelknollen werden gekocht als Brei gegessen oder zu Mehl verarbeitet.

Kronenducker, Sylvicapra grimmia: zur Familie der Hornträger gehörende etwa rehgroße Dämmerungs- und Nachttiere mit spitzen Hörnern, die im Buschwald leben.

Mädchenhaus: Bei den Ekoi bereiteten sich die Mädchen auf den Übergang ins Erwachsenenleben in einem gesonderten Haus vor. Oft endete der Aufenthalt, zu dem ursprünglich Belehrungen und rituelle Handlungen gehörten, mit der Verheiratung der Mädchen.

Manguste, Mungos mungo: eine kleine tagaktive Schleichkatze, die gesellig in Familienverbänden lebt. Ihr Schlafplatz befindet sich in einem Erdbau. Zur Erkundung der Umgebung machen sie auf den Hinterbeinen stehend ›Männchen‹.

Maniok, vgl. *Kassava.*

Mbui-Ekon: der Name des Mädchens entspricht der Bezeichnung der Fang für eine *Plante*nart.

Meerkatze, rotschwänzige, Ceropithecus buccalis Leconte: ein mittelgroßer, langschwänziger Affe, ein Baumbewohner, der gesellig in Familienverbänden mit strenger Rangordnung innerhalb der Gruppe lebt, und sich von Früchten, Samen und Kleintieren ernährt.

Mekir: Bezeichnung der Wute für ein Fabelwesen, das groß, plump, in der Gestalt dem Elefanten ähnlich sein soll.

Mpondo: Bezeichnung der Duala für eine harte braune Frucht von der Größe einer Kokosnuß.

Ngon, Cucumeropsis edulis (Hook. f.) Cogn.: Kürbisgewächs, eine der Hauptnahrungspflanzen bei den Fang bzw. in Westafrika. Verwendet werden die Früchte und die ölhaltigen Samen.

Nkundak: Nach der im Märchen gegebenen Beschreibung könnte es sich um den Riesenturako, Corythaeola cristata, handeln, einen etwa fasanengroßen Vogel, der sich von Beeren und Früchten ernährt.

Obassi Nsi: Erdgott der Ekoi, sichert die Fruchtbarkeit. Ursprünglich wurde er wahrscheinlich als weibliche Gottheit gedacht.

Obassi Osaw: Schöpfergottheit der Ekoi, als Himmelsgott verehrt, der Sonne, Regen, Blitz und Donner schickt.

Obelle: Der Name des Mädchens entspricht der Bezeichnung der Fang für eine *Plante*nart.

Ölpalme: Bezeichnung für Arekazeen oder Palmen und Sapotazeen oder Seifenbaumgewächse, die ölhaltige Früchte und/oder Samen liefern.

Oschar, Oscherstrauch, Calotropis procera (Ait.) R. Br.: ein Seidenpflanzengewächs, dessen Wurzeln, auf deren bitteren Geschmack hier angespielt wird, in der Medizin verwendet werden.

Palmbohrer, Rhynchophorus palmarum: ein glänzend schwarzbrauner tropischer Rüsselkäfer von fünf bis sechs Zentimeter Länge. Die Larven leben im Mark von Palmenstämmen.

Pferdeantilope, Hippotragus equinus: eine pferdegroße Antilope mit langen, kreisbogenförmigen Hörnern, die in kleinen Herden in der offenen Baumsteppe lebt. Der Name bezieht sich auf die Stehmähne im Nacken.

Pflaumenbäume: Gemeint sind die sogenannten Buschpflaumen, Dacryodes edulis (G. Don) Lam. var. edulis, deren

Heimat Westafrika bis Angola ist. Ihre lila oder leuchtend rosa gefärbten Früchte werden auf dem Feuer geröstet, das gelbe, wohlschmeckende Fruchtfleisch wird warm gegessen.

Pisang: eine Bananenart.

Plante, engl. plantain, Mehlbanane, Musax paradisiaca L.: Eine stärkereiche, wenig süße großfruchtige Banane, die gekocht oder gebraten aber niemals roh verzehrt wird und auch zur Herstellung von Bananenwein dient.

Quastenstachler, afrikanischer, Atherurus africanus: ein etwa rattengroßer Nager, der auf dem Rücken lange Stacheln und einen langen Schwanz mit einer Quaste aus Stachelborsten hat, ein dämmerungsaktives Tier, dessen Schlafplätze Erdhöhlen sind.

Raphiapalme, Bambuspalme: zur Gattung der Areaceen gehörende Palmenart. Die Blattrippen dienen als Flechtmaterial. Durch Ausschneiden des Blütenschaftes oder der Stammspitze erhält man Palmsaft, der zu Palmwein vergoren werden kann.

Rohrratte, Thyronomys swinderenianus Temm.: ein bis fünf Kilogramm schweres, großes Nagetier, das gesellig am Ufer von Gewässern lebt. Wegen seines schmackhaften Fleisches wird es gern gejagt.

Rotarmhörnchen, Heliosciurus rufobranchiatus: ein kleines Baumhörnchen, bei dem die Innenseiten der Gliedmaßen und die Füße rotbraun gefärbt sind.

Rotholzfarbe: Sie wird zum Beispiel aus dem Holz des Rotholzbaumes, Pterocarpus soyauxli Taub., einer im tropischen Westafrika bis Angola heimischen Leguminose, gewonnen und diente zur Körperbemalung.

Rotkugeln: Bei den Wute wurde der aus dem Rotholz gewonnene Farbstoff zu Kugeln von etwa zehn Zentimeter Durchmesser verarbeitet.

Schi-Ekon: Der Name des Mädchens entspricht einer Bezeichnung der Fang für eine *Plante*nart.

Schirmbaum, Musanga smithii R. Br.: zu den Urticaceen (Brennesselgewächsen) gehörend, seine Früchte sind eßbar.

Schirrantilope, Tragelaphus Lemberg (Tragelaphus scriptus): eine mittelgroße Antilope mit kräftigen, lyraartig geschwungenen Hörnern, braunem Fell mit hellen Streifen, die im Schilfdschungel lebt.

Schwarzrückenducker, Cephalophus dorsalis: eine in Sekundärwäldern lebende kleine Antilopenart.

Sesam, Sesamum indicum L.: eine im tropischen Afrika heimische alte Kulturpflanze, deren ölhaltige Samen verwendet werden.

Speergeld: altes Austauschäquivalent der Fang in Form von eisernen Speerspitzen, das auch als Zeichen des Reichtums verwendet wurde.

Sporenkuckuck, Centropus senegalensis: ein im Buschland lebender, fast vierzig Zentimeter langer Vogel, der nicht zu den Brutschmarotzern gehört, sondern kugelförmige Nester baut.

Sprechtrommel: Aus einem Baumstamm gefertigte, große, liegende Trommel, die zur Übermittlung von Nachrichten genutzt wurde, vielfach aber auch bei besonderen Anlässen, Kriegstänzen oder Totenfeiern, eingesetzt wurde.

Süßkartoffel, Ipomoea batatas (L.) Lam.Convolvulazee, Batate: In den Tropen und Subtropen häufig angebaute Kulturpflanze. Die stärkereichen, süßlichen Wurzelknollen werden wie Kartoffeln gekocht oder geröstet.

Tam-Tam: Bezeichnung für alle Arten von Trommeln, aber auch für Feierlichkeiten, bei denen Trommeln und Tanzen im Mittelpunkt stehen.

Tukur: Bezeichnung der Wute für eine Zwergantilopenart.

Turako, hier der Weißhaubenturako, Tauraco leucolophus: ein zu den Kuckucksvögeln zählender, bis vierzig Zentimeter großer Vogel mit grün glänzendem Gefieder.

Versammlungshaus: bei vielen afrikanischen Stämmen und Völkern übliches Gemeinschaftshaus der Männer. Es war Zentrum des gesamten öffentlichen Lebens; Beratungen, Rechtsprechung, Empfang der Gäste fanden hier statt, bei manchen Völkern wurde es auch als Kulthaus genutzt. Frauen waren ganz oder teilweise ausgeschlossen.

Vortänzerin, Vorbotin einer zweiten Frau: Die Mutter vergleicht in ihrem Gesang das Erscheinen der ersten Frau mit dem Auftritt einer Vortänzerin bei den Tanzfesten, der immer der Auftritt der anderen Frauen folgt, weil sie fürchtet, daß ihr Sohn nach dieser ersten noch weitere Frauen heiraten wird.

Wanderameise, Treiberameise, in Afrika Dorylinae (die sogen. Siafu): eine Ameisenart, die wegen ihrer schmerzhaften Bisse gefürchtet wird und Ungeziefer vertilgt. Eine andere stechende Ameisenart, Sima spinioda Andr., lebt auf dem Ameisenbaum, Epitaberna myrmoecia K. Sch.

Webervögel, Ploceidae: eine in Afrika verbreitete, artenreiche Vogelgruppe. Die etwa sperlingsgroßen Vögel bauen kunstvolle Nester.

Winkerkrabbe, Uca pugilator: an den Küsten tropischer Meere lebende Krebsart. Bei den Männchen ist eine Schere extrem vergrößert, damit führen sie ›Winkbewegungen‹ aus, um die Weibchen anzulocken. Sie gilt als Wasserspenderin und auch als Sinnbild weiblicher Fruchtbarkeit.

Yams: Bezeichnung für eine Anzahl von Arten der Gattung Dioscorea, die wegen ihrer stärkereichen Knollen kultiviert werden.

Zibetkatze, Viverra civetta Poortmannii Pucher: dämmerungsaktive, etwa dachsgroße Schleichkatze mit borstiger Rükkenmähne. Der aus einer Drüsentasche abgesonderte Duftstoff ist als Heilmittel und in der Parfümherstellung begehrt.

Zunge abgerieben: Von den Bali wird überliefert, daß eine Frau, die mit ihrem Ehemann Streit hatte, ihre Zunge mit einem Holzstück abrieb und es dem Partner reichte. Nahm jener es an, war der Streit beigelegt.

Zwergantilope, hier wahrscheinlich der Schwarzducker, Cephalophus niger: ein etwa rehgroßer Einzelgänger, der im dichten Unterholz lebt und sich mit seinen Artgenossen durch Alarmpfiffe verständigt.

LITERATURAUSWAHL

Bender, C. J.: Die Volksdichtung der Wakweli. In: Zeitschrift für Eingeborenensprachen, Beiheft 4, Berlin 1922.

Ebding, F.: Duala-Märchen. In: Zeitschrift für Eingeborenensprachen, Jg. XVIII, Heft 1, 1927.

Gehr, Chr.: Zwei Duala-Märchen. In: Zeitschrift für Kolonialsprachen, Jg. VII, 1916/1917.

Gengenbach, K.: Märchen in der Nyang-Sprache. In: Zeitschrift für Eingeborenensprachen, Jg. XXIX, Heft 1, 1938; Heft 2, 3, 1939.

Ittmann, J.: Ein Kameruner Herkules. In: Zeitschrift für Eingeborenensprachen, Jg. XXV, Heft 1, 1934.

Ittmann, J.: Nyang-Märchen. In: Zeitschrift für Eingeborenensprachen, Jg. XXII, Heft 1, 1931.

Lederbogen, W.: Duala-Märchen. In: Mitteilungen des Seminars für Orientalische Sprachen, Jg. IV–VI, 1901–1903.

Lukas, J.: Die Logone-Sprache im zentralen Sudan. In: Abhandlungen für die Kunde des Morgenlandes, Heft 6, Leipzig 1936.

Meinhof, E.: Märchen aus Kamerun, Straßburg 1889.

Meyer, E.: Märchen in der Balisprache aus dem Grasland von Kamerun. In: Zeitschrift für Eingeborenensprachen, Jg. XXXII, Heft 2, 1941; Heft 3, 1942.

Rein-Wuhrmann, A.: Mein Bamumvolk im Grasland von Kamerun, Stuttgart/Basel 1925.

Seidel, A.: Geschichten und Lieder der Afrikaner, Berlin 1896.

Sieber, J.: Märchen der Kweli in Kamerun. In: Mitteilungen des Seminars für Orientalische Sprachen, Jg. XXXV, Berlin 1932.

Talbot, A.: In the Shadow of the Bush, London 1912.

Tessmann, G.: Ajongs Erzählungen, Berlin 1921.
Tessmann, G.: Die Baja, Stuttgart 1934.
Tessmann, G.: Die Pangwe (Fang), 2 Bde., Berlin 1913.

VERZEICHNIS DER ABBILDUNGEN

15 Speiseschale mit sitzender menschlicher Figur,
Kameruner Grasland, um die Jahrhundertwende.
31 Kultfigur, Südkamerun, 19. Jh., Höhe 61 cm.
45 Darstellung einer schwangeren Frau,
Kameruner Grasland, um die Jahrhundertwende,
Höhe 70 cm.
59 Büffelmaske, Kameruner Grasland,
um die Jahrhundertwende, Höhe 57 cm.
73 Geschnitzte Helmmaske mit Pfeilschmuck,
Kameruner Grasland, um die Jahrhundertwende,
Höhe 55 cm.
89 Geschnitzte Helmmaske mit Spinnendekor,
Kameruner Grasland, um die Jahrhundertwende.
101 Darstellung eines Palmwein trinkenden Vornehmen,
Kameruner Grasland, 19. Jh., Höhe 56 cm.
117 Vielfiguriger Häuptlingsstuhl,
Kameruner Grasland, um die Jahrhundertwende,
Höhe 69 cm (Seitenansicht).
131 Vielfiguriger Häuptlingsstuhl
(Vorderansicht zu S. 117).
147 Vielfiguriger Häuptlingsstuhl
(Rückansicht zu S.117).
165 Kultfigur, Südkamerun, um die Jahrhundertwende,
Höhe 48 cm.
179 Verziertes hölzernes Deckelgefäß,
Kameruner Grasland, um die Jahrhundertwende,
Höhe 32 cm.
193 Perlenbestickter Häuptlingshocker in Elefantengestalt,
Kameruner Grasland, um die Jahrhundertwende, Höhe 48 cm.

203 Geschnitzte Helmmaske mit Hasenornament, Kameruner Grasland, um die Jahrhundertwende.
213 Kultfigur, Südkamerun, 19. Jh., Höhe 37,5 cm.

Die Abbildung auf dem Schutzumschlag zeigt zwei Maskenaufsätze aus Südkamerun, Ende des 19. Jahrhunderts, Höhe 12 und 21 cm.

INHALT

MÄRCHEN DER FANG

Sonne, Mond und Sterne 5
Von Nsambe
und seinen sieben Söhnen 7
Wie der Regenbogen entstand 12
Die Zauberschachteln 14
Die schöne Meküküi 22
Der verdoppelte Vater 27
Bingo 27
Vom zauberkundigen Zwilling 32
Wie die Schildkröte
Nsambes Tochter rettete 35
Wie die Krankheiten
zu den Menschen kamen 37
Fang keinen Streit an 39
Die bösen Schwestern 40
Mangama und Otetek 42
Der Eifersüchtige
und der Menschenfresser 43
Die Elefantenfrau 46
Akulenzame,
der Mann mit dem Sack 47
Angonzing und Ndongmba 55
Die drei Söhne Adas 60

MÄRCHEN DER KUNDU, DER KPE UND DER DUALA

Wie Tuba Mbange geboren wurde
und schon als Säugling
seiner Mutter
Fleisch heimbrachte 68
Wie man Tuba Mbange
beim Pflaumenstehlen erschoß
und er wieder lebendig wurde 69
Wie Tuba Mbange
in die Himmelsstadt ging
und dort getötet wurde 70
Zwei Mütter und ein Kind 72
Die böse Schwiegermutter 74
Limunges Heirat 76
Der Junge
und das Zaubervögelchen 77
Chamäleon und Gecko 78
Von den zwei Brautleuten 79
Wie die Schildkröte
zu ihrer schönen Frau kam 80
Wie sich die Vögel
einen König wählten 81
Vom Papagei, der die Kinder
des Turakos stahl 85
Kolibri und Webervogel 88
Warum die Fliegen
keinen Schwanz haben 88
Was Tausendfüßer und Spinne
über die Menschen denken 92
Das Ohrenschmalz
und der Moskito 93
Die Frau
aus der Mpondofrucht 94
Vom Topf,
der auf dem Kopf festsitzt 97
Die Geschenke der alten Frau 99

Der Mann,
die Frau und der Edimo 102
Der Mann Gottes
als Meisterdieb 104
Der Hund als Retter 106

MÄRCHEN DER EKOI UND NYANG

Die Pflanzentöchter 108
Warum die Menschen
so oft krank werden 110
Warum der Osingbaum
nur noch durch Zauber
spricht 113
Ada, der Waldgeist 116
Warum ein Mörder
auf die gleiche Weise
wie sein Opfer sterben soll 125
Wie das Haar sich rächte 127
Sieben Jahre im Mutterleib 128
Warum man
Nkundakfedern trägt 132
Wie Bäume und Tiere
auf die Erde kamen 137
Das Bußgeld
des Stachelschweins 138
Warum Hunde
Stachelschweine jagen 139
Zwei listige Freunde 140
Der pfiffige Schuldner 141
Warum das Schaf
mit dem Kopf nickt 142
Vom Mann, der die Sprache
der Hühner verstand 146
Kolibri und Elefantenkalb 148
Amaranga 150

Wie die Antilope
Ndip Elefantenzahn heiratete 151
Die Rohrratte
und der Breibaum 154

MÄRCHEN DER BAMUM, BALI UND WUTE

Die Schildkröte
als Schnelläufer 157
Warum man Fremden
nicht trauen soll 158
Die Brüder
Mongwäd und Tengwäd 159
Das Mädchen in der Trommel 161
Vom Mädchen,
das einen Leoparden
heiratete 162
Der Schuster
und die vierzig Räuber 166
Warum Sonne und Mond
einander meiden 168
Warum der Leopard
Ziegen frißt 170
Wie es dem Leoparden erging 172
Wie der Sporenkuckuck
den Löwen beschämte 174
Die gesattelte Hyäne 175
Der Tukur und der Falke
oder Lügen haben kurze Beine 176
Das Mädchen und die Kröten 177
Die zwei Hörner 180
Der Mann und die Büffelfrau 181
Der kluge Enkel 184
Der gutmütige Junge
und die zahnlose Alte 186
Der dankbare Affe 187

Das Mädchen
und die bösen Liebhaber 188
Wie der Kantschil
durch List eine Braut erwarb
und sie wieder verlor 190
Wie der Tukur den Frosch
um seine Beute bringen wollte 192
Wie der Tukur
den Leoparden überlistete 194
Wie Manje zu ihrem Mann kam 195

MÄRCHEN DER GBAYA UND KOTOKO

Vom Blitz und seinen Söhnen 198
Wie Jaadumdono
den Büffel Gbatungbala erlegte 201
Wie Uantus List fehlschlug 202
Die Schildkröte mit Uantu
bei den Geistern 205
Ndangschum und seine Musik 207
Uantu und der Büffeljäger 208
Die verlorene Mahlzeit 209
Die Hyäne und das Opfermahl 210
Das Erdhörnchen als Richter 212
Die drei Freier 214

Nachwort 216
Worterklärungen 235
Literaturauswahl 242
Verzeichnis der Abbildungen 244

Die Abbildungen zeigen Kult- und Gebrauchsgegenstände aus Kamerun, die einen Eindruck vom materiellen und geistigen Leben der Völker dieses Landes in der vorkolonialen Zeit vermitteln sollen. Sie stehen nicht in unmittelbarem Zusammenhang mit einzelnen Märchen. Wir danken dem Museum für Völkerkunde in Leipzig für die freundliche Bereitstellung der Objekte.

ISBN 3-378-00372-3

Erste Auflage
Lizenz Nr. 396/265 LSV 7378
Gesamtherstellung: Druckhaus Aufwärts, Leipzig III/18/20-2610
Schrift: Times
Gesamtgestaltung: Hans-Jürgen Keßler
Fotos: Ingrid Hänse
Printed in the German Democratic Republic
Bestell-Nr. 812 359 5